Genealogias da amizade

POLÍTICAS DA IMANÊNCIA

Quem dita as questões pertinentes hoje? Por que problemas vitais são colocados de modo tão esvaziado, seja pela política, pelos meios de comunicação ou pelos especialistas? A que se deve o fato de que já ninguém se reconhece na vida de todo dia e nas vozes que pretendem representá-la? Qual pensamento pode assumir a tarefa de repercutir as urgências daqueles cuja força de ação, expressão e associação foi desarticulada pelo capital?

Políticas da Imanência é uma proposta editorial para este momento em que se redefine o campo político, na contramão da cena política midiatizada e das teorias que a alimentam. A coleção abrirá espaço para autores que estão empenhados em liberar a vitalidade seqüestrada, nos mais diversos domínios.

Livros que reconquistem o direito de colocar as questões cruciais, construindo-as a partir daqueles a quem elas dizem respeito. Teorizações que acompanhem as linhas de força reais, que brotem das novas pertinências e reativem a potência dos corpos coletivos. Diagnósticos do presente que sintonizem com as resistências por vir.

Francisco Ortega

GENEALOGIAS DA AMIZADE

ILUMINURAS

Coleção Políticas da Imanência
Dirigida por Peter Pál Pelbart e Rogério da Costa

Capa:
Fê
sobre série *O que vi pela TV* (2000), óleo sobre tela [40 x 40 cm],
Siron Franco, modificado digitalmente.

Revisão:
Paulo Sá

Composição:
Iluminuras

CIP-BRASIL. CATALOGAÇÃO-NA-FONTE
SINDICATO NACIONAL DOS EDITORES DE LIVROS, RJ

O88g

Ortega, Francisco, 1967-
Genealogias da amizade / Francisco Ortega. - 1.ed., 2.impr.. - São Paulo : Iluminuras, 2011.
176p. ; 19cm. - (Políticas da imanência)

Inclui bibliografia
ISBN 85-7321-159-8

1. Amizade. I. Título. II. Série.

11-2178. CDD: 177.62
CDU: 179.9

19.04.11 20.04.11 025859

2011
EDITORA ILUMINURAS LTDA.
Rua Inácio Pereira da Rocha, 389 - 05432-011 - São Paulo - SP - Brasil
Tel./Fax: 55 11 3031-6161
iluminuras@iluminuras.com.br
www.iluminuras.com.br

ÍNDICE

INTRODUÇÃO, 13

PHILIA GREGA, 19
A ontologia platônica da philia, 27
Aristóteles: Fenomenologia da philia, 38

AMICITIA ROMANA, 49

AMICITIA CRISTÃ, 59
Amizade no Novo Testamento, 60
Amizade no século IV: Ambrósio, Agostinho, Paulino de Nola, 64
Eclipse e renascença da amizade monástica, 78
A. O surgimento da Escolástica e o declínio da cultura monástica, 85
B. A substituição da gramática da amizade pela do amor cortês, 87
C. O nascimento da intolerância ante a homossexualidade, 89

AMIZADE NA RENASCENÇA, 95

AMIZADE NA MODERNIDADE, 105
Decomposição da ordem da civilidade, 111
Amizade e sociabilidade, 118
Amor, matrimônio e família na modernidade, 129
Familialização do privado, 136
Declínio da amizade, 140

AMIZADES FEMININAS, 153

EPÍLOGO
A AMIZADE EM TEMPOS SOMBRIOS, 159

REFERÊNCIAS BIBLIOGRÁFICAS, 165

SOBRE O AUTOR, 173

A Bethânia

Quem queira estudar as coisas morais, terá um campo de trabalho imenso. Há toda uma série de paixões que deverão ser meditadas por separado, observadas isoladamante através das épocas, nos povos, nos indivíduos grandes e pequenos: É necessário trazer à luz sua razão, sua forma de apreciar os valores e de esclarecer as coisas! Até hoje, nada do que dá cor à existência teve ainda sua história: ou quando foi realizada uma história do amor, da cobiça, da inveja, da consciência, da piedade, da crueldade? Mesmo uma história comparada do direito, ou mesmo do castigo falta absolutamente. (...) Já foi descrita a dialética da vida conjugal ou da amizade? (...) O mesmo diz respeito à demonstração das razões que determinam a diferença dos climas morais ('por que brilha aqui o sol de um determinado juízo moral, de um critério de valor — e aí um outro?'). Este novo trabalho consiste em determinar o caráter errôneo de todas essas razões e a natureza mesma do juízo moral que prevaleceu até hoje.

Friedrich Nietzsche

INTRODUÇÃO

Com este livro se encerra uma reflexão de mais de seis anos sobre a temática da amizade. Fecha-se assim a 'trilogia da amizade', iniciada com um estudo sobre a obra de Foucault: *Amizade e estética da existência em Foucault*, trabalho de caráter monográfico que pretendia determinar o lugar ocupado pela amizade na obra foucaultiana. Nele tentei mostrar como a amizade representa a forma contemporânea de uma estética da existência, uma alternativa aos processos de subjetivação modernos. Em um segundo livro, *Para uma política da amizade — Arendt, Derrida e Foucault*, retomei o fio do primeiro, servindo-me do pensamento dos três autores para oferecer uma proposta de re-politização da amizade, ligando essa questão à despolitização e ao esvaziamento do espaço público. Concluído aquele livro percebi que era necessário fazer uma abordagem histórico-genealógica da amizade, analisando o caminho seguido pelos discursos e pelas práticas sociais da amizade no Ocidente, desde os gregos até o século XX.

Precisava compreender melhor algumas mudanças e deslocamentos que me permitissem ver como, por exemplo, a amizade no Cristianismo é muito mais nuançada do que se deduz das observações de Foucault ou Derrida. Tentei evidenciar que não existe um fronte comum de recusa ou oposição à amizade no cristianismo. Autores como Ambrósio de Milão, Paulino de Nola ou Aelredo de Rievaulx, ou mesmo Agostinho, em algumas fases de sua vida, têm uma visão da amizade que lembra em muitos aspectos à dos autores antigos, incorporando motivos fundamentais de Aristóteles e Cícero.

De forma geral, queria mostrar que a amizade é uma manifestação que não se comporta uniformemente no tempo e no espaço. Para tanto era necessária uma abordagem genealógica. Assim, assinala-se que, mesmo existindo uma tradição mais ou menos constante (e que pode ser denominada de aristotélico-ciceroniana) de reflexão teórico-filosófica sobre a amizade na forma da amizade perfeita (*teleia philia/amicitia vera*), as práticas e o significado social da amizade mudam constantemente, estabelecendo-se, a partir de Aristóteles, uma distância cada vez mais marcada entre os discursos filosóficos e as práticas sociais da amizade. Para constatar este afastamento não precisamos chegar até a modernidade, pois já em Cícero — e de forma muito mais marcante em Montaigne — o discurso filosófico não se reflete mais nas práticas sociais. Ao mesmo tempo, esse discurso adquire o caráter mais personalizado do luto e da dor pela perda do amigo; uma temática que já abordei em *Para uma política da amizade*.

Um projeto tão geral como uma genealogia da amizade, visando analisar discursos e práticas em um período que compreende mais de vinte e quatro séculos de cultura ocidental, não pode evitar algumas simplificações, deixar algumas questões importantes de lado, proceder seletivamente privilegiando alguns processos em detrimento de outros, etc. Tenho plena consciência disso e assumo os riscos que essa tarefa representa. O próprio Foucault tinha assinalado a importância e a intenção de realizar tal projeto antes da morte ter lhe cortado a palavra.[1] Neste livro usei o arsenal teórico foucaultiano e arendtiano na tentativa de realizar uma genealogia dos discursos e das práticas de amizade no mundo ocidental.

Este não é um livro essencialmente filosófico. Meu intuito não era analisar os textos canônicos da amizade, de Platão a Montaigne. Esses textos são focalizados desde uma perspectiva genealógica, tentando contextualizá-los e introduzi-los em uma reflexão maior, filosófica e histórico-sociológica, sobre a relação entre amor e amizade, amizade e família, amizade e homossexualidade ou a difícil relação entre filosofia e política que permeia estas páginas. Minha abordagem procura mostrar, num

---

1) "Depois de haver estudado a história da sexualidade, creio que se deveria tentar compreender a história da amizade, ou das amizades" (FOUCAULT, Michel, "Michel Foucault, une interview: sexe, pouvoir et la politique de l'identité", *Dits et écrits*, IV, Paris, Gallimard, 1994, p. 744).

percurso histórico, que a temática da amizade está indissociavelmente ligada à questão da filosofia e do político.

A problemática da amizade no pensamento ocidental está unida à questão da filosofia, ela "é interior à filosofia", como nos diz Deleuze, pois "não se pode saber o que é a filosofia sem viver essa questão obscura, e sem respondê-la, mesmo se for difícil".[2] Sabemos que o filósofo não é o sábio, mas o amigo, amigo da sabedoria, da verdade, o que fornece à amizade uma dimensão não somente ontológica — a reflexão platônica da *philia* é fundamentalmente ontológica — ao vincular a questão da amizade à da verdade, mas também, devido precisamente a essa ligação, política. O filósofo é o amigo da verdade, ou dito de outra maneira, o filósofo é mais amigo da verdade do que de seus amigos, como nos lembram duas famosas proposições atribuídas a Aristóteles: "Platão é meu amigo, mas a verdade é meu melhor amigo" e "Platão é meu amigo, mas eu amo mais a verdade". Ante a escolha entre o amigo e a verdade, devo abandonar o amigo e abraçar a verdade. Será Kant, o pensador do direito cosmopolita à hospitalidade universal, quem dará uma inflexão política a essa questão no seu texto "Sobre um pretendido direito de mentir por humanidade",[3] ao colocar o preceito da veracidade acima dos deveres da amizade ou da hospitalidade. É preciso dizer a verdade, mesmo se isso supõe condenar à morte o amigo ou o hóspede, como quando os assassinos me perguntam se a pessoa que querem matar está escondida na minha casa.

A reflexão da amizade é ontológica dizíamos. Em Platão, o filósofo se apresenta não como amigo de um outro indivíduo, mas em primeiro lugar como amigo da verdade, da sabedoria e da beleza — relação intersubjetiva que se abre a um terceiro elemento, uma instância superior, ontológica, transcendental. Na escada do amor, o uso correto, filosófico do Eros abre a amizade para a transcendência, abstrai, sublima o laço interpessoal em uma relação com a verdade e com o bem. São amigos entre eles, mas

---

2) *Conversações*, Rio de Janeiro, Editora 34, 1992, p. 202. Cf. DELEUZE, Gilles e GUATTARI, Felix, *Qu'est-ce que la philosophie?*, Paris, Minuit, 1991, p. 9: "O amigo tal como aparece na filosofia não designa um personagem extrínseco, um exemplo ou uma circunstância empírica, mas uma presença intrínseca ao pensamento, uma condição de possibilidade do pensamento mesmo, uma categoria viva, um real transcendental".

3) "Über ein vermeintes Recht aus Menschenliebe zu lügen", *Werkausgabe*, VIII, Frankfurt/Main, Suhrkamp, 1978, pp. 637-643.

principalmente amigos da verdade. Todavia, ao mesmo tempo, a questão 'o que é a filosofia?' deve ser colocada "entre amigos, como uma confidência ou uma confiança".[4] A escolha do diálogo como forma de expressão filosófica em Platão evidencia a ligação da *philia* com a filosofia. A atividade de "con-filosofar" (*synphilosophein*), o filosofar em comum, é o meio dos filósofos aprofundarem a sua amizade e tornarem-se nobres como filósofos e como homens, dirá Aristóteles posteriormente. O Eros-*philia* platônico se concretiza na constituição da comunidade filosófica. A "vida em comum" dos participantes é indispensável para a atividade filosófica. Trata-se de uma convicção compartilhada por todas as escolas filosóficas da Antigüidade, recuperada nas comunidades cristãs de vida centradas no *amor-caritas*, como a projetada por Agostinho e seus amigos, e na amizade monástica em autores como Ambrósio, Paulino, Bernardo e Aelredo, entre outros. Essa vinculação entre a amizade e filosofia mantém-se na Europa até o século XIII, quando ocorre o divisor de águas entre a teologia e a filosofia, em função da importância da escolástica e do surgimento das universidades, e a filosofia, como conseqüência, já não é mais ascese, transformando-se num discurso teórico.

A ligação filosófica entre amizade e verdade fornece à primeira seu caráter político. A questão da amizade perpassa igualmente a questão do político ou a questão da relação entre filosofia e política. Uma desconstrução da história da amizade constitui, de certa maneira, uma contribuição para a difícil tarefa da desconstrução do político, da tensão entre a filosofia e a política. Pois desconstruir o político implica desconstruir a filosofia.[5]

A tradição do pensamento político ocidental se constitui no gesto de interpretar a esfera do político (da qual a amizade faz parte) em categorias pré-políticas, familiares ou domésticas. A "amizade econômica", familiar, proposta por Aristóteles é, no fundo, anti-política, embora ele a imprima um caráter político. Ao talante anti-político da filosofia política tradicional, isto é, ao uso de categorias pré-políticas para descrever relações políticas, corresponde uma percepção anti-política da amizade, por seguir o modelo familiar e doméstico. Trata-se, portanto, de uma percepção filosófica da

---

4) DELEUZE, Gilles e GUATTARI, Felix, ibid., p. 8.

5) Cf. LACOUE-LABARTHE, Philippe e Nancy, Jean-Luc, *Retreating the Political*, Londres Nova York, Routledge, 1997.

amizade e não política, pois no olhar da *polis*, na experiência cotidiana de seus cidadãos, a amizade era uma relação política. Traduzi-la em metáforas familiares, como fazem os filósofos, conduz à sua despolitização. Hannah Arendt já dizia que "a ruína da política resulta do desenvolvimento de corpos políticos a partir da família". De Platão a Heidegger, o pretenso movimento de politização da amizade é simultaneamente um ato de despolitização.

A genealogia da amizade ajuda a compreender como a amizade (a qual tinha uma função fundamental na organização sociopolítica e cultural das *civitas* da Antigüidade greco-romana, e que continuou sendo um elemento significativo no tecido social e relacional da modernidade — fazendo parte das redes de sociabilidade e convivialidade que ligavam os indivíduos entre si) foi progressivamente desaparecendo do espaço público, deslocando-se cada vez mais para a esfera privada e doméstica, e sendo posteriormente integrada à família nuclear. Nestas páginas tento mostrar como o declínio da amizade nas sociedades contemporâneas está ligado aos processos de despolitização e familialização do privado. Um processo que demora vários séculos para se concluir, provocado por uma série de fatores, tais como a incorporação do amor e da sexualidade no matrimônio, a incidência de um dispositivo biopolítico sobre a família, o novo papel centralizador do Estado, a passagem de um dispositivo da aliança para um dispositivo da sexualidade e do erotismo para a sexualidade, a medicalização da homossexualidade, a "invenção" da infância e da adolescência, etc. Todos esses fatores promoveram no século XIX a hegemonia da família nuclear e o declínio das práticas e da reflexão sobre a amizade na sociedade moderna.

* * *

Tive a ocasião de apresentar o manuscrito deste livro num curso de pós-graduação ministrado no Instituto de Filosofia e Ciências Humanas da Unicamp no primeiro semestre de 2000. Agradeço todos os participantes pelas conversas e sugestões e muito especialmente a Margareth Rago pelo convite, mas sobretudo pela sua hospitalidade e amizade.

PHILIA GREGA

O conceito grego de *philia* só aparece com Heródoto no século V a.C. Nos poemas homéricos encontramos o adjetivo *phílos*, o verbo *philein* e o substantivo *philotès*, todos eles ligados a uma variedade de significados, em que as relações interpessoais seriam um aspecto possível entre outros. *Phílos* é utilizado por Homero em um duplo sentido, possessivo e afetivo, com uma marcada predominância do primeiro. Usado na sua acepção possessiva, *phílos* não designa uma relação de amizade, constitui antes uma marca de posse; é um adjetivo possessivo sem acepção de pessoa, referido à primeira, segunda ou terceira pessoa: "seu" ou "meu" (filho, braço), em referência a pessoas, animais, objetos, partes corporais, etc.[1]

Usado num sentido afetivo, *phílos* é expressão de proximidade e de relações de parentesco; Homero o utiliza freqüentemente como epíteto ou forma afetuosa para se referir aos membros de uma família.[2] Em uma sociedade regida por um sentimento de insegurança, os personagens homéricos se referem aos *philoi* como os homens e os objetos que garantem sua segurança e independência (*autarkeia*) quando se afastam de sua região. Essa necessidade de segurança se exprime igualmente na importância atribuída às relações de hospitalidade, nas quais o hóspede (*xenos*)

---

1) Cf. BENVENISTE, Émile. *O vocabulário das instituições indo-européias*, v. I. Campinas, Editora da Unicamp, 1995, pp. 333-4; STERN-GILLET, Suzanne. *Aristotle's Philosphy of Friendship*. Nova York, State University of New York Press, 1995, pp. 4-7; verbete "Freundschaft", COLPE, Carsten e DIHLE, A. (orgs.). *Reallexikon für Antike und Christentum*. Stuttgart, 1972, pp. 418-9.

2) Cf. FRAISSE, Jean-Claude: *Philia. La notion d'amitié dans la philosophie antique*. Paris, Vrin, 1974, pp. 35ss.; MEISTER, Karl: "Die Freundschaft bei den Griechen und Römer", OPPERMANN, Hans (org.). *Römische Wertbegriffe*. Darmstadt, Wissenschaftliche Buchgesellschaft, 1967, p. 324; BENVENISTE, ibid., pp. 340-1.

aparece como um caso especial do *phílos*.[3] O tratamento de *phílos* corresponde ao comportamento diante do estrangeiro-hóspede. O significado do verbo *philein* é também ambíguo, designando a ação da influência sobre as pessoas que são protegidas: mulheres, crianças, parentes, escravos. *Philein* também possui o sentido de exprimir a hospitalidade, de receber estrangeiros, e de se beijar, como um sinal de reconhecimento entre os *phíloi*, como aparece em Herodoto referindo-se ao comportamento entre os persas. *Philein* determina a conduta de quem recebe o estrangeiro (*xenos*) na sua casa e o trata segundo os costumes. Entre o estrangeiro e o hóspede se institui um vínculo: o *philótes*, realizado num ato solene, que converte os contratantes em *phíloi*, obrigando-os a cumprir a reciprocidade implícita na relação de hospitalidade. *Philótes* aparece, assim, como "uma 'amizade' de tipo muito definido, que estabelece vínculos e supõe compromissos recíprocos com juramentos e sacrifícios".[4] Trata-se de uma relação de aliança ou de hospitalidade, que adota um caráter quase jurídico, uma ética fortemente codificada, na qual "o honor vira o único elemento afetivo".[5]

A instituição da hospitalidade (*xenia*) constitui uma forma de se relacionar com os estrangeiros, um vínculo a longa distância, que, análogo ao vínculo de *philótes*, inclui uma série de obrigações e benefícios recíprocos. Benveniste inscreve a reflexão sobre o estrangeiro (*xenos*) na instituição da *xenia*, ou seja, no pacto, na aliança, no contrato. A reflexão sobre o estrangeiro, bem como sobre a hospitalidade, está sempre submetida a uma codificação: as leis da hospitalidade impõem restrições à própria hospitalidade; sempre é o direito e as leis que constituem, impõem, determinam, condicionam e delimitam as relações com o estrangeiro, na violência que Derrida reconhece nesse "devir direito da justiça", característico das leis da hospitalidade, "a mesma *predominância* na estrutura do direito à hospitalidade e da relação com o estrangeiro, seja hóspede ou inimigo. Trata-se de um modelo conjugal, paternal e falogocêntrico. É o déspota familiar, o pai, o esposo, o patrão, o dono da casa, que faz as leis da hospitalidade. Ele as representa e se subordina para subordinar os outros (*s'y plie pour y plier les*

---

3) Cf. Fraisse, ibid., pp. 35-6.
4) BENVENISTE, ibid., p. 338.
5) FRAISSE, ibid., p. 44.

autres) nessa violência do poder da hospitalidade, nesse poder da egologia (*ipséité*)."[6]

Uma lei da hospitalidade incondicional exigiria romper com essas leis da hospitalidade que a constituem como pacto, aliança ou contrato. Uma hospitalidade justa que incita a romper com a hospitalidade como lei ou direito, a qual "presupõe o estatuto social e familiar dos contratantes, a possibilidade de serem chamados por seu nome, de terem um nome, de serem sujeitos de direito, interpelados e passíveis, imputáveis, responsáveis, dotados de uma identidade nomeável, de um nome próprio".[7] Constituir um pacto de hospitalidade, impor condições à hospitalidade é uma forma de assimilar o outro, suprimindo a sua singularidade, a sua alteridade: "Quando falo de hospitalidade, refiro-me à necessidade de não simplesmente assimilar o outro, mas isso é uma aporia. Devemos acolher o outro dentro de nosso espaço — sem isso, não haveria hospitalidade. O outro deve ser protegido ou acolhido no meu espaço, eu devo tentar abrir meu espaço sem tentar incluir o outro no meu espaço. Isso seria demandar que ele ou ela aprendam minha língua, ou adotem minha religião, ou se tornem inglês ou francês. Hoje, por exemplo, essa é a condição, esse é o discurso de esquerda, o discurso de esquerda predominante: 'somos hospitaleiros para com os imigrantes na medida em que se tornem cidadãos franceses, respeitem o secularismo, aprendam a língua francesa'. Isso é assimilação. Chamamos isso de integração, e, evidentemente, isso pode ser feito de uma forma nova e é parte da hospitalidade: 'se quero abrir minha casa, naturalmente, minha cama é sua cama, você quer usar minha cama? — É ainda uma cama, você deverá se acostumar a ela; isto é o que eu como, posso te dar minha comida, você deverá se acostumar a ela."[8]

O outro pode arruinar meu espaço, questionar minha identidade, impor sua cultura ou sua língua. Como criar uma relação de hospitalidade que não seja imposta como assimilação ou aculturação, mas que também não seja simplesmente a ocupação de meu espaço pelo outro? A hospitalidade deve ser um processo de negociação constante sem regras pré-determinadas, um

6) DERRIDA. *De l'hospitalité*. Paris, Calmann-Lévy, 1997, pp. 69 e 131-2.
7) Ibid., p. 27.
8) "Politics and Friedship. A discussion with Jacques Derrida", Centre for Modern French Thought, University of Sussex, 1 dez. 1997 (http://www.susx.ac.uk/Units/frenchthought/derrida.htm).

programa vazio, como Derrida sublinha, "Por isso deveria ser negociada a cada instante, e a decisão para a hospitalidade, a melhor regra para a negociação, deve ser inventada a cada segundo com todos os riscos envolvidos, e isso é muito arriscado. A hospitalidade — e hospitalidade é o nome geral para todas nossas relações com o outro — deve ser reinventada a cada segundo, ela é alguma coisa sem uma regra pré-determinada".[9]

A tradição do pensamento político sobre a hospitalidade, desde Platão a Kant e Hegel, pensa a hospitalidade nas categorias jurídicas do pacto, do contrato, do juramento, etc, isto é, exclusivamente, como hospitalidade condicional. Kant propõe uma noção de cosmopolitismo na qual está incluída uma reflexão sobre a hospitalidade que garante o acolhimento ao outro, sempre que seja um cidadão de outro país (e não um apátrida) e se comprometa a deixar o país em um tempo determinado — com essa finalidade Kant estabelece uma distinção entre um direito de visita (*Besucherecht)* e um direito de permanência (*Bleiberecht*), limitando a hospitalidade ao primeiro. Levinas (e Derrida, que constitui sua reflexão a partir de Levinas), ao deslocar a categoria da hospitalidade para o centro de sua reflexão ética e definir a relação com o outro como hospitalidade, representa uma exceção significativa. Pois o contrato da hospitalidade restringe a hospitalidade ao reconhecimento do estatuto social, familiar e político dos contratantes, ao controle da residência e do período de estadia e deixa fora aquele que chega anonimamente, que não possui nome, patrimônio, linhagem, estatuto social, ou pátria; ou seja, esse indivíduo que os gregos não tratavam como estrangeiro, mas como bárbaro, como outro sem nome, ou nome de família.

No pensamento da hospitalidade a questão do nome é fundamental, demandar o nome, supõe atribuir uma identidade e uma responsabilidade ao estrangeiro, que deve responder diante da lei e diante dos hóspedes, como uma testemunha em um tribunal; o nome o constitui como sujeito de direito. O outro sem nome é excluído do abraço da *xenia*: "No fundo, não há *xenos*, não há estrangeiro antes ou fora da *xenia*, desse pacto ou dessa troca com um grupo, ou mais exatamente, com uma linhagem".[10] A conseqüência desse pensamento é a formação de discriminações

---

9) Ibid.
10) DERRIDA. *De l'hospitalité*, p. 33.

amigo/inimigo que percorrem toda a Grécia clássica: amizade no interior, inimizade no exterior. No *Político* platônico, é a partir da figura do estrangeiro que se coloca a questão do político. Os gregos são por natureza amigos (ao pertencer ao mesmo grupo de parentes), os bárbaros, em contrapartida, são por natureza inimigos por serem de outra linhagem, de outra estirpe. Com isso, a guerra entre os gregos não era excluída, mas restrita na sua virulência. Platão[11] estabelece uma diferença entre a guerra propriamente dita (*polemos*) contra os bárbaros, e a discórdia, a guerra civil (*stasis*) entre os gregos.[12]

É importante ressaltar o caráter extremamente ritualizado dessa relação, expresso no intercâmbio de presentes, nas promessas, prendas e juramentos que codificavam e institucionalizavam a ligação. Perante o vínculo dos *philói*, a *xenia* se distinguia por ser uma relação na distância, que implicava a separação física dos participantes, assim como pelo seu amplo alcance político, pois essas redes aristocráticas se estendiam para além das cidades e até do mundo grego.[13] A instituição da *xenia* cumpria uma função político-estratégica definida: as comunidades da época se encontravam em uma situação de desconfiança e hostilidade entre elas, de "paz armada", a *xenia* era uma forma de garantir proteção, apoio e armamento ao estrangeiro,[14] bem como de entrelaçar as diferentes comunidades, em um mundo ameaçado pela atomização social.

Gabriel Herman salientou como essa estrutura da *xenia*, cuja

---

11) Cf. *República* (469).

12) "O político pode ser definido como a cidade vista de dentro, a vida pública dos cidadãos entre si, no que lhes é comum para além dos particularismos familiares. A guerra é a mesma cidade em sua face voltada para o exterior, a atividade do mesmo grupo de cidadãos confrontados desta vez com o que não é eles, o estrangeiro, quer dizer, outras cidades em geral" (Jean-Pierre Vernant, citado em Nicole Loraux, "A cidade grega pensa o um e o dois", CASSIN, Barbara, LORAUX, Nicole e PESCHANSKI, Catherine, *Gregos, bárbaros, estrangeiros. A cidade e seus outros.* Rio de Janeiro, Editora 34, 1993, p. 80). Cf. o belo livro de Christian Meier, *Die Entstehung des Politischen bei den Griechen*, Frankfurt/Main, Suhrkamp, 1995. Cf. LORAUX, Nicole, "*Das Band der Teilung*", VOGL, Joseph (org.). *Gemeinschaften. Positionen zu einer Philosophie des Politischen.* Frankfurt/Main, Suhrkamp, 1994. Analizei essas questões em outro lugar, cf. ORTEGA, Francisco. *Para uma política da amizade — Arendt, Derrida, Foucault.* Rio de Janeiro, Relume Dumará, 2000.

13) Cf. EASTERLING, Pat. "Friendship and the Greeks", PORTER, Roy e TOMASELLI, Sylvana (orgs.). *The dialectics of friendship.* Londres/Nova York, Routledge, 1989, pp. 13-5.

14) Cf. NÖTZOLDT-LINDEN, Ursula. *Freundschaft. Zur Thematisierung einer vernachlässigten soziologischen Kategorie.* Opladen, Westdeutscher Verlag, 1994, p. 35; TENNBRUCK, F.H. "Freundschaft. Ein Beitrag zu einer Soziologie der persönlichen Beziehungen", *Kölner Zeitschrift für Soziologie und Sozialpsychologie*, 16, 1964, pp. 442-3.

origem remonta ao mundo homérico, continuaria existindo até a época clássica da *polis*. Segundo Herman, quando a *polis* começou a se configurar nos séculos VIII e VII a. C., impôs-se sobre as estruturas pré-políticas já existentes (tribos, clãs, bandas, alianças) sem as dissolver. Com a formação da *polis*, as redes de *xenias* continuaram existindo, o que contribuiu, por um lado, para a manutenção de um forte componente de ritualização e institucionalização nas relações afetivas e de amizade, e, por outro, para definir os valores predominantes na *polis*: "Pública ou secretamente, a hospitalidade continuou agindo como um vínculo poderoso entre cidadãos de cidades diferentes e entre cidadãos e membros de vários corpos apolíticos. E por essa persistência na idade das cidades, tornou-se ativamente envolvida na formação do sistema de valores da *polis* e na formulação de alguns de seus conceitos mais básicos e modelos de ação".[15]

Uma das instituições fundamentais gregas, que permaneceu desde a época homérica até a democracia clássica e as monarquias helenísticas, é formada por um tipo específico de associação entre amigos: a *heteria*. Trata-se de uma relação política de camaradagem militar, uma fraternidade em armas, um "clube político", no qual os homens da mesma idade e camada social ingressavam na juventude e ficavam até a velhice. Essa forma de associação teve um papel fundamental nos assuntos políticos, militares e jurídicos da *polis*, adaptando-se às diversas mudanças constitucionais e políticas da cidade, e representando as mais diversas funções, quais sejam, clube de bebida aristocrático, guarda-costas dos tiranos, lei firme dos líderes democráticos, conspiração oligárquica, comitê de campanha eleitoral, entre outras.[16] Ou seja, constituía um elemento indispensável da vida política na *polis*, uma relação que se articula como vínculo de amizade.

Na sociedade homérica aristocrata, na qual o rei possuía somente uma função cerimonial e representativa e o poder era descentralizado e disperso entre uma variedade de indivíduos, a *heteria* atravessava horizontalmente as estruturas básicas de

---

15) HERMAN, G. *Ritualised friendship and the greek city*, citado em EASTERLING, op. cit., p. 15.

16) Cf. HUTTER, Horst. *Politics as friendship. The origins of classical notions of politics in the theory and practice of friendship*. Ontario, Wilfrid Laurier University Press, 1978, pp. 27-8 e 36-52; verbete, "Hetairia", *Realencyclopädie der classischen Altertumswissenschaft*, v. VIII, 2, Stuttgart, 1963, col. 1373-1374.

parentesco, ligando e unificando os diferentes centros de poder. Ela correspondia a um tipo de sociedade com uma divisão rígida do trabalho entre os sexos, na qual a família não era base institucional de socialização e de acumulação de riqueza. Para além disso, a organização hetérica dos homens era útil em épocas de guerra. A *heteria* representava um forte vínculo afetivo, uma "amizade expressiva", a qual, como aponta Hutter, "fornecia vínculos íntimos que transcendiam à consangüinidade e permitiam, desse modo, membros de diferentes grupos de parentes se associarem com a finalidade de se tornarem companheiros de armas. Ela desenvolvia suas próprias regras e rituais de associação, que eram em parte secretos, em parte públicos, mas que eram rituais que surgiam da relação mesma e que não eram extensões de regras de parentesco".[17] A *heteria* seria, assim, uma das instituições sociais mais fortes e persistentes do mundo grego, a qual conseguiu manter-se através de numerosas mudanças de governo e revoluções, fornecendo ao heleno um vínculo mais íntimo e intenso que o permitido pela família grega. Voltarei a retomar a temática das *heterias* e suas implicações sociopolíticas ao discutir a *philia* na época grega clássica, assim como a *amicitia* romana.

Resumindo o caminho percorrido até aqui, vemos como na Grécia homérica a amizade não aparece definida de uma forma clara, existindo numerosos tipos e noções. Principalmente as formas de amizade eram ligadas ao parentesco, encontrando nele sua origem. Tratava-se de relações institucionalizadas e ritualizadas, muitas delas já dadas e estandardizadas, as quais deixavam pouco espaço para a liberdade de escolha, espontaneidade e preferências pessoais. Esse tipo de amizade exercia as funções de coesão social e proteção em um mundo descentralizado que não podia garantir a vida dos indivíduos, representando uma possibilidade de assegurar a existência e a manutenção da sociedade.

A passagem para a época clássica, e o subseqüente deslocamento de uma cultura do clã e da aldeia para a cultura urbana da *polis*, facilita uma crescente mobilidade, uma heterogeneidade étnica e a formação de uma classe intelectual; elementos que permitem ampliar o espaço social do indivíduo e criar novos vínculos sociais e emocionais. É por isso que Fraisse

---

17) Ibid., p. 34.

descreve a evolução semântica da noção de *philia* "ligada à descoberta da liberdade que precede a amizade".[18] As relações de parentesco se enfraquecem nas relações de amizade, definidas pelo seu caráter de livre escolha e afeição pessoal. Com isso, a *philia* se dissocia das estruturas de parentesco, transformando-se em uma instituição independente e, com as diferenciações ulteriores das estruturas sociais, as relações interpessoais se separam das relações institucionalizadas.[19]

O deslocamento do campo semântico do termo *philia* — de sua utilidade dentro de um contexto institucional para uma inclinação pessoal, subjetiva e emocional —, conduz a uma acentuação dos elementos psicológicos diante da dimensão das obrigações entre parentes. A relação de *philia*, no entanto, mantém, como veremos, durante toda a época clássica uma forte dimensão institucionalizada e ritualizada, que é testemunhada tanto pela persistência das estruturas arcaicas (*heteria*, *xenia*) na *polis*, como por sua ligação com a democracia, a justiça, a virtude nos textos canônicos de Platão e Aristóteles. As relações afetivas eram estabelecidas normativamente e as tarefas da amizade eram institucionalizadas. Foucault observa que, na *polis* grega, as relações de amizade desempenhavam um papel considerável, mas existia um enquadramento institucional suplementar que implicava um sistema de obrigações, deveres e tarefas recíprocos, o estabelecimento de uma hierarquia entre amigos, etc.[20] As relações de amizade formavam os átomos da *polis*, a condição de sua sobrevivência, o que leva I. Kon a afirmar que "seja qual for a importância dos valores emocionais e expressivos para a amizade, não constituem nenhum grupo em si, mas pertencem ao sistema das relações sociais que a regulam por fora (mediante leis) e por dentro (mediante o ideal de virtude)".[21]

A seguir concentrar-me-ei na análise das principais noções da *philia* que permeiam a filosofia grega clássica. Platão apresenta uma noção ontológica da *philia*, preocupado em definir a natureza da amizade, identificada com a procura do conhecimento que

---

18) Op. cit., p. 32.
19) Cf. KON, I.S., *Freundschaft. Geschichte und Sozialpsychologie der Freundschaft als soziale Institution und individuelle Beziehung*. Hamburg, Rowohlt, 1979, p. 43; NÖTZOLDT-LINDEN, op. cit., p. 36.
20) Cf. "Le triomphe social du plaisir sexuel: une conversation avec Michel Foucault", *Dits et écrits*, IV, p. 310.
21) Op. cit., pp. 40 e 44.

carateriza a filosofia. Aristóteles, por sua vez, fornece o que poderíamos denominar de uma visão fenomenológica da *philia*, que visa descrever os diferentes tipos de amizade, suas relações com outros vínculos sociopolíticos, e a discriminação da verdadeira *philia*.

A ontologia platônica da philia

A reflexão sobre a *philia* permeia a totalidade do *corpus* platônico; o caráter dialógico de seu pensamento coloca a amizade na base da procura pela verdade, caraterística da filosofia. Assim, na carta sétima (344b1-c1), Platão afirma: "Devemos ter um com o outro um trato filosófico (...) pois juntos temos de conhecer a verdade sobre o bem e o mal e também a aparência e a verdade da natureza com muito trabalho e muito gasto de tempo". É precisamente a escolha do diálogo como forma do filosofar que testemunha a importância da *philia* para a filosófia. É por isso que Jermann observa que "o próprio diálogo filosófico é o importante para Sócrates (...). A filosofia não era para o mestre de Platão um fim em si mesmo, mas o filosofar coletivo, a intersubjetividade filosófica".[22] Todavia, Platão aborda a *philia* diretamente em três dos principais diálogos: no *Lísis*, no *Banquete* e no *Fedro*. Toda a discussão platônica da amizade está ligada a sua reflexão sobre o amor, à procura de dar ao "amor dos rapazes" (*paidikon eros*) uma forma moralmente aceitável na *polis*. Por isso, antes de analisar a teoria platônica da amizade devem ser feitas algumas observações sobre a erótica grega.

A ausência de fortes vínculos maritais e de amor conjugal, assim como a separação estrita dos sexos — designando lugares específicos para cada um —, levou na *polis* clássica a concentrar a paixão e a ternura nas relações entre homens. O baixo estatuto da mulher e sua reclusão na esfera privada e doméstica (o *oîkos*), teve como conseqüência o privilégio do culto da amizade e do amor masculino. As relações entre homens eram marcadas pela afeição e pelo significado emocional. Em uma sociedade em que

---

22) *Philosophie und Ethik. Untersuchungen zur Struktur und Problematik des platonischen Idealismus*, Stuttgart, Bad Cannstatt, Fromann-Holzboog, 1986, pp. 67-8. Cf. ORTEGA, Francisco. *Amizade e estética da existência em Foucault*, cap. 7: "O si mesmo e os outros. Intersubjetividade e constituição do sujeito".

as mulheres eram afastadas da esfera pública, relegadas ao espaço doméstico do *oîkos*, os rapazes eram substitutos das mulheres ao possuírem semelhança física com elas, sendo considerados objetos de desejo. Assim, o amor dos rapazes produz uma *ars erótica*, que se exprime na filosofia e na poesia, existindo uma correlação entre uma teoria do Eros e uma prática erótica. Onde não existia nenhum encontro público entre homens e mulheres e a mulher se encontrava em uma relação de domínio e submissão diante do homem, e onde "necessidade", "violência", "dominação" e "desigualdade" eram os conceitos que melhor definiam a vida doméstica (único ponto de encontro entre ambos os sexos), não se pôde desenvolver uma relação erótica. Pois essa pressupõe a liberdade dos indivíduos envolvidos,[23] expressa no jogo da sedução, na possibilidade de dizer "não" e na recusa do cortejo, como sabemos da história do amor no Ocidente. Só homens livres — rapazes e adultos — podem ser destinatários dessa relação erótica. As relações heterossexuais eram fortemente codificadas, tanto no matrimônio, como na prostituição e proibidas fora dessa regulamentação. As mulheres não podiam recusar os homens, pois se encontravam sob contrato econômico; sua única função era satisfazer a sexualidade masculina, garantir a procriação e administração do patrimônio, como observava Demóstenes: "Temos as prostitutas para o prazer, as concubinas para a comodidade diária; e temos as esposas para produzir uma descendência legítima e ter um guarda fiel da casa".[24] Onde as relações entre sexos eram regulamentadas por contrato ou pagamento não pôde existir sedução, recusa, persuasão, erótica nem poesia.[25]

"A moral matrimonial, e mais especificamente a ética sexual do homem casado, não exige, para se constituir e definir suas regras, a existência de uma relação do tipo do Eros (...). Em contrapartida, quando se trata de definir o que deve ser, para atingir

---

23) "Ser livre significava ser isento da desigualdade presente no ato de comandar, e mover-se numa esfera onde não existiam governo nem governados", ARENDT, Hannah. *A condição humana*. Rio de Janeiro, Forense-Universitária, 1987, p. 42. A esfera doméstica, o *oîkos*, ou espaço privado, se define precisamente pela privação, pela ausência de liberdade que só pode existir no espaço público.

24) Citado em SCHLAFFER, Heinz, "Knabenliebe. Zur Geschichte der Liebesdichtung und zur Vorgeschichte der Frauenemanzipation", *Merkur*, 49 (557), 1995, p. 684.

25) John Boswell (*The Marriage of Likeness. Same-sex unions in pre-modern Europe*, Glasgow, Harper Collins Publishers, 1995, p. 74) ressalta que no *Banquete*, Platão carateriza as relações e os sentimentos heterossexuais como "vulgares", ao passo que os homossexuais vão ser definidos como "divinos" (*heavenly*).

a forma mais bela e perfeita, a relação de um homem com um rapaz, e quando se trata de determinar qual uso, no interior de sua relação, eles podem fazer de seus prazeres, então a referência ao Eros torna-se necessária; a problematização de sua relação depende de uma 'Erótica'. É porque entre dois cônjuges o *status* ligado à instituição do casamento, à gestão do *oikos* e à manutenção da descendência podem fundamentar os princípios de conduta, definir suas regras e fixar as formas da temperança exigida. Em compensação, entre um homem e um rapaz que estão em posição de independência recíproca e entre os quais não existe constrição institucional, mas um jogo aberto (com preferências, escolha, liberdade de movimento, desenlace incerto), o princípio de regulação das condutas deve ser buscado na própria relação, na natureza do movimento que os leva um para o outro, e da afeição que os liga reciprocamente. A problematização, portanto, se fará na forma de uma reflexão sobre a própria relação: interrogação ao mesmo tempo teórica sobre o amor e prescritiva sobre a maneira de amar".[26]

A hostilidade entre os sexos e o estatuto diferenciado entre homens e mulheres criaram uma barreira que impedia a formação de relações de amizade entre eles. A separação dos sexos provocada pela divisão do trabalho acarretou tensões maritais e frustração de necessidades emocionais, tais como a auto-afirmação, as quais, em outras culturas, são, geralmente, satisfeitas nas relações heterossexuais. Na Grécia, essa função era desempenhada pela amizade e pelo amor masculinos.

O desejo de emitar o amigo na bravura e a vergonha de revelar covardia diante dele constituem os fatores que proporcionam coragem e ferocidade aos grupos de amigos, como, por exemplo, nas *heterias*. A amizade inspira ousadia, por isso é valorizada em sociedades guerreiras; uma amizade cujo ponto de partida é o Eros, capaz de induzir nos amigos o sentido da honra que os impele a realizar grandes façanhas. O discurso de Fedro no *Banquete* constitui possivelmente o mais belo exemplo desse Eros produtor de coragem:

> "Assim, de todos os lados Eros é considerado extremamente antigo. Sendo o mais antigo, é também a causa de nossos maiores bens; por mim, não saberia dizer nada melhor para o

---

26) FOUCAULT, Michel. *L'usage des plaisirs* (abreviado: UP), Paris, Gallimard, 1984, p. 223.

jovem, no seu primeiro crescimento, que um verdadeiro amante, nem, para um amante, nada melhor que os seus amores. Com efeito, o que é preciso durante toda a vida, que os homens sintam, se quiserem bem viver, os laços de parentesco, a glória, a riqueza, nunca podem consegui-lo tão perfeitamente como no amor. E eis do que falo: a vergonha do que é feio, a ambiciosa altivez das boas ações. Fora destas duas paixões, nenhuma cidade, nenhuma pessoa privada é capaz de atingir a grandeza. E afirmo que um amante, se pratica o mal ou o sofre covardemente, sem se defender, e isso se sabe, sofre menos por cair sob os olhares de seu pai, dos amigos ou de qualquer outro do que sob os dos seus amores. Do mesmo modo, para o amado vemos como é diferente para ele ter de corar diante dos seus amantes quando é surpreendido numa má ação. Portanto, se fosse possível constituir uma cidade ou um exército com o amante e os seus amores, não haveria melhor fundamento para um tal Estado que o horror do mal e a emulação na glória; e, se tivessem de combater juntos, tais guerreiros, mesmo poucos numerosos, poderiam vencer, atrevo-me a dizê-lo, a universalidade dos homens. Um amante coraria mais por ser visto pelo seus amores a abandonar o seu posto ou a desfazer-se das armas do que se todos os outros fossem testemunhas disso. Preferiria morrer em vezes. Quanto a abandonar os seus amores, a não os socorrer no perigo, não é de natureza tão covarde que Eros não lhe comunique divinamente o valor e não torne igual ao melhor".[27]

O Eros que os gregos acreditavam ser capaz de produzir grandes façanhas, despertar a coragem e ser dotado de um valor educativo é um Eros homoerótico, o *paidikon eros*, objeto de uma "ciência da erótica", da qual Sócrates declara ser um mestre. As funções desempenhadas pelo *paidikon eros* eram as mais diversas: suscitar bravura na batalha, competitividade no esporte, promover a educação dos jovens e servir de inspiração e motor da especulação filosófica, como o *Banquete* e o *Fedro* testemunham.[28]

Existia, porém, uma dificuldade na moral grega do *eros paidikon*, originada do isomorfismo existente na sociedade helênica entre

---

27) PLATÃO, *Banquete*. Sintra, Publicações Europa-América, 1977, 178c-179b.

28) "Em uma extensão sem paralelo em outra cultura, a homossexualidade foi racionalizada num ideal filosófico e educacional e, desse modo, em teoria pelo menos, foi contemplada como uma força formadora de Estados e de manutenção da ordem (...). Ela capturou a essência da imaginação grega. A filosofia e a política gregas são difíceis de compreender sem referência a ela" (HUTTER, op. cit., p. 66).

as relações sexuais e o comportamento social, o que impedia, que o rapaz (*erómenos*), que se comportasse passivamente na relação sexual, como objeto do prazer do homem mais velho (*erastes*), pudesse desempenhar uma função ativa como cidadão da *polis*. A "antinomia dos rapazes" consistia em serem considerados como objetos de prazer, e, no entanto, não poderem identificar-se com esse estatuto como futuros cidadãos, pois apenas as mulheres e os escravos eram objetos de prazer. Ou seja, a moral do amor dos rapazes se encontrava ante o difícil dilema de conciliar uma prática sancionada culturalmente, portadora de valores éticos, políticos, educativos, estéticos, e considerada necessária para a juventude, e ser, ao mesmo tempo, objeto de intensa problematização moral, devido à mencionada "antinomia dos rapazes".[29] A reflexão platônica da *philia* surge como uma tentativa de resposta a essa antinomia, isto é, como uma possibilidade de dotar o *eros paidikon* de uma forma que pudesse ser moralmente aceita. A sua estratégia consistirá em transformar o *eros paidikon* na relação de *philia*, que exclui o elemento sexual, o qual será sublimado, o que lhe permite manter os elementos "pedagógicos" do amor dos rapazes, sem cair nas antinomias implicadas na erótica tradicional. Platão não tem, na minha opinião, muito interesse em distinguir entre amor e amizade nos diálogos que tratam do tema, pois é precisamente dessa fluidez conceitual que se originam os importantes deslocamentos que conduzirão à amizade como uma espécie de Eros sublimado.

Sócrates se apresenta nos diálogos principais como conhecedor dos segredos do amor, possuidor de uma "ciência do amor" (*Fedro*, 257a), que lhe permite "reconhecer imediatamente, à primeira vista, quem é o amante e quem é o amado" (*Lísis*, 204c). Sócrates, que afirma saber que não sabe nada (*Apologia*, 21d), diz ao mesmo tempo "em nada mais ser entendido senão nas questões de amor" (*Banquete*, 177d). Ele encarna a autoridade do *paidikon eros*, ponto

---

29) Horst Hutter ressalta uma série de leis que tentavam regulamentar e sancionar essas práticas, pois esse costume aceite socialmente e idealizado eticamente estava em perigo de perder sua base ideal devido à prostituição masculina e a relações sexuais involuntárias (estupro, venda). Essas leis eram: leis sobre o comportamento de rapazes e professores na escola; leis que proibiam a prostituição dos rapazes pelos pais; pena de morte para o estupro de rapazes nascidos em liberdade e de escravos; leis contra a prostituição de homens livres, que os impossibilitavam de exercer cargos públicos. Essas leis não proibiam a prática do *paidikon eros*, mas constituíam formas de controlar uma prática dotando-a de manifestações moralmente aceitáveis.

de partida dos três diálogos. É por isso que seu saber é procurado, como no *Lísis*. O que faz com que o deslocamento e desvio das questões, da erótica tradicional para as da amizade sejam ainda mais surpreendentes, pois Sócrates reivindica conhecer a arte, o segredo do amor, e não o da amizade. Ele usa esse saber para reclamar para si a autoridade que lhe permitirá deslocar a questão de forma inesperada, usar esse Eros pederástico como uma força motriz que o conduzirá à relação de *philia*. Na continuação devem ser analisados esses deslocamentos e suas conseqüências para a noção platônica da *philia*.

No começo do *Lísis*, Sócrates argumenta dentro da erótica tradicional, a qual pressupõe cortejo, sedução, adulação, recusa — ante a paixão de Hipótales por Lísis —, e é definida segundo conceitos de forte conotação sexual.[30] Toda a argüição de Sócrates, ao aconselhar Hipótales como conseguir os favores sexuais do amado, ocorre segundo as regras do *paidikon eros*: "É assim Hipótales, que é preciso tratar os que amamos, diminuindo-os e rebaixando-os, e não, como tu fazes, lisonjeando-os e vergando aos seus caprichos" (210e). Subitamente, Sócrates introduz uma ruptura inesperada no diálogo, ao se afastar do terreno da erótica corrente e suas "antinomias" para, sem maior explicação, passar para o território da *philia*, ao declarar sua "ânsia de ter amigos", seu "grande ardor", seu "desejo de possuir", de adquirir amigos.[31] Com isso, Sócrates vai deslocar a atenção do par de amados e a temática da reciprocidade na relação *eros/philia*, da adulação e do elogio do amado, para o amor individual e transcendental pelo absoluto, deixando de lado todas as considerações pessoais e

---

30) A paixão de Hipótales é descrita por palavras formadas a partir do termo *eran*, que evocam uma forte conotação sexual. No diálogo, o termo "favorito" (*ta paidika*) é usado para se referir a Lísis, o amado de Hipótales (*Lísis*, 204d). Como Oliveira observa: "O termo *ta paidika* usa-se em referência ao mais novo do par amoroso e *não pode deixar de pensar-se em intercâmbio físico*, real ou virtual. Jamais à paixão de Hipótales é referida uma palavra formada sobre o radical *phil-*" (PLATÃO, *Lísis*. Introdução, tradução e notas de Francisco de Oliveira. Coimbra, Instituto Nacional de Investigação Científica. Centro de Estudos Clássicos e Humanísticos da Universidade de Coimbra, p. 79, grifos meus).

31) 211e. Léon Robin observa como "o ponto de partida do *Lísis* é o amor de Hipótales pelo jovem *Lísis*. A procura, no entanto, apesar de ser motivada tanto por este fato inicial como pela amizade propriamente dita de *Lísis* por *Menexenos*, tem como objeto a essência não do Eros, mas da *philia* em geral " (*La théorie platonicienne de l'amour*, Paris, Presses Universitaires de France, 1964, p. 3). Robin, porém, não reconhece uma ruptura, uma tentativa de esquivar as "antinomias dos rapazes" no deslocamento da questão sexual para a questão da *philia*.

psicológicas sobre a amizade e decantando-se pela especulação metafísica e moral, tornando banal, como conseqüência do deslocamento, qualquer discussão sobre as amizades concretas, que não apontem para a universalização.[32] De forma similar ao *Banquete*, Platão desloca a questão deontológica implícita na prática do *paidikon eros*, acerca do comportamento dos parceiros da relação amorosa, para a questão ontológica da essência da *philia*. Três conceitos fundamentais aparecem entrançados nesse processo: *epithymia*, *prôton philon*, *oikeiótes*.

O desejo (*epithymia*) exerce no *Lísis* a mesma função que o Eros no *Banquete*. Ambos são sinônimos: os desejos, "que não são bons nem maus" (221b), são causa da amizade (221d). A introdução do desejo serve para evitar as aporias da inclinação recíproca de dois bons ou de dois maus, ambos refutados por Platão.[33] O desejo aponta para uma falta, uma privação, que gera uma necessidade. A própria deficiência está na origem da amizade.

A noção de "primeiro amigo" (*prôton philon*) corresponde ao primeiro princípio da amizade, alguma coisa que é amada por si mesma, e não por outra coisa,[34] ou seja, o *eidos*, a idéia, a forma

---

32) Cf. HYATE, R. *The arts of friendship. The idealization of friendship in medieval and early renaissance literature*. Leiden/Nova York/Köln, E.J. Brill, 1994, p. 14: "Vista das alturas do conhecimento divino da beleza, mesmo o melhor exemplo de amor-amizade humano parece imperfeito ou, de fato, falso".

33) As concepções de Heráclito, Eurípides e Empédocles afirmavam que amizade só pode existir entre iguais. Platão recusa a possibilidade de amizade entre maus, pois esses são não-idênticos a si mesmos, inconstantes e instáveis (214b-d); assim como entre bons, pois o bom é auto-suficiente e não precisaria de amigos (215a). Aristóteles criticará essa noção da auto-suficiência do bom. Cf. *Ética a Nicomâcos*, (EN), Brasília, Editora da UnB, 1999, 1169b 10-15.: "Mas parece estranho, quando se atribuem todas as coisas boas ao homem feliz, não lhe atribuir amigos, que são considerados o maior dos bens exteriores. Mas se fazer bem aos outros é mais característico de um amigo do que deixar que lhe façam o bem, e fazer benefícios é característico das pessoas boas e da excelência moral, e se é mais nobilitante fazer bem a amigos do que a estranhos, as pessoas boas necessitam de alguém a quem possam fazer bem". O argumento mais forte de Aristóteles, no entanto, se encontra na própria constituição antropológica do homem como *zoon politikon*, (ibid., 1169b15-20) concebido para a vida na *pólis*, da qual não se excluiria os homens bons. Sobre auto-suficência e ou caráter instrumental da *philia* platônica, cf. REHN, R. "Liebe und Freundschaft bei Platon und Aristoteles"; ANNAS, Julia. "Plato and Aristotle on friendship and altruism", *Mind* 86, 1977, pp. 532-554; PRICE, A.W. *Love and friendship in Plato and Aristotle*. Oxford, Oxford University Press, 1989; GLIDDEN, David K. "The *Lysis* on loving one's own", *Classical Quarterly* 31, i, 1981, pp. 39-59. Essas questões serão retomadas mais adiante.

34) Cf. 219d: "Não será porventura forçoso renunciar a este caminho, ou então chegar a um ponto de partida que não mais reconduza a um outro amigo, mas leve àquele que é o primeiro amigo (*prôton philon*), em vista do qual dizemos que todas as coisas são amigas?".

da *philia*. Assim, o primeiro amigo não remete a outra coisa além de si mesmo, e todas as amizades concretas são só "imagens" (*eidôla*, 219d.), meras cópias imperfeitas dessa verdadeira amizade. O primeiro amigo é uma espécie de *proton agathon*,[35] ou *summum bonum*, ele é um sinônimo da idéia de bem (*agathon*, 220b), o que testemunha a estreita ligação da teoria platônica da *philia* com a sua teoria das idéias. Daí a importância da *philia* para a filosofia, constante em todas as escolas filosóficas da Antigüidade. A introdução do *prôton philon* representa uma hiperbolização, uma abertura da amizade para a transcendência. A procura comum dos amigos de um *bonum absolutum* corresponde à procura de Deus, aproximando-se da amizade divina, do *agape* cristão, como encontraremos, entre outros, em Santo Agostinho: "Feliz o que Vos ama, feliz o que ama o amigo em Vós, e o inimigo por amor de Vós. Só não perde nenhum amigo aquele a quem todos são queridos n'Aquele que nunca perdemos" (*Confissões*, IV, 9, 14). O recurso ao "primeiro amigo" serve a Sócrates para criticar e desvalorizar toda relação de amizade que permaneça no plano afetivo e se feche sobre si mesma, sobre o intercâmbio afetivo e recíproco dos amigos, pois só a amizade que seja capaz de superar esse plano interpessoal será considerada como verdadeira amizade. Esse deslocamento é uma forma de se liberar das aporias contidas na erótica tradicional, na "antinomia dos rapazes". Com a ligação da idéia de amizade, o "primeiro amigo", à verdade, todas as relações pessoais e afetivas passam a um segundo plano diante dessa amizade, visto que só são válidas se conduzem a um fim mais elevado, ao *eidos* da amizade, identificado com o bem.

O último conceito a ressaltar no *Lísis* seria o de *oikeiotès* (221e-222a). Trata-se de um termo de difícil tradução,[36] que designa uma relação de proximidade, afinidade, simpatia, intimidade,

---

35) A expressão é de Franco Chiereghin, cf. CHIEREGHIN, "L'individuazione del campo problematico dell'amicizia nel *Liside* di Platone", *Il concetto di amicizia nella storia della cultura europea. Der Begriff Freundschaft in der Geschichte der europäischen Kultur*, Atti del XXII convegno internazionale di studi italo-tedeschi, Merano, Accademia di studi italo-tedeschi, 1995, p. 524. Cf. Samb, Djibril. "La signification du '*prôton philon*' dans le *Lysis*. Essai d'interprétation ontologique", *Revue philosophique de la France et de l'Etranger* 191, 1991.

36) "... graças a uma ambigüidade bastante fecunda, o adjetivo *oikeîos* designa, em Platão como na língua corrente, tanto aquilo que é próprio, pessoal, mesmo íntimo e interior, como aquilo que nos é próximo, parente, ou o amigo até o compatriota. Assume, assim, todas as significações originais do termo *philos*, sem dúvida, colocando mais do que ele o acento na personalidade e na interioridade" (FRAISSE, op. cit., pp. 143-4).

familiaridade e parentesco: “É traduzido, com freqüência, por ‘conveniência’. E qualifica freqüentemente o laço mesmo de amizade, laço sempre natural (reconhecemos necessariamente ao *phileîn* algum parentesco ou familiaridade natural, *to mende phýsei anagkaíon hemin péphantai phileîn*), mas conforma uma rede indissociável de significações que nos importam aqui, um foco semântico reunido inteiramente justo ao redor do lar (*oikôs*), da casa, da moradia, do domicílio — e do túmulo: parentesco (literal ou figurado) —, domesticidade, familiaridade, propiedade, e, em conseqüência, apropriabilidade, proximidade, tudo aquilo que uma *economia* pode tornar conciliável, ajustável ou harmonizável, diria até mesmo *presente*, na *familiaridade* do *próximo*”.[37] *Oikeiotès*, o afim, o “próximo por natureza” (na tradução de Fraisse), indica um parentesco profundo e representa uma possibilidade de pensar juntos desejo, amor e amizade.[38] O bem absoluto, correspondente ao “primeiro amigo”, é a realização última; ao mesmo tempo o bem produz relações de afinidade com tudo o que lhe é afim, devido a sua universalidade, sua capacidade de ser o afim (*oikeion*) de tudo e sua relação de paternidade e finalidade com tudo o que existe. Portanto, a amizade deve se fundar, por um lado, numa proximidade de natureza, uma afinidade, correspondente à necessidade recíproca de auto-aperfeiçoamento moral de cada um dos parceiros da relação, mas, por outro lado, essa proximidade e afinidade entre os parceiros deriva da relação de cada um deles com o bem. O amigo é amado por manter uma relação com o bem — que equivale ao “primeiro amigo” —, e por colaborar com meu próprio aperfeiçoamento pessoal e moral. Quando a proximidade do amigo com o bem se manifesta, isto é, quando se torna “natural”, como Fraisse observa, “todos os homens se tornam para ele amigos ou próximos em potência, pois todos aspiram ao bem que ele possui”.[39] A amizade adquire assim as caraterísticas de hiperbolização,

---

37) DERRIDA, Jacques. *Politiques de l'amitié*, Paris, Galilée, 1994, p. 177. Desde Platão todos os grandes discursos filosóficos vincularam a amizade ao *oikeiotès*, ao parentesco, à familia, ao compatriota ou ao irmão. Num outro lugar, abordei as conseqüências ético-políticas da ligação platônica da *philia* ao *oikeiotès*. Cf. *Para uma política da amizade — Arendt, Derrida, Foucault.*

38) “Quando alguém deseja outrem, meus filhos, ou o ama, certamente não sentiria esse desejo, ou amor, ou amizade, se por acaso não fosse em algo *a fim* do amado, quanto à alma ou a qualquer traço da alma, do caráter ou da figura” (*Lísis*, 222a. Grifos meus). Cf. FRAISSE, op. cit., p. 143.

39) Ibid., pp. 144-5.

universalização, transcendentalização, desafetivação e despersonalização, que reencontraremos tanto no estoicismo — no conceito de *philanthropia*, e na figura do sábio, o qual corresponde, como o primeiro amigo, ao único amigo, o *phílos* universal das boas pessoas, ações, idéias, sem ser o amigo particular de ninguém —,[40] quanto no *agape* cristão, que representa outra encarnação dessa amizade abstrata e desafetivada como abertura para a transcendência.

O *Banquete* constitui uma continuação dos temas abordados no *Lísis*. Platão visa dar uma forma moralmente aceitável para a prática do *paidikon eros*, que conduzirá a sua transformação na relação de *philia*. Sob o fundo da erótica tradicional, que define os discursos de Fedro, Pausânias, Erixímaco, Aristófanes e Agatão, o discurso de Sócrates deslocará novamente, como aconteceu no *Lísis*, a problemática da honra do rapaz e da 'corte' para a verdade e a ascese, como Foucault ressalta: "Não se tratará mais, para saber o que é o verdadeiro amor, de responder à questão: quem convém amar e em que condições o amor pode ser honroso tanto para o amado como para o amante? Ou, pelo menos, todas essas questões se encontrarão subordinadas a uma outra, primeira e fundamental: o que é o amor em seu ser mesmo?".[41] Ou seja, Platão deslocará bruscamente a questão deontológica do comportamento sexual dos parceiros para a questão ontológica acerca da essência do amor.[42] Sócrates, no entanto, não está propondo a proibição da pederastia, sua intenção é antes a de "problematizar" as antinomias contidas nela, apontando para uma estética de seu uso. Os assuntos do *eros paidikon* não são nem bons nem maus em si, é o "uso dos prazeres" que determina seu valor moral.[43] Para Platão existe um mal uso do *paidikon eros* que corresponde a quem ama mais o corpo do que a alma.[44] O bom uso, "o uso correto do amor dos rapazes" (*dia to orthôs paiderastein*), é precisamente o Eros sublimado tal como aparece na "escada do

---

40) Cf. entre outros, HYATTE, op. cit., p. 14; HUTTER, op. cit., pp. 127-130; LESSES, Glenn. "Austere Friends: The Stoics and Friendship", *Aperion* 26, 1, 1993, pp. 70-2.

41) UP, p. 256.

42) "É de fato preciso, primeiro, discorrer sobre o próprio amor, quem é ele e qual a sua natureza e depois sobre as suas obras" (*Banquete*, 201d).

43) "Este amor não é simplesmente (...) bom ou mau, mas bem praticado é bom, mal praticado é mau" (Ibid., 183d).

44) "Ora mau é esse amante segundo o Eros vulgar, mais enamorado do corpo do que da alma" (Ibid., 183e).

amor".[45] O uso correto do Eros possui a mesma função motriz que o desejo (*epithymia*) no *Lísis* e conduz à *philia*. A energia obtida a partir da sublimação do Eros homossexual é o motor que levaria para a virtude e a beleza encarnadas na relação da amizade. Essa jogada permite a Platão manter o potencial educativo e o ideal ético-político do *paidikon eros*, repudiando ao mesmo tempo a relação sexual implicada nessa prática, considerada um mal uso da pederastia. Pois, nesse caso "a expressão física da atração erótica não só seria desnecessária", como Hutter ressalta, "mas poderia ser até mesmo prejudicial, já que envolve o desvio da energia física para canais de gratificação e perda, em vez de concentrar e produzir a tensão psíquica, que fornece a base para o crescimento da *arete*".[46]

Diante de *Lísis*, a posição platônica no *Banquete* tende a dissolver a distinção entre Eros e *philia*; existe uma relação de continuidade entre ambos, a última seria o bom uso do primeiro. O *Banquete* constitui um fortalecimento do vínculo interpessoal na relação de amizade, perante a forte abstração representada pela introdução do *oikeiotès* no *Lísis*. O exemplo concreto do outro, que se constitui como "mestre da verdade" (na inversão realizada no discurso de Alcibíades, no qual Sócrates passa de amante para amado - 222b), por estar mais enamorado da verdade (que corresponde ao bom Eros), mais adiantado no caminho de amor, pode servir de guia, de educador, na procura da verdade e do bem. Nas palavras de Foucault, "Aquele que é o mais sábio em amor será também o mestre da verdade; e seu papel será o de ensinar ao amado de que maneira triunfar sobre seus desejos e 'tornar-se mais forte do que si próprio'. Na relação de amor, e como conseqüência dessa relação com a verdade que, a partir daí, a estrutura, uma nova personagem aparece: o mestre que vem ocupar o lugar do namorado, mas que, pelo domínio completo que exerce sobre si mesmo, modifica o sentido do jogo, transforma os papéis, estabelece o princípio de uma renúncia aos *aphrodisia* e passa a ser, para todos os jovens ávidos de verdade, objeto de amor".[47]

A amizade filosófica é essa procura comum do bem, em que amante e amado convergiriam na busca conjunta da verdade. O

---

45) Cf. *Banquete*, 211 b-d.
46) Op. cit., p. 78.
47) UP, p. 264; Cf. FRAISSE, op. cit., pp. 160-2.

amigo é indispensável para a filosofia. A *philia* erótica proposta por Platão não constitui simplesmente um objeto importante da reflexão filosófica, mas é parte constitutiva do processo de reflexão filosófica. Eros e filosofia coincidem, ambos são uma aspiração para o belo, bom e verdadeiro. Eros seria a força que conduz a *philia* necessária para a filosofia. Como Rehn assinala, "tratar-se filosoficamente" quer dizer "lutar juntos no diálogo pelo melhor *logos*".[48] O *eros-philia* platônico se concretiza na constituição da comunidade filosófica. A "vida em comum" dos participantes é indispensável para a atividade filosófica. Essa convicção é compartilhada por todas as escolas filosóficas da Antigüidade. Nesse contexto, devemos situar o seguinte conselho de Sêneca para Lucílio: "A palavra viva e a vida em comum te serão mais proveitosas que o discurso escrito (...). Platão e Aristóteles e esse grupo de sábios que deveria enxamear em correntes opostas tiraram mais proveito dos costumes de Sócrates que de seus ensinamentos. Se Metrodoro, Hermarco e Polieno foram grandes homens, isso não foi por causa dos cursos de Epicuro que escutaram, mas por causa da comunidade de vida que tiveram com ele".[49]

As comunidades filosóficas são constituídas por um grupo de amigos num ambiente de amor sublimado, de *amor-philia*; uma tradição que reencontraremos em Santo Agostinho, na projeção de uma experiência comunal na base do *amor-caritas*.[50]

Aristóteles: Fenomenologia da philia

Diante da noção platônica de *amor-philia*, na qual Eros era a força motriz que conduzia à *philia*, Aristóteles dissocia completamente os dois elementos criando uma incompatibilidade

---

48) Op. cit., p. 12.
49) *Cartas a Lucílio*, 6, 6. Citado em HADOT, Pierre. *O que é a filosofia antiga?*, p. 91.
50) Cf. HADOT, ibid., pp. 91, 95-6; COSTA, Jurandir Freire. *Sem fraude nem favor*, pp. 42-3. Costa observa como essa ligação do amor com seu papel educativo é constante em toda a tradição do amor cortês e se mantém, passando do Renascimento às Sociedades de Corte, assim como é preservado na corrente da mística cristã que enaltece o amor divino como conhecimento. Em todas essas vertentes do amor, é sublinhado o "vínculo entre o amor e a educação para a vida pública e para a preservação de valores culturais"; o amor é um "instrumento na educação do sujeito para a vida coletiva, seja ela a cidade ou a comunidade" (ibid., pp. 45 e 49-50).

definitiva entre ambos, que permanecerá constante na história da amizade. Para ele (assim como para os estóicos e epicuristas), o amor é visto como um elemento perturbador da harmonia da alma, ridículo no seu desejo de reciprocidade,[51] ocupando o amante com a satisfação das partes mais baixas de sua alma, e distraindo a atenção das faculdades superiores, que encontram sua expressão na amizade como a obra-prima da razão. Para Platão, Eros era o elemento ativo, a atividade da alma que levava à *philia*, a qual era um afeto estático, uma condição da alma, a resposta mais débil e menos apaixonada ao amado. Com Aristóteles, a amizade sai da passividade platônica e torna-se uma atividade, a própria atividade filosófica, ao passo que o amor é um impulso não-filosófico. Com outras palavras, Eros é uma paixão e *philia* um *ethos*: "Parece que o amor é uma emoção e a amizade é uma disposição do caráter; de fato, pode-se sentir amor também por coisas inanimadas, mas o amor recíproco pressupõe escolha e a escolha tem origem numa disposição do caráter; além disso, desejamos bem as pessoas que amamos pelo que elas são, e não em decorrência de um sentimento, mas de uma disposição do caráter" (EN, 1157b, 25-30).

Aristóteles desterra todo elemento erótico da amizade; Eros desempenha na sua teoria o papel que o desejo (*epithymia*) representava para Platão no *Fedro*, ou seja, é a faculdade mais baixa da alma, uma besta indomável que deve ser dominada pelas faculdades superiores a fim de evitar que atinja o controle da alma.[52] A *philia* tem o caráter de um hábito; ela é expressão de uma determinada atitude moral e intelectual que visa o amor recíproco entre os amigos, baseado numa decisão livre da vontade, em que cada um deseja o bem para o outro. Na concepção platônica, como foi apontado, só o uso correto do Eros, isto é, o Eros sublimado, conduzia à *philia*, existindo um "mau" Eros que correspondia ao Eros sexual, o qual ama mais

---

51) "É por isto que os amantes às vezes parecem ridículos, quando pedem para ser amados tanto quanto amam; se se trata de pessoas igualmente dignas de ser amadas, sua pretensão talvez possa justificar-se, mas se elas não têm atrativo algum parecem ridículas" (EN, 1159b, 15-20).

52) Cf. REHN, op. cit., p. 16. Como vimos, o desejo (*epithymia*) corresponde no *Lísis* ao Eros do *Banquete*; no *Fedro*, no entanto, Platão separá Eros e *epithymia*, sendo Eros a "loucura divina", a fonte de inspiração da filosofia.

o corpo do que a alma. Com sua dissociação de Eros e *philia*, Aristóteles pretendia afastar a possibilidade desse "mau uso" do Eros; especialmente se considerarmos que na sua filosofia ele não tem a função que tinha na platônica. Eros não é a força motriz capaz de passar do mundo sensível ao mundo das idéias, como é relatado na "escada do amor" do *Banquete*; ele é simplesmente um afeto entre muitos. Retirada a função moral e pedagógica que desempenhava no pensamento platônico, e com receio de não fazer um uso correto, Eros é dissociado completa e definitivamente da *philia* na história da amizade. O enriquecimento das funções, alcance e significado da *philia* no pensamento aristotélico acompanha a redução da importância de Eros, uma vez que permite passar do nível individual e pessoal ao socioestrutural, ao serem enlaçadas, através da *philia*, as análises da ética (na *Ética a Nicômacos*) às da política (na *Política*).

À desafetivação da relação corresponde o realce do elemento racional da *philia*. A amizade seria um afeto temperado pelas funções racionais do homem, ao passo que o amor seria um excesso de emoção, o "grau extremo da amizade" (EN, 1171a, 11). Com isso, o componente racional será colocado acima do elemento afetivo; as amizades são governadas pelas partes mais elevadas da alma. A ênfase colocada no elemento racional na análise da amizade permite sublinhar a ligação da *philia* com a excelência moral e sua importância para a vida boa (*eudaimonia*), bem como ampliar a gramática da *philia*, estendida quase à totalidade das relações humanas, e fazer uma forte ligação com a política e a justiça, no seu enfoque da amizade civil ou política (*politike philia*). Vejamos esses aspectos fundamentais da doutrina de Aristóteles.

Parece-me adequado usar o adjetivo "fenomenológico" ou "sociológico" para definir o *modus operandi* aristotélico na sua análise da *philia*. Diante de Platão, que pretendia atingir a idéia eterna da amizade, isto é, tratava-se de uma abordagem ontológica, Aristóteles almeja devolver as idéias de seu mestre à realidade empírica, classificando e analisando os tipos ideais de amizade assim como delimitando a sua gramática. A idéia transcendental de bem platônica e seu equivalente, o "primeiro amigo", serão relevados pelos tipos ideais, imanentes à experiência, porém normativos. Assim, Aristóteles introduz, na *Ética Eudema* (1236ab, 1237a), o conceito de "amizade primeira", ainda ligado ao conceito platônico do *prôton philon*.[53] Essa amizade corresponderia à amizade ideal, e não mais à idéia metafísica da *philia*. Assentando a *philia* no bem, Aristóteles preserva o núcleo do conceito platônico, mas faz do bem um valor concreto dentro do homem, o que tem como conseqüência, segundo Jaegger, "o fundamento suprapessoal do valor das relações humanas já não distrai a atenção da personalidade do amigo, pelo contrário, está concretizado e encarnado nela".[54] Assim, Aristóteles transformaria a noção platônica de uma idéia transcendental para um tipo sociológico, o qual, embora difícil de atingir, constitui o critério que guia a análise e a avaliação de todas as formas de *philia*. A amizade é explicável sem referência a um bem transcendental a nossa experiência empírica, considerando a sociabilidade humana como um fato original. O estaragita focalizará a sua abordagem na própria personalidade de amigo e não na essência eterna da *philia*, como fizera seu mestre.

Aristóteles distingue três tipos de amizade, segundo se baseiem na virtude, no agradável e no interesse, estabelecendo uma hierarquia entre eles. Só o primeiro equivale à "amizade perfeita" (*teleia philia*), ao passo que as outras duas formas são consideradas imperfeitas, acidentais ou instrumentais. Amizade perfeita é definida

---

53) É por isso que, na *Ética a Nicômacos*, Aristóteles substitue a "amizade primeira" (*prôtè philia*) pela "amizade perfeita" (*teleia philia*), pois a noção de "primeira amizade" lembra claramente ao "primeiro amigo" e à teoria das idéias platônicas e faz esperar um método puramente dedutivo. Vários comentadores sublinharam que o ponto de partida da reflexão aristótelica é constituído pelo *Lísis* platônico, especialmente Julia Annas (op. cit., pp. 551-4), que considera o começo do livro IX da *Ética a Nicômacos* como um tributo a Platão. Assim lemos em 1164b, 1-5: "Segundo parece, deve-se pagar de maneira idêntica àqueles com os quais estudamos filosofia, pois seu merecimento não pode ser medido em dinheiro, e eles não podem obter honrarias que compensem seus serviços, mas ainda neste caso talvez baste, como acontece em relação aos deuses e a nossos pais, dar-lhes aquilo que está ao nosso alcance". Sobre a relação *prôtè philia / teleia philia*, cf. JAEGGER, Werner. *Aristóteles. Bases para la historia de su desarrollo intelectual*, Madrid, Fondo de Cultura Económica, 1993, pp. 280-2; FRAISSE, op. cit., pp. 227-32; HUTTER, op. cit., p. 107; DERRIDA, Jacques. *Politiques de l'amitié*, pp. 257-8; Deve se considerar, no entanto, que na própria *Ética a Eudemo*, Aristóteles já se afasta da noção de uma idéia transcendental da amizade, à qual todas as amizades concretas se remetem e são sua sombra imperfeita, ao afirmar, "Por conseguinte, falar de amizade no sentido primário é somente causar violência aos fatos e nos leva a afirmar paradoxos. É impossível que todas as amizades caiam sob uma única definição" (*Ética Eudema* EE, *The Works of Aristotle*, Londres, Oxford University Press, 1949, 1236b 21-4). Cf. HUTTER., ibid., pp. 103-5; ANNAS, Julia, ibid., pp. 546-7. A noção aristotélica de "amizade perfeita" (*teleia philia*) será traduzida por *amicitia vera* na tradição romana e ciceroniana, passando depois, como veremos, no cristianismo a designar a amizade de Deus, *amicitia cristiana, amicitia dei*.

54) Op. cit., pp. 280-1.

como uma "benevolência recíproca",[55] em que o amigo é amado por si mesmo ("em relação a um amigo dizemos que devemos desejar-lhe o que é bom por sua causa"; EN, 1155b, 30); é um fim em si mesmo e não um meio para atingir algum fim, como no caso das amizades baseadas no agradável ou na utilidade. A amizade perfeita é, no entanto, útil e agradável (EN, 1156b, 15-20). Outras duas caraterísticas suplementares da amizade perfeita são a permanência no tempo e a raridade (EN, 1156b, 20-30). Embora seja uma amizade pouco freqüente, quase impossível, serve como modelo, como norma de avaliação dos tipos de amizade. Doravante, a tradição filosófica constituir-se-á, como veremos, como uma tentativa de definir a amizade perfeita, *teleia philia*, *amicitia perfecta, vera amicitia*, *amicitia cristiana*, *amicitia dei*, e como padrão para desqualificar os outros tipos de amizade. Os grandes discursos filosóficos sobre a *philia* são discursos da procura e do elogio dessa amizade transcendente, mítica, perfeita, sublime, impossível, os quais, na procura de idealidade, afastam-se da realidade social concreta.

Perante a amizade criativa e erótica do *amor/philia* platônico, a dissociação do Eros permite Aristotéles afirmar que a amizade é, "em efeito, uma virtude ou vai acompanhada de uma virtude" (EN, 1155a, 1-5), e assim estabelecer a ligação com a discussão da *eudaimonia*, pois a virtude é uma condição fundamental da felicidade. A amizade é parte estruturante da felicidade, entendida como "vida boa e boa conduta" (EN, 1098b, 20). Os amigos apoiam nossa boa conduta como companheiros e como objetos da ação virtuosa; a vida compartilhada com o amigo contribui para a realização da excelência moral, na base da felicidade, pois a amizade cria uma arena para a expressão da virtude.[56] A doutrina do amigo como um "segundo eu" (EE, 1245a, 30), um "outro eu" (*allos autos*) (EN, 1160a, 30; 1170b, 7), é o fundamento do vínculo existente entre *philia*, virtude e felicidade. Na base do amor ao amigo está o amor de si.[57] Para o

---

55) EN, 1155b, 25 -1156 a, 5.

56) Cf. SHERMAN, Nancy. "Aristotle on the shared life", KAPUR BADHWAR, Neera (org.). *Friendship. A philosophical reader.* Ithaca/Londres, Cornel University Press, 1993, pp. 92-97; BERTI, Enrico, "Il concetto di amicizia in Aristotele", *Il concetto di amicizia nella storia della cultura europea. Der Begriff Freundschaft in der Geschichte der europäischen Kultur*, Atti del XXII convegno internazionale di studi italo-tedeschi, Merano, Accademia di studi italo-tedeschi, 1995, pp. 110-2.

57) "todas estas características se encontrarão principalmente na atitude de uma pessoa em relação a si mesma; cada pessoa é a melhor amiga de si mesma e, portanto, deve amar-se mais a si mesma" (EN, 1168, b5-15).

homem bom a vida é desejável e agradável e perceber que se está vivo é agradável e bom. Da mesma maneira, o homem bom achará a vida de seu amigo (por ser um outro eu), e sua percepção, agradável e desejável (1170 b, 5-20). Ou seja, a consciência da percepção e do pensamento do amigo produz a mesma alegria que a consciência da própria percepção e do próprio pensamento. Diante de Platão, mesmo o homem bom não é auto-suficiente e precisa de amigos. A presença do amigo não faz somente nos sentirmos felizes, mas é necessária, não só porque o homem é um ser social, mas uma vez que, na condição de agentes absorvidos na própria ação, não temos a distância necessária que permite determinar o significado e valor pleno das ações e obter o prazer que acompanha a contemplação das ações boas, parte constitutiva da felicidade. Por isso, é mais fácil atingir a felicidade contemplando as ações do amigo; ações ante as quais podemos ganhar a distância que permite melhor avaliação e adotar um ponto de vista externo, de expectador, por serem ações do outro, mas que, ao mesmo tempo, reconhecemos como expressão nossa, precisamente por ser o outro, o amigo, um outro eu, isto é, idêntico em caráter.[58]

Em poucas palavras, Aristóteles está afirmando que a consciência de si, a identidade pessoal, se dá através do outro, na contemplação do outro, nossa imagem especular. Na amizade, o indivíduo se faz outro, sai de si, se objetiva; é preciso tomar consciência do pensamento e da atividade do outro para ter consciência do próprio pensamento e da própria atividade, condição da *eudaimonia*. A consciência de si é precedida da

---

58) "Se a felicidade consiste em viver e em estar em atividade, e a atividade das pessoas boas é conforme à excelência moral e agradável em si (...), e se o fato de uma coisa ser nossa é um dos atributos que a tornam agradável, e *se podemos observar o próximo melhor que a nós mesmos e suas ações melhor que as nossas*, e se as ações das pessoas dotadas de excelência moral que são suas amigas são agradáveis às pessoas boas (...) — se for assim, então, o homem sumamente feliz necessitará de amigos desta espécie, já que seu propósito é contemplar ações meritórias e ações que são suas, e as ações das pessoas boas e amigas têm ambas estas qualidades" (EN, 1169b, 30-1170a, 5. Grifos meus). Cf. SHERMAN, Nancy, op. cit., p. 106; BASHOR, Philip, S. "Plato and Aristotle on friendship", *The Journal of Value Inquiry*, 2, 1986, p. 276; ANNAS, Julia, op. cit., p. 550-1; COOPER, John M., "Aristotle on Friendship", RORTY, A.O. (org). *Essays on Aristotle's ethics*, Berkeley, University of California Press, 1980, pp. 317ss.; PRICE, Anthony, W. "Friendship", HÖFFE, Otfried (org.). *Aristoteles. Die Nikomachische Ethik.* Berlin, Akademie Verlag, 1995, p. 242; JOACHIM, H.H. *Aristotle The Nicomachean Ethics. A Commentary by the Late.* Oxford, Clarendon Press, 1951, pp. 258-61.

consciência do outro, a percepção do amigo é a forma privilegiada da percepção e da consciência de si. Assim, na *Ética a Eudemo*, Aristóteles pode afirmar que "perceber um amigo deve ser, de certo modo, perceber-se a si mesmo e conhecer-se a si mesmo".[59] Encontramos uma observação semelhante na *Magna Moralia* (1213a, 16-24): "Quando desejamos ver nosso rosto, fazemo-no olhando para o espelho, da mesma maneira, quando desejamos nos conhecer a nós mesmos, podemos obter esse conhecimento olhando para nosso amigo".

Evidentemente essa noção de consciência de si via consciência do outro, constitui uma noção de subjetividade diferente da nossa. Vernant e outros têm mostrado como, para os gregos, o eu não era nem delimitado nem unificado, constituindo um "campo aberto de forças". O indivíduo projeta-se e objetiva-se nas atividades e obras que realiza e que lhe permitem apreender-se; trata-se de uma experiência voltada para fora, o indivíduo se encontra e se apreende nos outros. Os gregos não conheciam a introspecção. O sujeito é extrovertido; a consciência de si não é "reflexiva" mas "existencial". Brunschvig fala nesse contexto de um "*cogito* paradoxal": eu sou a projeção de mim que veio. A consciência está voltada para fora; a autoconsciência, no sentido moderno do termo, não existe, ou somente sob a forma de um "ele" e não de um "eu".[60]

Essa consciência de si através da consciência do outro exige uma convivência, indispensável para amizade ("nada é mais característico dos amigos que o desejo de viver juntos" EN, 1157b, 19). Esse convívio representa, para Aristóteles, um "complacer-se mutuamente e uma procura mútua de benefícios" (1157b, 3-5), um "intercâmbio de palavras e pensamentos" (1170b, 10-15), ou seja, não um simplesmente estar juntos, mas compartilhar interesses e engajar-se conjuntamente na procura do conhecimento, uma comunhão intelectual, que requer uma vida em comum.[61] A prática da amizade é parte constitutiva da comunidade de vida, a reflexão da amizade se insere na reflexão sobre a vida filosófica. Na comunidade dos amigos, os homens virtuosos tornam-se ainda

---

59) EE 1245a, 35-40. Cf. BASHOR, ibid., p, 276; BERTI, op. cit., p. 111.

60) Cf. VERNANT, Jean-Pierre. *L'individu, la mort, l'amour. Soi-même et l'autre en Grèce ancienne.* Paris, Gallimard, 1989, pp. 215-6 e 225; "Nouvelle Histoire de la Grèce ancienne", *Magazine littéraire*, 231, 1986, p. 97.

61) Cf. REHN, op. cit., p. 14; JOACHIM, op. cit., pp. 260-1; BERTI, op. cit., pp. 111-3.

mais virtuosos, pois se aperfeiçoam reciprocamente. A atividade de "con-filosofar" (*synphilosophein*), o filosofar em comum, é o meio dos filósofos aprofundarem a sua amizade e se enobrecerem como filósofos e como homens:

> "Pode-se então concluir que, da mesma forma que para os amantes a visão da pessoa amada é o que há de mais agradável, e eles preferem a satisfação que lhes proporciona o sentido da vista às satisfações através de qualquer dos outros sentidos, porque o sentido da vista é a sede e a origem do amor, pode-se então concluir, repetimos, que para os amigos o que há de mais desejável é a convivência? Com efeito, a amizade é uma parceria, e uma pessoa está em relação a si própria da mesma forma que em relação ao seu amigo; em seu próprio caso, a consciência de sua existência é um bem, e portanto a consciência da existência de seu amigo também o é, e a atuação desta conscientização se manifesta quando eles convivem; é portanto natural que eles desejem conviver. E qualquer que seja a significação da existência para as pessoas e seja qual for o fator que torna a sua vida digna de ser vivida, elas desejam compartilhar a existência de seus amigos; sendo assim, alguns amigos bebem juntos, outros jogam dados juntos, outros se juntam para os exercícios de atletismo ou para a caça, ou para o estudo da filosofia (*synphilosophousin*), passando seus dias juntos na atividade que eles mais apreciam na vida, seja ela qual for; de fato, já que os amigos desejam conviver, eles fazem e compartilham as coisas que lhes dão a sensação de convivência" (EN, 1171b, 30-1172a, 5).

Aristóteles localiza a "comunidade" (*koinoia*) na base de toda amizade; ele estende as relações de amizade quase à totalidade de relações humanas, incluindo formas de parentesco, vínculos entre cidadãos na *polis* e relações de hospitalidade. O conceito e o sentido da amizade são determinados pela perspectiva da *polis*. É a partir do ideal de uma vida comunal perfeita numa *polis* autárquica que a amizade é concebida. Esse ideal de vida comunal está expresso no conceito de amizade civil ou política (*politike philia*), a qual se define pela "concórdia" ou unanimidade, que, para Aristóteles, se daria entre os bons, pois "desejam o que é justo e proveitoso, e estes são igualmente os objetivos de seus esforços conjuntos" (1167b, 1-10). A amizade civil seria o reflexo da constituição do Estado na vida dos indivíduos; é a constituição do

Estado que determina o valor moral da amizade civil. Graças a ela, todos os cidadãos podem afirmar estar vivendo uma vida boa e virtuosa na procura do bem comum. A amizade perfeita, a qual, como vimos, se define pela sua raridade, só pode crescer no solo da amizade civil; ela cria as condições para a aparição, entre poucos indivíduos, da amizade perfeita.[62]

Existe igualmente uma relação entre amizade e justiça, já que ambas se dão entre as mesmas coisas, referem-se às mesmas pessoas, e aumentam e diminuem na mesma proporção.[63] À ligação entre política e a amizade — visto que o objetivo da política é "produzir amizade" (EE, 1234b, 22-23) —, Aristóteles acrescenta a relação entre amizade e família ("a família é uma espécie de amizade", EE, 1242a, 27). Ou seja, há uma relação fundamental entre amizade e política, expressa igualmente no conceito de amizade civil (*politike philia*), que uniria todos os cidadãos da *polis*. Vinculada a essa relação encontramos uma outra operando, que ligaria a amizade à família, situando esta última tanto na origem da amizade quanto da política: "portanto, na família (*oikía*), em primeiro lugar, encontramos as fontes e origens da amizade, da organização política e da justiça".[64] O que quer dizer isso? Simplesmente que, para Aristóteles, o modelo doméstico, familiar e, por conseguinte, pré-político fornece a figura, a base, o fundamento, a origem, a estrutura e a forma às relações políticas e de amizade. A família, o *oikos*, no entanto, pertence à esfera privada, a qual é regida pela necessidade e a violência, diante da esfera política, ao mundo público como espaço da liberdade, da contingência, da ação. O mesmo movimento que politiza a amizade, ao ligá-la à justiça e à política, a despolitiza, ao vinculá-la às estruturas pré-políticas da família. Já em Platão podemos perceber essa tendência a introduzir a família na política, como Hannah Arendt assinala: "É erro comum atribuir-se a Platão a intenção de abolir a família e o lar; pelo contrário, ele queria ampliar a vida

62) Cf. COOPER, John. "Political animals and civic friendship", KAPUR BADHWAR, Neera (org.). *Friendship. A philosophical reader*, Ithaca/Londres, Cornel University Press, 1993, pp. 316-7 e 323-6; STERN-GILLET, op. cit., pp. 148, 158 e 166-8.

63) EN, 1159b, 30, 1160a, 5-10; para Aristóteles a amizade estaria acima da justiça, visto que "quando as pessoas são amigas não têm necessidade de justiça, enquanto mesmo quando são justas elas necessitam da amizade" (EN, 1155a, 25-30).

64) EE, 1242b, 1-2. Derrida aponta como "household" (*oikía*) em grego se refere tanto à família, quanto à casa, à residência, ao lugar onde se mora, e também à raça e à "domesticidade" (*domesticité*); cf. *Politiques de l'amitié*, pp. 226-7.

doméstica ao ponto em que todos os cidadãos constituíssem uma única família. (...) Historicamente o conceito de governo, embora originado na esfera doméstica e familiar, desempenhou seu papel mais decisivo na organização dos assuntos públicos e, para nós, está inseparavelmente ligado à política".[65]

A tradição do pensamento político ocidental, incluindo Aristóteles, constitui-se nesse gesto de tradução da esfera do político (da qual a amizade faz parte) em termos pré-políticos, familiares e domésticos. A "amizade econômica", parental ou doméstica, que Aristóteles propõe, seria, no fundo, anti-política, embora ele a imprima um caráter político. Ao talante anti-político da filosofia política tradicional — ou seja, a tendência de usar a esfera pré-política para descrever as relações políticas como vemos em Platão e Aristóteles, entre outros —, corresponde uma percepção anti-política da amizade por seguir o modelo familiar e doméstico. Trata-se, então, de uma percepção filosófica da amizade e não política, pois no olhar da *polis*, na experiência cotidiana de seus cidadãos, a amizade era, fundamentalmente, pública *ergo* política. Traduzi-la em metáforas familiares, como os filósofos fazem, conduz a sua despolitização, "a ruína da política resulta do desenvolvimento de corpos políticos a partir da família".[66] No fundo, a amizade perfeita (*teleia philia/ amicitia vera*), filosófica e raramente concretizável — que serve como ideal regulativo, como padrão de medida para as amizades e como forma de desqualificar os tipos de amizade que não se conformem ao modelo perfeito — não se amolda às experiências da amizade vividas na *polis* (*ergo* políticas). O caráter antipolítico da amizade filosófica é um exemplo da tradicional hostilidade entre filosofia e política, analisada de forma elegante por Hannah Arendt.[67]

Aristóteles adapta as formas de governo político às formas da família (EN, 1160a, 10-15), fazendo corresponder cada tipo de vínculo familiar com um tipo de governo. Desse modo, a forma de

---

65) *A condição humana*, pp. 235-6.

66) ARENDT, Hannah. *¿Qué es la política?*. Barcelona, Paidós, 1997, pp. 45-6. "(...) somente podemos ter acesso ao mundo público, que constitui o espaço propriamente político, se nos afastarmos de nossa existência privada, e do pertencimento à família, a que nossa vida está unida" (ibid., p. 74). Trata-se de uma questão fundamental, no centro de uma possível re-politização da amizade para além de vínculos familiares e fraternais, como apresentei em *Para uma política da amizade — Arendt, Derrida, Foucault*.

67) Temática fundamental no pensamento arendtiano, cf., especialmente, "Philosophy and Politics", *Social Research*, 57(1), 1990.

governo do pai sobre os filhos corresponderia à monarquia, do marido sobre a mulher à aristocracia e do governo entre irmãos à timocracia e a democracia (EN, 1160b-1161a, 10). A mesma lógica que liga a amizade às relações entre irmãos, à fraternidade, consagra a amizade à democracia, pois "a relação de irmãos é a de uma comunidade" (EE, 1241b, 30). A relação propriamente política (traduzida freqüentemente por democrática) é a fraternidade. A *politeía* é um assunto de irmãos (*tôn adelphôn*), ou seja, podemos afirmar com Derrida que "entre o político como tal, a fraternidade e a democracia, a co-implicação e a co-pertença são quase tautológicas".[68] A fraternidade, não obstante, não é política, já que, ao serem suprimidas a diferença e a pluralidade (como irmãos todos os indivíduos são iguais), anulam-se as condições do político. A amizade, em contrapartida, está mais voltada para o mundo e é, por essa razão, um fenômeno político. O estaragita idealiza o vínculo fraternal, que está na base da democracia, esquecendo, no entanto, que existem também discórdias e guerras entre irmãos: o *stasis*, que se deve traduzir por guerra civil (como Nicole Loraux e Christian Meier propõem), como uma forma de relação fraternal no seio da *polis*: "A 'guerra civil', entretanto, mantém sempre viva a lembrança na comunidade concreta dos cidadãos, suas associações e dissociações, cujas múltiplas e infinitas relações constituem a totalidade da *civitas*".[69]

Aristóteles aproxima a amizade entre irmãos das mencionadas relações de camaradagem (*heteria*), as quais possuem uma grande oportunidade de se desenvolver entre irmãos, porque, segundo Aristóteles, "eles são iguais e estão na mesma faixa etária, e tais pessoas são em sua maior parte semelhantes em seus sentimentos e em seu caráter".[70] Como já foi ressaltado, as relações de camaradagem eram relações ritualizades e codificadas, originárias da Grécia arcaica, as quais teriam persistido durante toda a época clássica. Existe assim uma relação na *polis* entre política-amizade-democracia-fraternidade-camaradagem, que em uma pretensa repolitização da amizade, a despolitizaria.

---

68) *Politiques de l'amitié*, p. 224.
69) LORAUX, "Das Band der Teilung", op. cit., p. 44.
70) EN, 1161a, 25-30; cf. 1162a, 9-15; EE, 1242a, 5, 1242a, 35.

AMICITIA ROMANA

Na vida social dos romanos, a amizade se manifesta aparentemente nas mesmas formas que na Grécia, e os termos latinos *amicitia* (amizade), *amicus* (amigo), *amare* (amar) parecem corresponder aos gregos, *philia*, *philos*, *philein*. Existem, não obstante, diferenças significativas. A *amicitia* é, por um lado, uma relação baseada na afeição livre, o que exclui associações econômicas, comunidades religiosas e jurídicas e relações de parentesco. Eram consideradas, por outro lado, como formas de *amicitia*, as associações políticas estabelecidas entre os nobres para se apoiarem em assuntos de política interna e externa e em eleições de cargos públicos. Os aristocratas romanos precisavam de amigos para se impor politicamente. Também se consideravam como *amicitiae* as relações dos poderosos com seus adeptos. *Amici* aparece, às vezes, como sinônimo do círculo interno dos clientes das grandezas romanas. De forma mais marcante que entre os gregos, *amicitia* é um conceito da política externa, constituído através da troca de legações, que incluem presentes.[1]

A sociedade romana encontrava seu fundamento na família, organizada segundo a instituição chamada *patria potestas*, isto é, a autoridade suprema, sancionada, por lei e costume, do chefe de família sobre todos os seus membros. A influência e as relações pessoais do chefe de família eram indispensáveis para o sucesso na política. Formavam-se, assim, conexões pessoais que se estendiam a partir das *patriae potestae* vertical e horizontalmente pela sociedade romana. Verticalmente formavam o sistema de relações entre patrão e clientes (*patrocinium*), nas quais os últimos,

---

1) Cf. MEISTER, op. cit., pp. 325-6; verbete, "Freundschaft", *Reallexikon für Antike und Christentum*, pp. 422-3.

de *status* social e classe inferior, ajudavam o patrão em assuntos públicos e privados. As extensões horizontais dos chefes de família eram constituídas pelas relações de *amicitia*, alianças com pessoas da mesma classe e *status* social. O *status* e a influência de um político eram medidos segundo o número e a importância das relações de *amicitia* e *patrocinium*. Elas podem ser consideradas como puras relações políticas entre famílias poderosas, canalizando e limitando a concorrência pelo poder político. Acreditava-se que essas relações estavam submetidas à força da necessidade, governadas por normas sociais de caráter informal e sujeitas a poderosas sanções sociais. A ruptura das regras da *amicitia* era considerada uma infração da boa fé (*fides*) e da confiança (*officium*), que tinha como conseqüência a diminuição da dignidade (*dignitas*) e da boa reputação (*gloria*) para o infrator, podendo ser punido com o ostracismo político e social.[2]

As relações de *amicitia* e *patrocinium* não eram formadas por grupos da mesma idade, por isso não apresentavam o grau de convivialidade e de envolvimento emocional das *heterias* gregas, sem mencionar a perda de significado pedagógico do *eros paidikon*. Essas funções eram desempenhadas na sociedade romana pela família. O resultado é que a amizade não possui a importância que tinha na Grécia. Ela não foi em Roma tão idolatrada como na Grécia nem teve o mesmo significado cultural e o forte investimento erótico e emocional. Os romanos não misturaram Eros e *philia*, Eros foi confinado ao vínculo conjugal. Aliás, a ligação Eros/*philia* aparece somente na noção platônica da amizade, já Aristóteles dissociou definitivamente esses dois elementos, e a tradição posterior a Aristóteles (estóica, epicurista) manteve a posição do estaragita, bem como Cícero e os autores cristãos, os quais, no fundo, trataram de adaptar a noção aristotélico-ciceroniana da *teleia philia-vera amicitia* à amizade cristã, como veremos. A tradição platônica da *philia* acaba com Platão.

Com o fim da *polis*, a pederastia (*paidikon eros*) perde a função pedagógica e militar que tinha no mundo helênico e sua fundamentação filosófica, adotando o caráter de uma perversão que deve ser desprezada. As leis da Roma republicana, onde a família era uma instituição moral e não só econômica, condenavam a homossexualidade. Os rapazes de boa família eram protegidos

---

2) Cf. HUTTER, op. cit., pp. 34-6, 141-8.

por leis públicas e pelo direito familiar, que os defendiam do abuso e da violência. Também deve ser acrescentado que o *status* do rapaz como objeto de desejo já não constituía mais um elemento de preocupação (a "antinomia dos rapazes"), já que, em Roma, o escravo ocupava o lugar que o efebo tinha na Grécia clássica.[3] A diminuição da importância das relações de *philia*, junto à valorização do vínculo matrimonial,[4] e a conjugalização das relações sexuais, levam à remissão do *paidikon eros* como objeto de discussão moral e teórica, sofrendo um "desinvestimento" filosófico.[5] Ou seja, com a valorização do matrimônio, a pederastia é desproblematizada e desmantelada como tema de uma "estética da existência". Foucault fala de uma "nova erótica", que substitui a erótica grega dos rapazes, e que apresenta o matrimônio como forma de vida, introduzindo o Eros no vínculo conjugal. Essa erótica se constitui em torno da relação recíproca e simétrica do homem e da mulher, do valor crescente da virgindade como estilo de vida e forma de existência mais elevada, e da união perfeita que pretendem atingir.[6]

É pertinente lembrar que no ano 18 a.C, o imperador Augusto tinha sancionado a *Lex Julia de audelteriis* e a *Lex Julia de maritandis ordinibus*, códigos morais rigorosos, os quais penalizavam o adultério e a sedução, visando coagir o mundo masculino romano para o matrimônio. Sob este pano de fundo se explica o desterro do poeta Publius Ovidius Naso, "Ovídio", para Tomi no Mar Negro, como uma reação à publicação de sua *Ars amatoria* e sua *Remedia amoris*, nas quais o poeta apresenta uma arte de amar, o amor como arte e remédio, que desafia a política imperial augusta. Ovídio ensina homens e mulheres por igual a arte de amar como uma forma de promover um uso livre das emoções e dos prazeres, uma transformação por intermédio do amor a qual, diante das tentativas de codificação imperial, não deve se submeter a regulamentos políticos ou jurídicos nem a modas ou convenções sociais.[7]

---

3) Cf. FOUCAULT, Michel. *Le souci de soi*, pp. 219-220; SCHLAFFER, op. cit., p. 685.

4) "O matrimônio se torna mais geral como prática, mais público como instituição, mais privado como modo de existência, mais forte para ligar os cônjuges, e, portanto, mais eficaz para isolar o casal no campo das outras relações sociais" (FOUCAULT, ibid, p. 96).

5) Ibid., pp. 221 e 223.

6) Cf. *Le souci de soi*, pp. 262-6; *L'usage des plaisirs*, p. 277.

7) Cf. BAUSCHULTE, Manfred. "Ars Veneris et Usus Amoris. Ein Versuch über die Liebeskunst nach Ovid", BAUSCHULTE, Manfred, KRECH, Volkhard e LANDWEER, Hilge (orgs.). *Wege, Bilder, Spiele. Festschrift zum 60. Geburtstag von Jürgen Frese*, Bielefeld, Aisthesis Verlag, 1999.

Na sociedade romana, as famílias nobres dominavam a vida pública; a classe política era formada pelas diferentes seções das classes dominantes, conhecidas como "*boni viri*", em contínua rivalidade pela glória e o poder, e predestinados a participar na vida pública pelo seu *status* hereditário. Existiam três formas de atingir a glória, quais sejam, a família, o dinheiro e as relações pessoais, nas quais a *amicitia* é a mais importante, junto às relações de *patrocinium*.[8] Determinava-se, assim, como já foi apontado, o sucesso de um político segundo o número e a importância de seus clientes e amigos. É importante o fato que, sob essas circunstâncias, a *amicitia* tornava-se uma relação estritamente utilitária, formada para atingir vantagens recíprocas, em que as motivações éticas e emocionais da relação são substituídas por considerações práticas, e na qual a hipocrisia, o egoísmo e o fingimento ocupam o lugar da confiança e da honestidade. A atmosfera de mal-estar, que criava essa relação, pode ser percebida na seguinte carta de Cícero ao seu amigo Ático: "Acredite, não existe nada na atualidade que mais deseje do que uma pessoa com quem possa compartilhar tudo o que me provoque a menor ansiedade, um homem de afeição e senso comum, com quem possa falar sem afetação, reserva ou encobrimento (...), pois minhas grandiosas e ostentosas amizades me trazem algum esplendor público, mais nada de satisfação privada (...). Não consigo achar em todo o grupo um único homem com quem poderia gracejar livremente ou sussurrar com intimidade".[9]

Em Roma, a distância existente entre o discurso filosófico sobre a *amicitia* e a prática social da amizade é maior do que na Grécia, onde a teoria filosófica da *philia* — especialmente com Aristóteles que visava uma descrição fenomenológica, uma tipologia das formas da *philia* na *polis* — estava em correlação com a prática da amizade na sociedade helênica. Embora pertencendo à mesma tradição, podendo-se falar doravante da tradição aristotélico-ciceroniana dos discursos da amizade, encontramos em Cícero o primeiro discurso sobre a amizade, no qual a distância existente entre reflexão teórica e prática social é quase incomensurável. De agora em diante os grandes discursos sobre a *philia/amicitia* são discursos personalizados (discursos epitafiais do luto pela perda

---

8) Cf. HUTTER, op. cit., pp. 140-1.
9) Citado em HUTTER, op. cit., p. 143.

do amigo, como encontramos em Cícero, Agostinho e Montaigne, entre outros), existindo um abismo insuperável entre eles e a prática social da amizade, o que leva a hiperbolizar o caráter utópico-idealista desses discursos.

É compreensível que numa relação dominada pelas considerações práticas e utilitárias e não pela confiança e a honestidade, a força moral da relação, bem como o cumprimento das obrigações tivessem o peso da necessidade (*necessitudo*, *necessitas*), que existisse um código não escrito, a confiança (*fides*), que garantisse a honestidade, a reciprocidade da relação, e um mínimo de boa vontade, cuja ruptura fosse punida. Mediante suas tradições e regras não escritas, a *amicitia* teve, até o fim da República, a função de regular os conflitos canalizando-os em vias pacíficas, preservando o *status* da *patria potestas*, assim como estabelecendo vínculos entre as diferentes famílias. Para isso foram definidas regras e valores, no interior do sistema de confiança (*fides*) e favor (*officium*), parte fundamental da virtude (*virtus*) e da dignidade (*dignitas*) do senhor romano. O código da *virtus* impunha uma regra de reciprocidade, na qual cada ato de amizade devia ser correspondido no futuro. Essa reciprocidade era "um elemento essencial na preservação da *patria potestas* e, de forma mais geral, da paz no Estado romano. Constituía uma parte do 'acordo comum sobre leis e direitos' que formavam a base da concórdia no Estado romano".[10]

Assim, na base da teoria da amizade ciceroniana se encontrará a concórdia, dando relevo à *philia* grega no papel de fundamento do Estado. Concórdia constitui a harmonia resultante da rivalidade entre as diferentes *patriae potestates*. *Amicitia* tinha a função de facilitar e regular esse acordo. Deste modo, quando a base da concórdia se corrói, ou seja, quando a concórdia vira discórdia, como acontecerá no fim da República, a *amicitia* já não serve como instância pacificadora, tornando-se fonte de conspiração. É nesse contexto que se deve situar a teoria da *amicitia* de Cícero.

O substrato ético do *Lélio* de Cícero é formado pelos livros VIII e IX da *Ética a Nicômacos*, os livros sobre a amizade. Ele adota a divisão aristotélica dos tipos de amizade, relegando o prazer e a

10) HUTTER, ibid, p. 147.

utilidade, como causa primeira da amizade, a um segundo plano e postulando um ideal de amizade perfeita, *amicitia vera*, ou *amicitia perfecta*, que corresponde à *teleia philia* aristotélica. *Amicitia vera* existe somente entre homens bons e consiste no "acordo perfeito (*consensio*) de todas as coisas divinas e humanas com a benevolência (*benevolentia*) e a afeição (*caritate*)".[11] A noção de *consensio*, acordo ou consenso, já evoca uma noção de amizade com um forte embasamento político e moral mais do que metafísico, que se adapta à realidade sociopolítica da sociedade romana. Cícero procura a base objetiva da amizade não em um plano metafísico ou teológico, mas na própria experiência romana.[12] Essa amizade só é possível entre "homens bons" (*Lélio*, 5.18); ele acrescenta que não se refere aos sábios como faziam os estóicos, mas aos homens bons no sentido da experiência concreta na sociedade romana, possuidores de uma sabedoria político-prática ligada à responsabilidade no Estado. Ou seja, homens reconhecidos como virtuosos (*virtus*) na sociedade romana. A romanização do ideal grego é um dos traços fundamentais do *Lélio*:[13] "É, portanto, errado prucurar 'fontes' gregas para esta obra declaradamente romana ou não ver nela nada mais do que uma elaboração ou tradução modificada de escritos gregos. Cícero esforçou-se precisamente em abordar os problemas com o equipamento científico grego. Mas foi o espírito de um romano, que com imensa intuição e uma capacidade conceitual genial, facilmente juntou os resultados do filosofar grego aos romanos segundo seus planos, acrescentando seus próprios conceitos".[14]

O fundamento da amizade reside na *virtus* dos parceiros: "A virtude, a virtude, digo, Caio Fânio e Quinto Múcio, não só concilia as amizades mas também as conserva" (*Lélio*, 27.100). A virtude romana (*virtus*) possui, porém, um caráter diferente da virtude grega (*arete*), manifestando-se na obtenção de excelência pessoal e na

---

11) CÍCERO. *Lélio de amicitia*. São Paulo, Editora Cultrix, 1964, 6.20.

12) Cf. MCEVOY, James, "Philia and Amicitia: The philosophy of friendship from Plato to Aquinas", *Sewanee Mediaeval Colloquium Occasional Papers*, 2, 1985, pp. 11-2.

13) Cf. *Lélio*, 5.18-20; SUERBAUM, Werner. "Cicero (und Epikur) über die Freundschaft und ihre Probleme", *Il concetto di amicizia nella storia della cultura europea. Der Begriff Freundschaft in der Geschichte der europäischen Kultur*, p. 159; BRUNT, P.A. "'Amicitia' in the late Roman Republic", *Proceedings of the Cambridge Philological Society*, 191, 1965, pp. 2-4; HYATTE, op. cit., pp. 26-7; FRAISSE, op. cit., p. 392.

14) FEGER, Robert. "Nachwort", *Cicero. Laelius über die Freundschaft*. Stuttgart, Reclam, 1990, p. 80.

glória pela realização de grandes ações ao serviço do Estado romano. O nobre romano pratica as grandes ações para a República, que o reconhece pública e eternamente através da *gloria*. A virtude civil, na base da noção ciceroniana da *amicitia*, subordina a vontade individual dos amigos aos interesses do Estado. É, sem dúvida, essa noção romana de virtude que leva Cícero a colocar o Estado, a *patria*, acima da amizade, como se revela na questão do conflito entre os deveres com o Estado e com o amigo, e que introduz o tema dos limites da amizade. Diante dos filósofos gregos que colocavam os deveres com o amigo acima dos deveres com a *polis* (como se depreende da posição superior que desfrutava a *philia* perante a justiça),[15] Cícero defende os deveres com o Estado como sendo superiores aos deveres do amigo: "Por conseguinte, seja esta lei sancionada no que diz respeito à amizade: não rogar nem fazer coisas vergonhosas. Pois é torpe desculpa, e deve ser menos aceita do que em outros crimes, a daquele que confessa ter agido contra a república por causa do amigo" (*Lélio*, 11.40). Sua noção de *virtus* e de bom implica concordar com o Estado: é imoral, "desonroso", apoiar um *amicus contra patriam*, a lei ciceroniana da amizade exige que os amigos façam o que é "honroso" (*honesta*). Isso se traduz, segundo seu ideal de virtude, na realização de grandes ações para o Estado. Um *vir bonus* nunca se oporia à *res publica*.

Durante toda a Antigüidade grega se manteve, como foi ressaltado, um vínculo estreito entre amizade e justiça que está na base da configuração da *philia* como um fenômeno político. Na Grécia arcaica, encontramos uma noção de justiça (*dike*) própria de uma sociedade aristocrática, a qual envolvia ajudar os amigos e prejudicar os inimigos e era regulada e administrada pelos *hetairoi*. Com a passagem para a era clássica e a democracia, ambas, justiça e amizade, sofrem uma transformação e devem ser redefinidas.

---

15) Aristóteles exclui expressamente a possibilidade de um conflito entre as regras da amizade perfeita e os deveres da *polis*. Amigos que fazem esse tipo de petições demonstram uma falta de virtude e quem atende às petições deixa que a parte afetiva de sua alma governe sobre a racional. "A amizade, com efeito, pressupõe igualdade e semelhança, especialmente a semelhança daquelas pessoas que se assemelham em excelência moral; sendo constantes em si mesmas, elas são reciprocamente constantes, e nem pedem nem prestam serviços degradantes; ao contrário, pode-se dizer que uma afasta a outra do mal, pois não errar e não deixar que seus amigos errem é uma característica das pessoas boas" (EN, 1159b, 1-7). Cf. STERN-GILLET, op. cit., pp. 164-5) No conflito entre amizade e Estado, o Estado deveria ser redefinido segundo o modelo da amizade.

Os sentimentos de amizade, a igualdade de direitos e a comunidade da justiça existente nos pequenos grupos constituídos como *heterias*, são deslocados para a sociedade (*demos*) como um todo. Cada cidadão torna-se um amigo e a igualdade (*isonomia*), restrita até esse momento às *heterias*, pertence ao conjunto dos cidadãos. Na transição da velha noção de justiça para a nova (descrita por Platão como harmonia e proporção na alma e na *polis*), a noção de amizade fornecia o elemento de igualdade de direitos (*isonomia)*. Com isso, a amizade é coextensiva da cidadania, e todos os cidadãos são, em princípio, amigos entre si. Ou irmãos? Pois, Aristóteles estabelece, como vimos, uma proximidade entre fraternidade e camaradagem (*heteria*) por um lado, e entre fraternidade e democracia pelo outro. A amizade entre irmãos é próxima da camaradagem precisamente pela igualdade. Igualdade política é igualdade entre irmãos.

Aristóteles completa o que Platão tinha começado ao ver na *philia* o motor de todas as relações humanas. Todavia, a estreita ligação platônica entre Eros e *philia* impedia desenvolver a amizade no sentido fenomenológico de Aristóteles, que desemboca numa "sociologia compreensiva das relações humanas". Por meio da mencionada dissociação dos dois elementos, Aristóteles submete a *philia* a um processo de universalização que designa o vínculo geral entre os seres humanos (até o escravo pode ser amigo do senhor, não *qua* senhor mas *qua* homem), tendo a amizade perfeita (*teleia philia*) como modelo. A universalidade da *philia* será retomada tanto na idéia da comunidade universal (*philanthropia*) estóica como na doutrina do amor do próximo cristão, *caritas* ou *agape*.

No epicurismo, a amizade representa um afastamento da política. A amizade se desenvolve num contexto individual e se constitui antes como fenômeno moral do que político. A perda do significado político da *philia* é resultado da diminuição da importância da *polis*. A idéia de amizade como fenômeno político só pode ser possível em um mundo em que a ação política dos indivíduos é eficaz, o que não acontecia na época helenística, com a passagem da *polis* para o império.[16]

Na sociedade romana, a *amicitia* deixa de ser o vínculo social *par excellence*, passando a designar um tipo de relação social

---

16) Cf. HUTTER, ibid., pp. 116-20; O'CONNOR, David K. "The Invulnerable Pleasures of Epicurean Friendship", *Greek, Roman and Byzantine Studies* 30, 2, 1989, pp. 165-186.

entre outras. O lugar da *philia* é ocupado pela concórdia, vínculo político básico. A política não é mais baseada na amizade e pode até ser a antítese dela. A concórdia torna possível a existência da *amicitia* e o exercício da virtude; sem concórdia a amizade só pode existir como um afastamento da política.

Assim, durante toda a Antigüidade aparece como constante uma relação estreita entre amizade e política, especialmente em Aristóteles, e que se constitui como uma hiperbolização, universalização, despersonalização e, conseqüentemente, desafetivação da relação de *philia*, pois não pode existir um vínculo pessoal afetivo com todos os cidadãos. Quem pretende ser amigo de todos, não pode ser realmente amigo de ninguém. Com o epicurismo e o estoicismo se desvincula o componente político da *philia*, mantém-se, no entanto, esse impulso universalizante, como exprime a noção de *philanthropia*. Nos romanos também aparece a *amicitia* ligada de alguma maneira por complexas relações à política. As relações de amizade representam um caminho de atingir a glória, o que faz da *amicitia* uma relação utilitária, na qual as considerações éticas e emocionais são relegadas a um segundo plano diante das vantagens práticas da relação. Como conseqüência, criam-se mecanismos (a *fides*) que garantem o cumprimento das obrigações implicadas na relação com um mínimo de honestidade. Na sociedade grega e romana coexiste com essa prática da *philia/amicitia*, em contraste, e às vezes mesmo em oposição a ela, um modelo ideal de amizade perfeita, *teleia philia/ vera amicitia*, em que o amigo aparece como um outro eu, um ideal de perfeita unanimidade, de completa união espiritual e moral, de aperfeiçoamento recíproco. Essa noção da amizade se define pelo seu caráter particularista, pela sua raridade (só é possível entre poucos), quase pela sua impossibilidade,[17] constituindo antes um ideal regulativo do que uma relação real, o que sem dúvida, a afasta da realidade sociopolítica concreta, pois, usando as palavras de Hutter, "só se pode ser amigo de poucas pessoas durante a vida. Quanto mais íntima, constante e afetiva é uma amizade, menos são as pessoas com as quais podemos ter tal relação. É, afinal de contas, uma questão de tempo e energia, ambos objetos escassos. Quanto mais exclusiva e

---

17) Deriva dessa concepção a frase atribuída por Montaigne a Aristóteles: "Oh! meus amigos, não há amigos!", repetida por toda a tradição dos grandes discursos sobre a amizade, engajados na procura da amizade perfeita.

íntima é uma amizade, em outras palavras, quanto mais se aproxima do ideal aristotélico de amizade perfeita, mais transcende a estrutura social circundante e menos se adapta para fornecer a base da sociedade".[18]

A amizade filosófica, concretizada na procura do bem comum por meio da prática da *philia/amicitia*, representa uma tentativa de realização do ideal de amizade perfeita. A prática de vida em comum é fundamental para a aprendizagem e prática da virtude. No prazer de uma vida comunal, numa atmosfera de convívio, a amizade perfeita se poderia realizar. Sem dúvida, Cícero pensava na sua amizade com Ático, apresentada como modelo de *amicitia vera*, ao descrever da maneira seguinte a amizade de Lélio e Cipião:

> "Por mim, de todos os bens que recebi da fortuna ou da natureza, nada tenho que possa ser comparado com a amizade de Cipião: nela encontrei acordo nas questões políticas, conselhos nos meus negócios privados, e, sobretudo, repouso cheio de encantos. Jamais o ofendi sequer na mínima coisa, ao menos que saiba; nada dele ouvi que me desgostasse. Uma casa era a nossa, o alimento, o mesmo, tomado em comum; e sempre andamos juntos, não só nas guerras, mas também nas viagens e na vida do campo. Pois, que direi do seu desejo de sempre conhecer alguma coisa e de aprender? A esses estudos, longe dos olhos do povo, consagramos todos os nossos lazeres. Se a lembrança e a memória dessas coisas morressem juntamente com ele, de nenhum modo poderia suportar a saudade daquele caríssimo e amantíssimo varão. Mas essas lembranças não pereceram, antes, tomam corpo e aumentam, à medida que nelas penso e delas me recordo; e se delas me visse inteiramente privado, a própria idade me traria consolo. Já não posso sofrer essa saudade por mais tempo, porquanto todo mal, ainda que grande, deve ser tolerado, se for de curta duração" (*Lélio*, 27.103-4).

Os principais autores cristãos têm se esforçado em adaptar a noção de amizade perfeita, na tradição aristotélico-ciceroniana da *teleia philia-amicitia vera*, para a amizade cristã (*amicitia dei, amicitia christiana*). Na próxima seção, veremos as principais mudanças que experimenta a amizade com essa passagem da Antigüidade para o Cristianismo.

---

18) Op. cit., p. 115.

AMICITIA CRISTÃ

A recepção e adaptação da amizade da Antigüidade ao cristianismo limita-se aos textos da vertente aristotélico-ciceroniana. A Idade Média desconhecia os diálogos platônicos sobre o amor e amizade. Até a publicação da tradução de Marsilio Ficino dos textos platônicos para o latim em 1484 e seu comentário do *Lísis*, *Banquete* e *Fedro*, os três diálogos eram desconhecidos. A situação dos textos de Aristóteles e Cícero era diferente. Em 1250 já tinham sido traduzidos os 10 livros da *Ética a Nicômacos* para o latim, além do fato de que o *Lélio* e o *De officiis* de Cícero incorporavam muitos dos elementos aristotélicos. Durante toda a Idade Média foram lidos os textos de Cícero e, a partir do século XII, a tradução da *Ética a Nicômacos*, que foram decisivos para a formação da noção de amizade cristã.[1] São Jerônimo no século III e Santo Ambrósio conheciam e usaram o *Lélio* de Cícero, o primeiro na correspondência e o segundo na sua transformação num sistema moral cristão. Também Santo Agostinho, Aelredo de Rieval, Santo Tomas e Francisco de Sales foram influenciados pela tradição aristotélico-ciceroniana, como veremos.[2]

Reginald Hyatte[3] destaca três fatores na passagem das noções pagãs de amizade para a cristã que contribuíram para a visão medieval das doutrinas antigas. Em primeiro lugar, a polêmica tradicional entre a visão platônica e a aristotélico-ciceroniana da amizade não existia para os autores medievais; ao mencionado

1) Cf. HYATTE, op. cit., pp. 10, 16, 26 e 32; MCGUIRE, Brian P. *Friendship and community. The monastic experience 350-1250.* Kalamazoo/Michigan, Cistercian Publications INC, 1988, p. xxix.

2) Cf. FEGER, op. cit., pp. 85-6; VANSTEENBERGHE, G., verbete "Amitié", *Dictionnaire de Spiritualité.* Paris, 1937, tomo I, pp. 503-4.

3) Cf. op. cit., pp. 38-40.

desconhecimento dos textos platônicos sobre a metafísica da *philia*, devemos acrescentar a visão quase unânime sobre a amizade perfeita em Aristóteles, Cícero e Sêneca. Para os leitores medievais a tradição se apresenta como sendo unânime. Em segundo lugar, a codificação dos livros 8 e 9 da *Ética a Nicômacos* em 62 máximas, realizada nas coletâneas dos séculos XIII e XIV *Auctoritates Aristoteles*, contribuiu para a tendência a codificação que encontramos em inúmeros tratados medievais sobre a amizade. Com a reformatação da Ética de Aristóteles, o leitor tem a impressão de que a *philia* está sujeita a leis imutáveis. Finalmente, a linguagem colorou a percepção dos autores cristãos dos textos antigos, pois a maioria deles foram lidos durante a Idade Média em latim, já que, a primeira tradução do *Lélio* para o francês, por exemplo, é do século XV. Como conseqüência, os autores cristãos assumiram o aparelho conceitual latino (principalmente de Cícero e Sêneca). Conceitos fundamentais como *caritas, benevolentia, beneficium, virtus, officium, sapientia*, entre outros, foram adaptados a um molde cristão, adotando conotações inconcebíveis e, em muitas ocasiões, opostas ao contexto original republicano e imperial. Isto é, o aparelho conceitual pagão permanece na amizade cristã, o contexto semântico, porém, transformou-se na passagem. Vejamos agora os principais momentos do desenvolvimento da amizade durante o cristianismo.

Amizade no Novo Testamento

Dos quatro verbos gregos que denotam os diferentes aspectos do amor, *eran, stergein, philein* e *agapan*, os dois primeiros são praticamente evitados no Novo Testamento (especialmente *eran* e o substantivo *eros*, pois possuíam conotações afetivas incompatíveis com o amor a Deus). O terceiro, *philein*, não foi privilegiado, focalizando a atenção sobre *agapan* e o substantivo *agape*, cuja aplicação, até o momento marginalizada, permitia a ampliação do campo semântico requerida.[4] Nesse sentido, o amor ocupa o lugar principal e a amizade o secundário no cristianismo, invertendo a hierarquia pagã. De fato, raramente encontramos as

4) Cf. MCEVOY, op. cit., pp. 12-3; MEISTER, op. cit., p. 325.

expressões *philia* e *philos* no *Novo Testamento*. O termo *philia* aparece uma única vez em um sentido negativo, e *philos* designa a relação de Jesus com seus discípulos, não sendo usado como descrição de uma relação interpessoal: "Vocês são meus amigos se fazem o que eu ordeno" (João, 15, 13-14). O amor de Jesus representa um apelo, uma ordem para sermos seus amigos, a qual devemos obedecer incondicionalmente. Desaparece, com isso, todo elemento de afetividade na exortação de Jesus, tornando-se um vínculo de total compromisso com a verdade divina. Como observa McGuire, "Jesus é categórico: amem-me, amem-se uns aos outros e obedeçam-me".[5] A lealdade e a devoção a Cristo ocupam um lugar tão central que são suprimidas outras relações.

Não posso deixar de ressaltar a política de citação realizada por alguns autores que desejam provar uma valorização da amizade na Bíblia. Por exemplo, o verbete "Amitié" do *Dictionnaire de spiritualité*[6] contém só a segunda parte da citação de João acima citada, na qual Jesus fala que não chamará mais seus discípulos de "servos" mas de "amigos", apresentando-a como um exemplo de amizade no Novo Testamento. Atrás dessa "singular" política de citação se oculta o fato de que, a *conditio sine qua non* de serem tratados como amigos (*philoi*) é a obediência incondicional, o que, sem dúvida, contradiz qualquer senso de amizade. Outro detalhe importante no mesmo verbete é a identificação da *philia* com o *agape*. Mas *philia* não é *agape*! *Philia* é preferencial, recíproca e mutável, enquanto que *agape* não é preferencial, não é recíproco nem admite mudanças, como Meilander observou.[7] Pode-se apontar outro exemplo dessa tentativa de apresentar um culto à amizade na *Bíblia*, no artigo de Holböck, "Freundschaft in der Heiligen Schrift".[8] Vischer está entre os poucos que constatam o mal-estar que representa esse elogio "singular" da amizade nas Sagradas Escrituras: "É surpreendente a rapidez com que alguns freqüentemente argumentam. Muitas vezes nos conformamos com o simples paralelismo entre as

---

5) Op. cit., p. xxv.
6) Cf. tomo I, pp. 514-5.
7) Cf. *Friendship. A study in theological ethics*. Notre Dame/Londres, University of Notre Dame Press, 1981.
8) HOLBÖCK, Ferdinald. "Freundschaft in der Heiligen Schrift", *Il concetto di amicizia nella storia della cultura europea. Der Begriff Freundschaft in der Geschichte der europäischen Kultur*, pp. 591-8.

palavras: 'Jesus chamou amigos a seus discípulos, por isso pensou na amizade!' Ou nos lembram que David e Jonathan foram bons amigos!".[9] Apontar para essas estratégias discursivas e políticas de citação é fundamental, pois está no centro da problemática da amizade no Cristianismo.

O tratamento de "amigos" (*philoi*) não se refere à amizade no sentido corrente do termo, mas designa a participação na comunidade cristã. Os escritores cristãos dos primeiros séculos (Iríneo, Orígenes, Clemente de Alexandria) adotaram o uso lingüístico do Novo Testamento; especialmente ascetas, mártires e confessores são chamados "amigos de Deus".[10]

Vemos assim como o Novo Testamento é desfavorável para a amizade, pois a tônica recai no amor a Deus e ao próximo, a qualquer próximo. Todavia, o amigo não é o próximo, nem amizade é amor cristão (*dilectio* ou *agape*), a amizade cria um vínculo entre duas pessoas que se define pela entrega total e a exclusividade; o amor cristão, em contrapartida, é universal.[11] Identificando o próximo com o amigo (como muitos autores cristãos fazem), pode-se ter uma idéia da importância da amizade no cristianismo, perdem-se, no entanto, as principais qualidades que caraterizam a amizade. Além disso, os cristãos entre si denominam-se irmãos e não amigos: "Eis minha mãe e meus irmãos: quem cumpre a vontade de meu pai celestial é meu irmão, minha irmã, minha mãe" (Mateo 12.50). O cristianismo teve sempre preferência pelos termos familiares, especialmente para designar aqueles que trocaram sua família por uma existência religiosa, por uma "nova" família; o vínculo familiar foi escolhido para representar a comunidade espiritual. Os cristãos são irmãos entre eles, não amigos.[12]

John Boswell indicou que, apesar da denominação de "irmãos" de Cristo aparecer com freqüência no *Novo Testamento*, a tradição

---

9) "Das Problem der Freundschaft bei den Kirchenvätern", *Theologische Zeitschrift* 9, 1953, p. 176.

10) Sobre os "amigos de Deus" durante a Antigüidade Tardia, cf. BROWN, Peter. "The Rise and Function of the Holy Man in Late Antiquity", *Society and the Holy in Late Antiquity*, Berkeley/Los Angeles, University of California Press, 1982, pp. 103-152; ORTEGA. *Amizade e estética da existência em Foucault*, pp. 87-8. Sobre a reaparição desta denominação nos séculos XIV e XV, cf. CHIQUOT, A. Verbete, "Amis de Dieu", *Dictionnaire de Spiritualité*. Paris, 1937, tomo I, pp. 493-500.

11) Cf. MCGUIRE, op. cit., pp. xxv-xxvi; VISCHER, ibid., p. 176.

12) Cf. CLARK, Gillian e STEPHEN. "Friendship in the Christian Tradition", PORTER, Roy e TOMASELLI, Sylvana (orgs.). *The Dialectics of Friendship*, Londres/Nova York, Routledge, 1989, pp. 30-1; MCGUIRE, ibid., p. xxvii; VISCHER, ibid., p. 175.

católica interpretou a relação de fraternidade num sentido mais amplo que um mero fato biológico. Tomás de Aquino recapitulou a discussão ao afirmar que os "irmãos" de Jesus "eram chamados assim, não por causa da biologia, como se tivessem nascido da mesma mãe, mas na base da relação, pois eram seus parentes".[13]

Mas o que significa esse processo de fraternização (pois a fraternidade é sempre um processo de fraternização), que implica a possibilidade de chamar de irmão a um amigo, ou a um camarada, como faz a tradição filosófica ao refletir sobre a amizade? Todo um movimento de politização da fraternidade está em jogo nesse tornar-se irmão do amigo, já que, recorrendo a Derrida, "Não há, não pode haver, fraternização política entre irmãos 'naturais'"; pois, "não esqueçamos, o que estamos questionando aqui e submetendo à análise sob o ponto de vista de seu alcance e de seus riscos políticos (nacionalismo, etnocentrismo, androcentrismo, falocentrismo, etc.), não é a fraternidade chamada natural (sempre hipotética e reconstruída, sempre fantástica), mas a figura do irmão na sua retórica renaturalizante, sua simbólica, sua conjuração juramentada (*conjuration assermentée*), dito de outro modo, o processo de *fraternização*".[14]

Mas se a amizade não é nem deve ser uma fraternidade natural, mas de eleição, isto é, dos amigos que são como irmãos, que se tornam irmãos, num processo de fraternização, por que se apresenta como natural? Geralmente acreditamos na primazia da família diante da amizade. Nas descrições mais enfáticas de vínculos pessoais usamos termos familiares; pensamos que exprimem maior afetividade, intimidade e solidez na relação. As metáforas familiares parecem-nos mais adequadas para exprimir nossas relações pessoais. Traduzimos sem pensar as relações de amizade — que se caracterizam principalmente pela livre escolha —, em termos familiares, acreditando com isso que a relação ganha autenticidade, solidez, firmeza, durabilidade e sinceridade. Esse movimento é próximo dos grandes discursos sobre a amizade, que condicionam o nosso imaginário afetivo, especialmente referente ao amor e à amizade. Já Montaigne usa o nome do irmão para falar do amigo: "É, em verdade, um belo nome e digno da maior afeição o nome de

13) Citado em BOSWELL, John. *The Marriage of Likeness*. Glasgow, Harper Collins Publishers, 1995, p. 122.

14) *Politiques de l'amitié*, p. 229.

irmão; e por isso La Boétie e eu o empregamos quando nos tornamos amigos".[15] Mas nem sempre foi assim; os gregos, como vimos, colocavam a *philia* acima da família. A *philia* estava ligada ao espaço público, à ação em liberdade, à política; ao passo que a família era o âmbito da privação, da violência e da necessidade. Se queremos pensar hoje numa amizade como experiência do político, devemos pensá-la além dos vínculos familiares.[16] Provavelmente a tradição cristã fraternalista contribuiu historicamente para essa primazia das imagens familiares sobre as da amizade. Perante o culto exacerbado da amizade na Antigüidade, que, como dizia Epicuro: "De todas as coisas que nos oferece a sabedoria para a felicidade de toda a vida, a maior é a aquisição de amizade",[17] encontramos no cristianismo um elogio ambíguo, em nada efusivo da amizade, que não deixa esconder uma suspeita, um receio. Isso faz, como veremos, que a maioria dos autores fale dela com muita cautela e cuidado. Voltarei a essas questões fundamentais mais adiante.

Amizade no século IV: Ambrósio, Agostinho, Paulino de Nola

Entre os chamados Padres Orientais cabe destacar a figura de Basílio, no século IV, por ser o primeiro escritor da tradição monástica oriental em acreditar na vida comunal como a melhor maneira de conduzir os homens a Deus. Ele, no entanto, proíbe explicitamente as "afeições particulares" (*prospatheia = amor singularis*), pois perturbam a vida harmoniosa no mosteiro e dividem a comunidade, assim afirma Basílio: "a afeição particular deveria ser banida do mosteiro, pois a inimizade se engendra pelas disputas e pela amizade particular".[18] A amizade em si é contemplada com suspeita. Existe unanimidade entre os Padres do Deserto sobre a crença de que as amizades particulares criam divisões na comunidade, uma comunidade no seio da comunidade — o que

15) *Ensaios*, São Paulo, Abril Cultural, 1972, livro I, cap. XXVIII "Da amizade", p. 96.
16) Cf. ORTEGA, Francisco. *Para uma política da amizade — Arendt, Derrida, Foucault.*
17) *Antologia de textos*. São Paulo, Abril Cultural, 1980, p. 20. De Cícero a Karl Marx, a tradição filosófica remete continuamente à sentença de Epícuro.
18) Citado em MCGUIRE, op. cit., p. 29.

explica a exigência de amor igualitário para todos os irmãos e uma disciplina diária. Nas palavras de Basílio: "Se amam o bem comum da disciplina, os que fazem assim compartilharão, sem dúvida, um amor comum e igual para todos. Mas se se separam e afastam, eles formam uma comunidade dentro da comunidade. Esse é um pacto nocivo da amizade, pois é diferente do pacto que os une na comunidade".[19]

A amizade que Basílio manteve com Gregório Naziano pode ser considerada como exemplo de amizade cristã. Ela se inscreve conscientemente na tradição aristotélico-ciceroniana ("parecia que tínhamos dois corpos em uma alma"),[20] que baseava a amizade na virtude. No entanto, ela é determinada de maneira diferente à tradição, correspondendo à ação dirigida a Deus, isto é, à realização da lei cristã. Verdadeiros amigos são os que se dirigem a Deus no mesmo caminho da perfeição, não constituindo a essência dessa amizade o vínculo entre eles, a própria relação, mas a ligação que ambos parceiros mantêm com Deus. Como conseqüência, a relação interpessoal é suprimida. Na verdadeira amizade, o vínculo mesmo, a convivência dos amigos, torna-se supérflua na comunidade no espírito. Podemos ainda falar de amizade? Como afirma Basílio numa carta, "A amizade do mundo precisa dos olhos e da convivência para que a confiança possa surgir, mas os que sabem alguma coisa do amor espiritual não precisam da presença carnal da amizade, mas serão guiados a um vínculo espiritual através da comunidade da fé".[21]

Na vida ascética que Basílio, Gregório Naziano, Crisóstomo, entre outros propõem, o amor ao próximo constitui parte fundamental da virtude, relegando o amigo a uma posição secundária.

Basílio é um exemplo paradigmático do consenso existente entre os Padres Orientais de que a amizade não possui uma função social positiva no modo de vida eremita ou cenobítico.[22] Ainda não encontramos a valorização da amizade espiritual (*amicitia spiritais*) que aparecerá alguns séculos depois. A amizade se encontra nesta

---

19) Citado em MCGUIRE, ibid., p. 30.

20) Gregório Naziano, citado em VISCHER, op. cit., p.187. Cf. SALMONA, Bruno, "L'amicizia tra Basilio e Gregorio di Naziano", *Il concetto di amicizia nella storia della cultura europea. Der Begriff Freundschaft in der Geschichte der europäischen Kultur*, pp. 704-8.

21) Citado em VISCHER, ibid., p. 190.

22) Cf. MCGUIRE, op. cit., p. 32.

época inicial do monasticismo ainda presa ao contexto da *amicitia* pagã da elite romana, ligada à procura de sucesso mundano, o que a faz inadequada para ser adotada como modelo de existência cristã. No monasticismo oriental, o ascetismo ocupa o primeiro lugar, somente após ter suprimido suas paixões e cortado todos os vínculos terrenos é que o monge pode pensar em relações com outros indivíduos. O primeiro mandamento eclipsa o segundo. A possibilidade de que por meio do vínculo de amizade o monge pudesse chegar a Deus não é ainda cogitada. McGuire observa, sobre o monasticismo oriental, como "no século IV as relações especiais de contato íntimo entre duas ou mais pessoas não tinham justificação teórica nem reconhecimento oficial na comunidade monástica. A intimidade humana causava inquietude na alma, inquietude no corpo, ou inquietude na comunidade (...). Homens mortos para o mundo não podiam ressuscitar para o clamor do afeto mútuo sem renunciar a seu modo de vida ascético".[23]

A situação dos Padres ocidentais é totalmente diferente, tornando a amizade intimamente associada ao novo monasticismo. No Ocidente não se incorporou, como no Oriente, a idéia estóica da *apatheia*, que implicava que o asceta devia suprimir todas as paixões e vínculos mundanos. A conversão no Ocidente, acarretava, evidentemente, a adoção de uma nova forma de existência, mas não exigia a recusa de todos os hábitos e costumes da vida. Paulino de Nola e Agostinho permaneceram aristocratas romanos na sua retórica e na maneira de conceber os vínculos humanos. Diante do ideal oriental da morte das paixões, o ideal ocidental concentrou-se na criação de uma existência comunal, a *vita communis*. No mundo ocidental combinavam-se as formas de vida pagãs próprias da Antigüidade Tardia, com o ascetismo cristão. A insistência na vida comunal estava ligada ao contexto social dos participantes, cujos líderes procediam das camadas mais altas da sociedade da época. Desse modo, foi criado um monasticismo aristocrático baseado nas atitudes romanas sobre as amizades e as alianças entre homens bons. Um bom exemplo dessa atitude é a comunidade que Agostinho pretendia fundar em Milão no período que precede à conversão, na linha das comunidades de vida e escolas filosóficas da tradição greco-romana, como é descrito nas

23) Op. cit., p. 34.

Confissões: "Só superficialmente nos interessava, tanto a ele como a mim, a beleza conjugal que há nos deveres do matrimônio e na educação dos filhos. (...) Falávamos com aborrecimento dos dissabores tumultuosos da vida humana. Já quase tínhamos resolvido viver sossegadamente, retirados da multidão. Tínhamos projetado aquele sossego deste modo: se alguma coisa possuíssemos, junta-la-íamos para uso comum, combinando formar de tudo um só patrimônio, de tal forma que, por uma amizade sincera, não houvesse um objeto deste, outro daquele, mas de tudo se fizesse uma só fortuna, sendo tudo de cada um e tudo de todos".[24]

Ambrósio de Milão é um representante fundamental desta permanência da noção de *amicitia* romana, ao procurar uma síntese entre Cícero e as escrituras, adaptando o livro de Cícero *De Officiis* às necessidades cristãs, e substituindo os exemplos pagãos de amizade com os correspondentes da Bíblia, transformando o texto ciceroniano, escrito para os cidadãos romanos politicamente engajados, num manual de moral para os jovens clérigos: *De officiis ministrorum*. Apesar do cristianismo primitivo substituir a intimidade dos amigos por um laço de amor e caridade que abraça todos sem restrição, Ambrósio fala da amizade com o entusiasmo pré-cristão.[25] Encontramos nele os mesmos temas da tradição ciceroniana: o amigo como outro eu, à procura da amizade perfeita na virtude, etc. O ideal romano de confiança e lealdade ao amigo, a *fides*, é transformada na confiança total em Deus. Ambrósio permanece próximo ao ideal romano da *amicitia* procurando uma harmonização com a doutrina bíblica sem apresentar nenhum ponto de tensão entre elas. Deparamo-nos em Ambrósio, diz McGuire, com "um bispo romano poderoso sem tempo para os entusiasmos intelectuais e emocionais do jovem Agostinho, e um romano dedicado, irmão e amigo, que acreditava, aceitava, defendia e se servia da exclusividade e dos confortos das amizades pessoais".[26]

A produção teórica de *Agostinho* é perpassada pelo interesse pela amizade, o qual receberá uma tematização diferenciada. Sua

24) *Confissões*. Porto, Livraria Apostolado da Imprensa, 1984, IV.14, pp. 150-1; cf. MCGUIRE, ibid., p. 40.

25) Cf. DOROTHEA, Syster Mary. "Cicero and Saint Ambrose on friendship", *The Classical Journal*, v. 43, 4, 1948, p. 220; MCGUIRE, ibid., pp. 42ss.

26) Ibid., p. 47.

obra testemunha a passagem de uma noção de amizade próxima da *amicitia* romana, ao desenvolvimento da idéia de *amicitia* cristã e a substituição da amizade pelo *agape*. Podemos estabelecer três fases do desenvolvimento da amizade em Agostinho: a) amizade segundo o modelo greco-romano; b) amizade de tipo neoplatônico; c) amizade baseada na *caritas christiana*.

A primeira fase da noção de *amicitia* agostiniana é constituída pelas amizades de juventude antes da conversão, descritas no livro IV das *Confissões*. Trata-se de uma amizade sensual, em cuja origem se encontra o Eros filosófico platônico como uma inclinação mútua para a perfeição intelectual e moral. Agostinho narra da seguinte maneira a vida com os amigos, em consonância com o sentido da *amicitia* da Antigüidade pagã: "Havia neles outros prazeres que me seduziam ainda o coração: conversar e rir, prestar obséquios com amabilidade uns aos outros, ler em comum livros deleitosos, gracejar, honrar-se mutuamente, discordar de tempos em tempos sem ódio como cada um consigo mesmo, e, por meio dessa discórdia raríssima, afirmar a contínua harmonia, ensinar ou aprender reciprocamente qualquer coisa, ter saudades dos ausentes e receber com alegria os recém-vindos. Estes e semelhantes sinais, que, procedendo do coração dos que se amam e dos que pagam amor com amor, manifestam-se no rosto, na língua, nos olhos e em mil gestos cheios de prazer, como se fossem acendalhas, inflamam-se os corações e de muitos destes se vem a formar um só".[27]

Na expressão da dor perante a morte de um amigo, Agostinho se serve da linguagem da tradição ciceroniana e horaciana (a qual será mantida toda sua vida), na qual o amigo é descrito como "alter ego", "metade da alma": "Admirava-me de viverem os outros mortais, quando tinha morrido aquele que eu amava, como se ele não houvesse de morrer! E, sendo eu outro ele, mais me admirava de ainda viver, estando ele morto. Que bem se exprimiu um poeta, quando chamou ao seu amigo 'metade da sua alma'!. Ora, eu que senti que a minha alma e a sua formavam uma só em dois corpos, tinha horror à vida, porque não queria viver só com metade. Talvez por isso é que receava morrer, não viesse a morrer totalmente aquele a quem eu tanto amara" (IV.6, pp. 94-5). Na leitura derridiana que aposta pela continuidade nos grandes discursos da amizade

---

27) *Confissões*, IV.8, p. 96.

desde Platão até Montaigne, Hugo e Michelet, Agostinho reproduziria a leitura homológica da amizade, o amigo como a cópia (*exempla* dirá Cícero, isto é, o original e a cópia multiplicável do mesmo), que reduz o outro à violência do mesmo. A política de citação agostiniana, a apropriação da retórica ciceroniana da *amicitia*, é um movimento estratégico, "uma conseqüência astuta, profunda, inquietante", como observa Derrida, para desqualificar as amizades mundanas, como sendo passageiras, transitórias, frágeis. Trata-se da mesma retórica da *teleia philia/amicitia vera* da Antigüidade, que, na procura da amizade perfeita, desvalorizava os outros tipos de amizade. O recurso à tradição é um recurso estratégico, uma "conseqüência astuta", que serve para ressaltar a dialética entre a *securitas* em Deus e a *fragilitas* dos assuntos humanos, apontando para o caráter transitório das amizades mundanas diante da amizade de Deus. A morte do amigo torna-se sintoma de uma fragilidade relacional e ontológica, em contraste com uma paixão pelo absoluto: "Feliz o que Vos ama, feliz o que ama o amigo em Vós, e o inimigo por amor de Vós. Só não perde nenhum amigo aquele a quem todos são queridos n'Aquele que nunca perdemos".[28] A tradição é usada e transformada; a *vera amicitia* romana só poderá ser *amicitia cristiana*.

Agostinho desprezará o aspecto sexual das amizades da juventude nas *Confissões* ("Deste modo, manchava com torpe concupiscência, aquela fonte de amizade. Embaciava a sua pureza com o fumo infernal da luxúria"[29]). Na minha opinião, as amizades de juventude de Agostinho, como se depreende dos três primeiros livros das *Confissões*, não excluíam relações homossexuais, em concordância com o conteúdo erótico da amizade na Antigüidade. Vários comentadores tentam ignorar esse fato. Por exemplo, Joseph Bernhart[30] pensa que os textos não oferecem a clareza suficiente para concluir que Agostinho teve experiências homossexuais na juventude. Mais enfática na recusa dessa possibilidade é Wunderle, cujo tom não deixa

---

28) *Confissões*, IV.9, p. 97. Cf. ALICI, Luigi. "L'amicizia in S. Agostinho", *Il concetto di amicizia nella storia della cultura europea. Der Begriff Freundschaft in der Geschichte der europäischen Kultur*, p. 174; MCGUIRE, op. cit., p. 48; MCEVOY, op. cit., p. 14; NOLTE, F. *Augustins Freundschaftsideal in seinen Briefen*. Würzburg, Inaugural-Dissertation, 1939, pp. 22-3; DERRIDA, *Politiques de l'amitié*, pp. 213-5.

29) III.1, p. 68.

30) Cf. Notas (Anmerkungen), Augustinus, *Bekenntnisse*, Frankfurt am Main, Insel, 1987, pp. 855-6.

ocultar o preconceito: "Por muito afetuosa e lacrimosa que seja a atividade amorosa de Agostinho, com certeza nunca sucumbiou à *sujeira homossexual*".[31] É, sem dúvida, interessante que McGuire — num gesto de pretensa objetividade e neutralidade que acusa John Boswell de tendencioso —, ao recusar categoricamente a possibilidade de Agostinho ter mantido relações homossexuais na juventude, apóia-se precisamente no texto de Nolte (de 1939!!), tão pouco objetivo, declarando assim: "Agostinho é o heterossexual completo"; "sua orientação sexual estava voltada exclusivamente para as mulheres"; "No mundo de Agostinho, os homens existiam para a amizade e as mulheres para o sexo".[32]

Na idade adulta, Agostinho recusará a possibilidade de relações homossexuais lícitas. Nesse ponto Agostinho distanciava-se da visão de muitos de seus contemporâneos cristãos, como Boswell observa: "Não só parece ser que os primeiros cristãos não teriam encorajado nenhum preconceito geral contra os gays, mas tampouco parece ter existido uma razão para que o cristianismo adotasse uma atitude hostil no que diz respeito à conduta homossexual. Muitos cristãos proeminentes e respeitados — alguns até canonizados — estiveram envolvidos em relações que quase seguramente seriam consideradas homossexuais em culturas hostis ao homoerotismo. A pressão antierótica do governo e das escolas mais ascéticas da ética sexual terminariam por conseguir, com o tempo, a supressão dos aspetos mais públicos da sexualidade gay e, finalmente, por incluir no próprio cristianismo uma reação de violenta hostilidade. Esse processo, no entanto, levou um tempo muito prolongado e não é possível atribuí-lo a atitudes amplamente difundidas, nem a preconceitos entre os primeiros adeptos da religião cristã".[33]

Durante sua estada em Milão e depois em *Cassiciacum*, no período imediatamente posterior a sua conversão, Agostinho cultiva uma noção de amizade próxima do neo-platonismo. Nos diálogos da época, ele se orienta ao modelo literário de Cícero. Isso se deve também à influência de Ambrósio de Milão, cuja noção de

---

31) Citado em NOLTE, op. cit., p. 17. Grifos meus.
32) Op. cit., pp. 40-1.
33) *Cristianismo, tolerancia social y homosexualidad*, pp. 162-3.

amizade era ciceroniana. A comunidade de amigos reunidos em torno de Agostinho representa uma sociedade masculina que, num espírito de ócio, se dedicam a discussões filosóficas. O diálogo filosófico tem a função de estabelecer a comunidade. O grupo esboça um projeto de vida religiosa, que comportava o abandono da vida precedente, a vocação de castidade e o projeto de retorno para a África. A comunidade de *Cassiciacum* se desenvolve como uma escola de alunos e amigos, na qual Agostinho escreve algumas obras importantes. Ele distingue, no entanto, a *schola illa* de Milão, da *schola nostra* do grupo de amigos em torno de Agostinho, embora se possam reconhecer características comuns a ambas.[34] O estudo da filosofia, a procura da verdade, não é um exercício em solidão, mas precisa da *vita communis*, da vida em comunidade para a sua realização em concordância com o ideal das escolas filosóficas da Antigüidade ("Amo a sabedoria por si mesma, mas quero outras coisas presentes na minha vida, ou terei medo de carecer delas por causa da sabedoria: vida, paz, amigos... Quantos mais amigos tenha mais poderemos amar a sabedoria em comum"[35]). Até o momento mesmo da conversão representa uma experiência comunitária, tendo sua origem em discussões com os amigos.[36] Durante esse período, Agostinho utiliza freqüentemente os verbos *amare* e *redamare* para enfatizar o lado afetivo da relação de amizade.

Com o retorno para a África entramos no último período da noção de amizade agostiniana. Para os comentadores cristãos de sua obra, esse deslocamento para uma noção despersonalizada, desafetivada e transcendente da amizade é necessário. Eles apresentam um desenvolvimento teleológico da sua concepção de amizade, comparando as amizades de juventude e as comunidades de amigos de Milão e *Cassiciacum* com as amizades próprias da adolescência, ainda imaturas e imperfeitas, para assim poder desqualificá-las. Essas amizades constituíam uma atmosfera de retiro e reflexão, aparentemente uma forma perfeita de vida para Agostinho, mas que, segundo McNamara, se tivesse continuado, "teria sido prejudicial para a sua perfeição

---

34) GEERLINGS, Wilhelm. "Das Freundschaftsideal Augustins", *Theologische Quartalschrift* 161, 1981, pp. 208-9; ALICI, Luigi, op. cit., pp. 174-7; MCEVOY, op. cit., p. 15; NOLTE, op. cit., pp. 27-37.

35) Agostinho, citado em MCGUIRE, op. cit., p. 50.

36) Cf. FLASCH, Kurt. *Augustin.* Stuttgart, Reclam, 1994, pp. 146-7.

última".[37] A amizade, possibilidade de atingir a perfeição conjunta na sociedade greco-latina, torna-se precisamente seu impedimento no mundo cristão. Aparentemente, Agostinho encontrava-se nesse estado de seu desenvolvimento (*ante conversionem*), ainda longe de atingir o amor de Deus, tendo que se contentar com o afeto dos amigos.

A última etapa no pensamento agostiniano sobre a amizade é a passagem da "amizade vivida para a amizade pensada", a substituição da *amicitia* pela *caritas* cristã e o *agape*. O retorno à África tem como conseqüência um deslocamento de perspectiva, do plano de uma espiritualidade da investigação, com conotações afetivas, a uma amizade que se coloca progressivamente no contexto de uma ética da *caritas* que oscila entre pecado e redenção. Pode-se distinguir três características principais nesse novo momento da amizade agostiniana: amor, confiança e oração.

Amor recíproco é o fundamento e a força motriz da amizade, ligando o homem a Deus; afirma Agostinho no sermão 361: "ama-se de verdade o amigo, quando se ama a Deus nele, ou porque Deus já está nele, ou porque Deus já gostaria de estar nele".[38]

Mediante a *confiança* Agostinho estabelece um paralelo entre a confiança no amigo e na fé. Assim observa Agostinho como "da mesma maneira que devo acreditar em infinitas coisas que não posso ver, da mesma maneira acredito com confiança em meus amigos".[39]

Oração é a última condição da amizade. Agostinho pedirá pela oração de seus amigos, como aparece na carta a Dario: "Ora por mim, meu filho, ora por mim. Eu sei o que eu digo, sei o que eu peço".[40]

A situação sociopolítica da África e a assunção do ministério sacerdotal obriga Agostinho a reelaborar sua noção de amizade e abandonar o projeto de fundar um "mosteiro de filósofos". O confronto violento com maniqueístas, donatistas, pelagianos e outros hereges conduz a um endurecimento doutrinal e ao desenvolvimento de uma teoria que contenha os elementos de

---

37) MCNAMARA, M.A. *Friends and friendship for Saint Augustine*. Fribourg, Studia Friburgensia, 1958, pp. 106-7.
38) Citado em GEERLINGS, op. cit., p. 270.
39) Citado em ibid.
40) Citado em ibid., p. 271.

universalidade e catolicidade e que acentue o respeito à tradição patrística grega. Depois de retornar para África, Agostinho reduz a amizade à atividade de cultivar as pessoas adequadas nos círculos influentes e convencê-los de agir a favor da igreja africana e de combater os heréticos. A nova amizade servirá como critério de discriminação de cristãos e não cristãos. Os favores da amizade só serão concedidos àqueles que se convertam e batizem. O batismo é o fundamento da verdadeira *amicitia*. Apesar de pregar em seus sermões e cartas uma amizade universal, a qual não deveria ser negada a ninguém ("não existe ninguém no gênero humano a quem não se deva amor baseado, a não ser na caridade mútua, ao menos na sua participação na natureza humana comum"[41]), o aparente universalismo do abraço cristão revela-se como um paticularismo exclusivista e como eficaz critério do político para discriminar os verdadeiros dos falsos amigos. Assim, Agostinho não hesitará em negar a saudação a quem não se batize, e Paulino de Nola romperá, após à conversão, com seu mestre pagão e recusará repetidamente as suas tentativas de restabelecer a amizade. Na sua maturidade encontramos um Agostinho endurecido que não parece se lembrar ou prefere esquecer as satisfações e alegrias que a amizade oferece.

No *Sermão* 385, Agostinho traça uma linha divisória entre a amizade comum, *amicitia consuetudinis*, a qual existe também nos animais, caraterizada no amar e ser amado (ou seja, a amizade que Agostinho louvava na juventude), e a verdadeira amizade, *amicitia rationis*. Esta última baseia-se na *benevolentia* e na *caritas*, garantias do *consensio* e dádivas de Deus. Agostinho recorre novamente à definição ciceroniana, sublinha, no entanto, que não é suficiente uma consolidação intensa da *benevolentia* e *caritas* em torno das coisas humanas. A amizade verdadeira pressupõe principalmente o acordo das *res divinae*, das coisas divinas. A avaliação das coisas humanas depende, em última instância, do conhecimento das coisas divinas. Com isso, sua noção de amizade deixa de representar o ideal de vida comunitária de um pequeno grupo de amigos e passa a encarnar o apelo de estabelecer amizade com o maior número possível de indivíduos. Na carta 130, Agostinho afirma: "Por isso não devemos comprender a amizade de uma maneira limitada. Pois a ela pertencem todos aqueles que

---

41) Agostinho, carta 130, citado em ALICI, op. cit., p. 184.

devemos amor e estima (*dilectio*)"; e alguns anos depois: "Já que cada homem é somente uma parte do gênero humano e que a natureza humana é organizada comunitariamente, a amizade é um bem natural e possui muito poder".[42]

A amizade torna-se *agape*, amor do próximo sem restrição. Agostinho não acreditará na maturidade que seja possível alcançar a *beata vita* entre amigos, como acreditava até os anos posteriores à conversão, o que contribuiu para esse deslocamento na sua concepção. O optimismo desaparece, dando lugar a uma seriedade amarga, segundo a qual nesta vida não existe nem *beatitudo* nem *securitas*. Verdadeira amizade e segurança existem só em Deus. Com a passagem da óptica dual (eu-você) à óptica triádica (eu-você-Deus), Agostinho realiza o deslocamento definitivo da concepção clássica à cristã da amizade: "Feliz o que Vos ama, feliz o que ama o amigo em Vós, e o inimigo por amor de Vós".[43]

A Cidade de Deus agostiniana encarna o ideal de uma sociedade de amigos, *societas amicalis*, unidos mediante a *caritas cristiana*, influenciado pelo conceito paulino de igreja como o corpo místico de Cristo, *Corpus Christi mysticum*, a comunidade em Cristo.[44] A *caritas* tem o significado não somente de amor ao próximo, mas de amor à totalidade, amor comunitário num sentido amplo e nunca amor singular, particular. *Amicitia* não é *agape*. A substituição conduz à despersonalização e desafetivação da amizade. Mesmo se alguns comentadores consideram esse deslocamento como uma libertação da "gama inteira das relações interpessoais do perigo recorrente de uma involução egoísta", o resgate de uma "teoria elitista dos sentimentos" significa desprover a amizade de todos os elementos que a caracterizam. Postular a amizade cristã como amizade perfeita implica desqualificar as amizades vividas, reais como uma "inquietante e perversa patologia da amizade". Substituir a amizade pelo *agape* e pretender ao mesmo tempo colocar este último como uma forma de amizade perfeita, é o movimento que define a noção cristã de amizade.[45]

A *amicitia dei* contemplativa como amor do próximo leva à

---

42) Citado em GEERLINGS, ibid., p. 273; cf. ALICI, op. cit., pp. 180-1; FLASCH, op. cit., p. 148.
43) *Confissões*, IV.9, p. 97.
44) Cf. NOLTE, op. cit., pp. 118-20.
45) ALICI, ibid., p. 187.

recusa de todos os elementos corporais, afetivos, individuais, terrenos e interpessoais da relação de amizade e tem como última conseqüência o fortalecimento da comunidade eclesiástica e a estabilização do clero.

Vemos assim como existe uma ambivalência entre amizade e amor no cristianismo. A amizade tinha um caráter suspeito, o amor (a Deus e ao próximo) era a forma de se libertar dela. Especialmente Agostinho encarna o arquiteto dessa transformação. No vínculo humano intenso representado pela amizade será reconhecido um elemento de egoísmo, contemplado como um desvio do amor a Deus.[46] Agostinho se indaga sobre o problema da reconciliação da *philia* com o amor a Deus. A *philia* será substituída pelo *ágape* e o amor ao próximo (o próximo é um indivíduo abstrato):

> "O amor ao próximo é mais uma atitude moral do que uma forma de relação. O desvio do terreno, corporal, inter-humano e a translação da amizade para o interior do indivíduo e para sua atitude espiritual traz consigo uma passividade social, apesar de se tratar de uma amizade relativamente intelectual. Mediante oração e sacrifício pelos amigos mal se põe em perigo o sistema estabelecido; mediante ação cotidiana e solidária; sim".[47]

A *philia* é rejeitada por seu caráter egoísta e instrumental, ao passo que o *agape* representa a amizade verdadeira, por não manifestar uma atração interpessoal. A amizade natural, isto é, a atração individual, não é uma virtude, porque se baseia em valores efêmeros e terrenos. Transformar-se-á numa virtude quando estiver a serviço do amor de Deus e da credibilidade. Em outras palavras, a atração individual pelo amigo deve se transformar, o amigo não deve ser amado por si mesmo, mas por Deus. A *philia* torna-se assim a *caritas christiana*, o amor de Deus que une todos os homens. *Caritas* constitui a essência do amor do amigo no cristianismo.

O mérito de Agostinho consiste em ter submetido a amizade a um processo de abstração que lhe tira o componente emocional e

---

46) Cf. DREYFUS e RABINOW. *Michel Foucault. Beyond structuralism and hermeneutics.*, Chicago, University of Chicago Press, 1983; NÖTZOLDT-LINDEN, op. cit., p. 39; MCNAMARA, M.A., op. cit., p. 106; FRAISSE, op. cit., p. 466; EGLINGER, R. *Der Begriff der Freundschaft in der Philosophie.* Inaugural-Dissertation, Basel, 1916, pp. 17ss.; NOLTE, op. cit., pp. 7ss.

47) NÖTZOLDT-LINDEN, ibid., p. 48.

social: "Se a amizade (...) perde terreno e se dissocia da amizade individual, chegando até à discriminação do amigo nos conflitos de fé, (...) isto acontece decerto porque a amizade vivida pode significar poder e rebelião".[48]

Paulino de Nola, contemporâneo de Agostinho, orienta-se também para a noção ciceroniana da amizade, baseada na virtude. A amizade, no entanto, não dependerá como para Cícero e para a tradição da Antigüidade pagã, da escolha livre de dois seres, eleitos reciprocamente como amigos. Para Paulino a amizade é uma dádiva divina, uma graça, e embora o homem possa solicitá-la, é Deus que possui a prerrogativa e que predestinou desde a origem do mundo as almas umas às outras. Por isso, os amigos não precisam se conhecer materialmente; é suficiente que as almas se unam. Tampouco é necessário um longo tempo para a amizade atingir a perfeição, sendo desde o primeiro instante perfeita, por ter sua origem em Deus, como se depreende do seguinte trecho de uma carta de Paulino: "A duração da amizade não acrescenta nada à afeição. Ela não precisa de provas, mas surge de vez na sua solidez e grandeza, pois nascida pelo Cristo, ela é em plenitude desde o começo".[49]

A *caritas christi* produz e alimenta a amizade entre as almas, ela participa da eternidade divina não existindo possibilidade de separação. Todos os problemas que encontrávamos na tradição aristotélico-ciceroniana da amizade pagã dissolvem-se na sua tradução cristã: a necessidade de convivência, a durabilidade da amizade, a exigência de pôr à prova os amigos, etc. Mas podemos falar ainda de amizade?

A amizade verdadeira só pode existir entre almas cristãs. Paulino estabelece uma oposição categórica entre essa amizade e a puramente humana, a "amizade natural". A amizade humana não pode constituir a única forma de amizade possível, nem a mais alta; não é um sentimento nobre e elevado, mas ligado a situações contingentes e estados afetivos mais ou menos duradouros. Assim,

---

48) Idem.

49) Citado em FABRE, Pierre. *Saint Paulin de Nole et l'amitié chrétienne*. Paris, Ed. De Boccard, 1949, p. 140. Cf. COSTA, op. cit., pp. 50-1; PIERETTI, Antonio. "L'amicizia come preparazione alla carità in Paolino da Nola", *Il concetto di amicizia nella storia della cultura europea. Der Begriff Freundschaft in der Geschichte der europäischen Kultur*, pp. 678-82.

Paulino refere na sua correspondência: "Faz muito tempo, meu irmão Sanctus, como você sem dúvida se lembra, que começei a lhe amar, e lhe amei sempre. É verdade que não com essa afeição que vem de Cristo mas com essa amizade que nasce das relações humanas, que tem palavras carinhosas nos lábios, mas que não tem raiz no coração, porque não foi edificada sobre a pedra, não estando construída no Cristo".[50]

Essa distinção entre amizade humana e divina é estabelecida através de um uso cuidadoso do vocabulário. Paulino usa os termos *affectus* e *affectio* para se referir à amizade humana, e *caritas*, *dilectio* (como tradução do grego *agape*) e *pietas* para a amizade ou amor divinos. Esta última, *pietas*, testemunha como a amizade espiritual constitui um dever de todo cristão.[51] O termo *amicitia*, tão usado por Cícero, nunca é utilizado por Paulino para exprimir a amizade fundada em Cristo, mas somente a afeição puramente humana. Agostinho também estava interessado em delimitar a amizade humana da divina; ele, no entanto, não marca a oposição com o uso de um vocabulário diferente, servindo-se em ambos casos do termo *amicitia*: *amicitia mundi huius*, *amicitia rerum mortalium*, para se referir à amizade humana, e *luminosus limes amicitiae*, para a verdadeira, divina amizade.[52]

Paulino concede mais lugar do que Agostinho às amizades pessoais, as quais acabam se dissolvendo para o bispo de Hipona no amor universal de Deus. Em contrapartida, amizade é para Paulino fundamentalmente amizade pessoal, como Fabre assinala: "Amar a Deus, ele sabe o que é, por experiência pessoal. Mas tal experiência é incomunicável. (...) O amor ao próximo é uma coisa mais tangível e ele fala dele de bom grado. Com uma condição, entretanto: deve se tratar de um 'próximo' bem determinado. Pois amar todos os homens ao mesmo tempo lhe parece, sem dúvida, uma empresa muito abstrata e, por isso mesmo, quimérica. (...) Cada vez que Paulino fala com precisão do amor ao próximo é a propósito de um de seus correspondentes (...), a propósito de uma amizade espiritual".[53]

Costa sublinhou como essa noção de amizade leva Paulino a elaborar um vocabulário amoroso, traduzido em amor-amizade, no

---

50) Citado em FABRE, ibid., p. 142; cf. PIERETTI, op. cit., pp. 680.
51) Cf. FABRE, ibid., pp. 144-6.
52) Cf. ibid., pp. 152-3.
53) Ibid., p. 135.

qual antecipam-se elementos do amor cortês, da mística cristã e dos romantismos dos séculos XVII e XVIII. Num trecho da correspondência com Severo, Paulino se exprime em termos do apaixonamento moderno: "Estou cansado de convidar-te. Não me restam nem votos nem palavras a acrescentar às preces e às cartas, tantas vezes gastas em vão. Venho dar-te palavras em troca de palavras que recebi: é o único consolo que deixaste às nossas relações, pois fizeste desaparecer a esperança de nossa reunião. Esses consolos, pelo menos, quero aquecer meu coração com eles, se bem que não tragam frutos. Mas tu começas também a te tornares avarento em relação a eles, pois, agora, é só em *ocasiões* (grifos no original) que procuras chegar até mim. Durante quase dois anos inteiros me deixaste em suspenso e torturado pela espera cotidiana de tua chegada".[54]

Essa amizade apaixonada representava na moral sexual do cristianismo primitivo uma tendência importante. Ausónio esteve apaixonado por Paulino de Nola, e, como Boswell observa, não existe nada que aponte para uma natureza sexual da relação, da mesma maneira que não existe nada que aponte para a ausência dessa natureza.[55]

Eclipse e renascença da amizade monástica

No período carolíngio, entre os anos 770 e 850, encontramos entre uma pequena elite uma renovação limitada da tradição da amizade secular com fins de obtenção de vantagens políticas, da visão clássica da amizade em termos exclusivamente humanos e da concepção cristão-platônica da amizade como percurso para o bem.[56] Com exceção dessa pequena elite e do interesse restrito que aparece no século VII nos escritos de Bede (que usou pela primeira vez o termo *spiritualis amicitia*), e de Bonifácio, a tematização da amizade nesta época é praticamente inexistente.[57]

---

54) Citado em COSTA, op. cit., p. 52.

55) "Dificilmente se pode qualificar sua amizade de outra maneira que apaixonada, com implicação de erotismo físico ou não, o certo é que se tratava de uma relação que implicava o Eros, tal como os gregos entendiam a palavra, ou tal como em épocas mais recentes se chamou 'amor romântico'" (*Cristianismo, tolerancia social y homosexualidad*, p. 160).

56) Cf. HYATTE, op. cit., p. 46; MCGUIRE, op. cit., pp. 116-8.

57) Cf. MCGUIRE, ibid., pp. 91-115.

O período que compreende os dois séculos entre os anos 850 e 1050 pode ser considerado como do "eclipse da amizade monástica", usando uma expressão de McGuire. Até o ano 1050 a noção aristotélico-ciceroniana de *amicitia* é contemplada com receio. Os ideais clássicos são desprezados como fonte de conflitos e tentação mundana nas comunidades monásticas. Rotério de Verona, por exemplo, considera os amigos mais perigosos devido à adulação do que os inimigos por causa da hostilidade e não contempla nenhuma possibilidade de traduzir as amizades mundanas em vínculos monásticos. Escrevendo no século X, Rotério descreve a amizade ou como um ideal impossível, ou como uma fonte de conspiração contra Deus.

Os monges dos séculos X e XI ressaltam o ideal de amor coletivo, estabelecendo uma ligação entre *concordia* e *caritas* numa linguagem clara e simples repleta de alusões ao *Novo Testamento*. As regras monásticas representam a vida comunal que exclui as amizades íntimas, as quais serão qualificadas como indesejáveis e como ameaça para a alma no mosteiro.[58]

Entre os anos 1050 e 1120 aparece um renovado interesse pela amizade, tornando-se tema fundamental da literatura e da vida monástica. Os reformadores desse período usam a família e as amizades humanas como modelo da nova sociedade a ser criada no mosteiro, em vez de propor que os homens rompam qualquer vínculo humano ao se tornarem monges. Vários fatores influem nesta mudança de atitude ante a amizade, quais sejam: primeiro, o intercâmbio ativo entre escolas seculares e escolas monásticas; muitos dos indivíduos que formaram as escolas monásticas provêm das escolas seculares, trazendo com eles o interesse por Cícero e pela temática da *amicitia*; segundo, o interesse em aprofundar o significado e a qualidade da vida espiritual para o indivíduo, que leva a considerar os santos como *amici dei* e a enfatizar o valor dos vínculos humanos como parte do esquema de salvação; terceiro, a reforma gregoriana que elevou as controvérsias e encorajou um maior estado de ternura e unidade entre os homens da igreja; quarto, a influência de Anselmo de Canterbury e sua linguagem de amizade, que inspirou imitadores e admiradores; por último, a formação de uma sociedade mais dinâmica e móvel. A nova mobilidade e

---

58) Cf. ibid., pp. 134-6 e 144-5.

oportunidades de ascensão social tornavam a amizade atrativa e relevante na vida social.[59]

O século XII, concretamente o período compreendido entre os anos 1120 e 1180, constitui uma fase de interesse e culto da amizade. Especialmente entre os cistercienses, após a chegada de Bernardo de Clairvaux, ela se tornou um assunto de preocupação geral. Apoiando-se em Cícero, Bernardo incorpora a divisão tradicional da amizade, transformando o ideal de *amicitia perfecta*, ao substituir a virtude ciceroniana pelo amor de Deus, isto é, um conceito pagão com uma realidade cristã. Ele reinterpreta Cícero cristianizando-o.[60] O ideal ético clássico unido à religiosidade cisterciense prefigura uma *societas christiana*, na qual, como Gianni Dotto observa, "a amizade é restituída a seu estado originário de abertura incondicional para o outro, não mais alterado pelos interesses egoístas da ordem feudal. O novo significado apresenta-se enriquecido da consciência do pertencimento a uma comunidade monástica unida pelo amor e no amor de Deus, capaz de superar todas as barreiras sociais do mundo".[61]

Os escritores dos séculos XII e XIII usam indiscriminadamente os termos *amor, caritas, dilectio, affectus, intellectus, amicitia* para exprimir a relação pessoal com Deus, o amor por toda a humanidade e a amizade entre os cristãos. Alguns deles, no entanto, evitam usar o termo *amicitia* devido a suas conotações mundanas, e também ao fato de designar geralmente alianças políticas e sociais.

Aelredo de Rievaulx conclui o processo de cristianização do ideal ciceroniano da amizade, iniciado por Ambrósio e prolongado por Bernardo de Clairvaux.[62] Sua obra principal, *De spirituali*

59) Cf. ibid., pp. 227-30.

60) Cf. HYATTE, op. cit., p. 54; LECLERCQ, Jean. *Monks and Love in Twelfth-Century France*. Oxford, Oxford University Press, 1979, pp. 62-4; DOTTO, Gianni. "'Caritas' ed amicizia nella spiritualità del secolo XII: Bernardo di Chiaravalle e Aelredo di Rievaulx", *Il concetto di amicizia nella storia della cultura europea. Der Begriff Freundschaft in der Geschichte der europäischen Kultur*, pp. 548-9 e 554. Bernardo de Clairvaux recupera as leis estruturais da amizade que Cícero tinha estabelecido: não prestar serviços desonrosos aos amigos, etc. Cf. BOUTON, Fr. Jean de la Croix. "La doctrine de l'amitié chez Saint Bernard", *Revue d'ascétique et de mystique* 29, 1953, pp. 11-4.

61) Ibid., p. 555.

62) Cf. VANSTEENBERGHE, E. "Deux théoriciens de l'amitié au XIIe siècle: *Pierre* de Blois et Aelred de Riéval", *Revue des sciences religieuses*, 12, 1932, pp. 572-588; DELHAYE, Ph., "Deux adaptations du 'De amicitia' de Cicéron au XIIe siècle", *Recherches de Théologie ancienne et médiévale*, 15, 1948, pp. 304-331; STRNAD-WALSH, Katherine, "Die 'schola caritatis' und mittelalterliche Geistigkeit", *Il concetto di amicizia nella storia della cultura europea. Der Begriff Freundschaft in der Geschichte der europäischen Kultur*, p. 203; BOUTON, ibid., pp. 18-9; LECLERCQ, op. cit., p. 64; MCGUIRE, op. cit., pp. 296-338.

Amicitia, escrita entre 1147 e 1167, constitui o desenvolvimento mais completo da noção de amizade espiritual (*spiritualis amicitia*), introduzida por Bede no século VII. Esta pode ser definida como uma afeição, o sentimento preferencial que une dois ou mais cristãos mediante o amor de Deus. Ela serve como meio para o fim do amor divino, do amor fraternal ao próximo, bem como da concórdia na comunidade religiosa. Vários autores cristãos olharam com receio esse tipo de afeto preferencial, que não deixa de apontar para um vínculo afetivo interpessoal. Diversos são os perigos que apresentam as amizades íntimas no mosteiro: amor mundano e carnal, disputas, contatos sexuais podem ser motivo de discórdia e conflito na comunidade. Apesar de ser o principal teórico da amizade espiritual, Aelredo alerta sobre os perigos da amizade, a mais perigosa de todas as afeições, que pode ser boa e útil, quando usada com extrema cautela.

Aelredo de Rievaulx dotou o amor entre duas pessoas do mesmo sexo da máxima expressão no contexto cristão, como testemunha a sua paixão por um monge mais jovem: "até que chegamos àquela fase na qual já não tivemos senão uma mente só e uma alma só, na qual queríamos e não queríamos o mesmo (...). Pois eu pensava que meu coração era de alguma maneira seu, e o seu meu, e o mesmo ele sentia a respeito de mim (...). Ele era o refúgio de meu espírito, o doce solar de meus pensamentos, cujo coração apaixonado me recebia quando as tarefas me abrumavam, cujo conselho me renovava quando me afundava na tristeza e na dor".[63] Essa idealização do amor entre dois homens rompia com a tradição do monasticismo, a qual tinha sempre afirmado que as amizades particulares podiam ameaçar a harmonia monástica. Mais importante que o fato de Aelredo ser abertamente gay, é o fato de que o mesmo autor que produziu a máxima idealização do amor entre indivíduos do mesmo sexo, tenha sido igualmente o máximo exponente da amizade espiritual, o que era possível em uma época em que os limites entre amizade e homossexualidade não tinham sido claramente definidos — como acontecerá a partir do fim do século XII, quando uma nova atitude de hostilidade absoluta ante a homossexualidade se instaura na Europa e quando se qualificará

63) Aelredo citado em BOSWELL, op. cit., p. 247. Cf. ibid., pp. 244-9; JOHANSSON, Warren. Verbete "Monasticism", DYNES, Wayne R. (org.). *Encyclopedia of homosexuality*. Nova York/Londres, Garland Publishing, 1990, p. 830.

de homossexualidade o que em outras épocas ou em culturas que não estabelecem essa distinção, se considerava amizade. Johansson assinala que, "a tradição de amizade que sobreviveu da Antigüidade dava aos sentimentos homoeróticos dos monges dotados de talento literário uma saída na forma de versos apaixonados dirigidos ao 'amigo' ou 'irmão'. Essas efusões pertencem ao legado específico de ligações eróticas entre homens com uma riqueza de margens e nuances ambos pagãos/seculares e bíblicos/religiosos. A culpa que envolverá depois tais sentimentos intensos ainda não tinha se instalado na mente cristã".[64] Nisso, Aelredo é herdeiro de uma cultura do amor religioso que desde o século IV se traduz em amor-amizade. A cultura monacal usa essa emoção para exprimir sentimentos de paixão entre religiosos. Boswell aponta como vários religiosos do século XII estiveram comprometidos em amizades apaixonadas, vínculos afetivos intensos que envolviam ou não um componente erótico, consciente ou não.

A noção de amizade de Aelredo se alimenta do *Lélio* de Cícero com apoio patrístico e das Escrituras, fornecendo uma *amicitia* híbrida que combina o ideal ciceroniano com a doutrina espiritual cristã e as práticas monásticas. Aelredo apresenta uma leitura cristã de Cícero, na qual o amor espiritual corrige e completa o modelo ciceroniano. Isto é, ele mantém a distinção aristotélica dos três tipos de amizade e redefine o terceiro, a amizade virtuosa, em termos da virtude cristã.

Aelredo distingue entre a caridade monástica, como amor existente entre todos os irmãos da ordem, e a *amicitia spiritualis*, a qual inclui "os segredos da amizade, que consiste especialmente na revelação de toda nossa confiança e de nossos planos".[65] Ele identifica a *amicitia spiritualis* com a *amicitia perfecta* da tradição aristotélico-ciceroniana, que pressupõe intimidade e confiança extrema. Por isso, diante da caridade monástica, a amizade espiritual não se estende a todos os irmãos do mosteiro, mas é limitada a uns poucos, os mais virtuosos, disciplinados e privilegiados. Aelredo, no entanto, exalta a amizade espiritual só enquanto instância que reflete e serve aos ideais de *amicitia dei* e da caridade fraternal. Todavia, sua visão da amizade não constitui

---

64) Ibid., p. 830.
65) Aelredo de Rievaulx, citado em HYATTE, op. cit., p. 62.

uma tendência geral na tradição da amizade monástica, mas um caso isolado. Para a ortodoxia monástica, cisterciense e benedictina, as visões de Aelredo da amizade espiritual, que implicava afeições particulares por um ou mais indivíduos, eram mais que suspeitosas, ao representar uma fonte de discórdia, uma tentação para escapar da disciplina da vida monástica, o que levou a proibir em numerosas comunidades monásticas a leitura do tratado de Aelredo, proibição estendida até o século XX.[66]

Segundo o sociólogo italiano Francesco Alberoni, a igreja sempre teria se oposto às amizades íntimas entre o clero, não pelo medo da homossexualidade, mas pelo receio ante os grupos de homens e mulheres, cujo vínculo afetivo poderia desafiar a autoridade eclesiástica.[67] A meu ver, ambos elementos confluem na atitude da igreja ante a amizade. É o mérito de John Boswell ter mostrado que a igreja não adotou uma atitude de condenação aberta da homossexualidade antes do século XIII.[68] As atitudes ante a homossexualidade experimentaram uma crescente tolerância nos primeiros séculos da Idade Média, depois dos séculos posteriores à queda do Império Romano, nos quais encontramos (fundamentalmente no monasticismo oriental) uma forte hostilidade ante as questões sexuais, devido à preponderância do ascetismo e a recusa do hedonismo helenístico. Boswell salienta que entre os anos 1050 e 1150 aparece na Europa Ocidental, pela primeira vez desde a Antigüidade pagã, uma "subcultura gay", a qual não sobreviveu no século XIII (existindo de fato um vazio até o século XX).[69] Uma das causas principais de seu aparecimento foi a rápida aceleração dos índices de crescimento urbano nos séculos XI e XII, que propiciou a criação de centros urbanos, nos quais reinava

66) "Não surpreende que mesmo em 1950 o grande mosteiro trapista de Gethsemani em Kentucky proibisse a noviços e monges jovens a leitura da *Amizade Espiritual* de Aelredo!" (MCGUIRE, ibid., p. 331).

67) Cf. ibid., p. xiv.

68) "Quase sem exceção as poucas leis contra a conduta homossexual sancionadas antes do século XIII eram praticadas pelas autoridades civis, sem o conselho nem o apoio da Igreja. Raramente, os concílios ou as autoridades eclesiásticas ratificavam essas aplicações, com freqüência, apenas quando coagidos. Contudo, os registros meramente eclesiásticos não determinavam, em geral, nenhum tipo de pena ou apenas punições leves. É evidente que o fato de que as leis civis em questão atingiam com freqüência o clero, desempenhava um papel nessa tendência. Entretanto, o alcance de tais leis e a severidade da punição que impunham eram totalmente limitados. Sua influência foi desprezível" (*Cristianismo, tolerancia social y homosexualidad*, pp. 201-2).

69) Ibid., pp. 265 e 284-5.

uma atmosfera de tolerância e liberdade. Esse período de florescimento de uma "subcultura gay" corresponde historicamente com o renascimento do interesse pela amizade, depois de seu eclipse entre os anos 850 e 1050.

A partir do século XIII — a época que Boswell denomina como o "Nascimento da intolerância" —, configura-se uma frente uniforme de recusa da homossexualidade. No mesmo período, inicia-se igualmente a decadência da cultura de Idade da amizade que se estendeu, como vimos, desde meados do século XI até fim do século XII. Isso parece corroborar a tese de Foucault de que enquanto a amizade foi aceita social e culturalmente, a homossexualidade não representou nenhum problema.[70]

Por outro lado, o desenvolvimento de amizades particulares dentro da comunidade monástica constituía, sem dúvida, um importante desafio para as autoridades eclesiásticas. Daí a recusa diante das posições como a de Aelredo de Rievaulx que, possibilitando a existência de amizades espirituais, as quais representam um forte envolvimento pessoal, afetivo, preferencial e recíproco (elementos que, como vimos, caracterizavam a *philia/ amicitia* da Antigüidade perante o *agape* cristão que aponta para a desafetivação e desindividualização da relação), ia contra toda a tradição da amizade cristã.

No fim do século XII, a amizade perde a relevância na vida religiosa e espiritual da Europa ocidental, que teve durante 150 anos, desde meados do século XI. Num contexto secular podemos observar igualmente uma desvalorização da amizade tanto na sua expressão literária quanto na sua dimensão de prática social. Na minha opinião, esse declínio da amizade deve-se à confluência de três elementos, os quais aparecem historicamente nessa data, quais sejam: a) o nascimento da Escolástica e o conseqüente declínio da amizade e da cultura monástica; b) o deslocamento e substituição do vocabulário da amizade pelo do amor cortês; c) o surgimento de uma atitude de intolerância ante a homossexualidade incomum antes dessa data; elementos esses que passo a analizar.

---

70) Cf. FOUCAULT, Michel. "Michel Foucault, une interview: sexe, pouvoir et la politique de l'identité", *Dits et écrits*, IV, pp. 744-5. Voltarei sobre essas questões mais adiante.

A. *O surgimento da Escolástica e o declínio da cultura monástica*

No fim do século XII e o início do XIII, surge a Escolástica nas universidades de Paris e Oxford, nas quais se visava uma canalização do trabalho intelectual, separado do ecletismo e da diversidade da teologia monástica. A procura de conhecimento universal exigia categorização, definição e exclusão de toda experiência pessoal, que caracterizou durante séculos a teologia monástica. Hadot salienta que nessa época tem lugar a divisão entre teologia e filosofia em razão da importância da escolástica e do surgimento das universidades; como conseqüência a filosofia deixa de ser ascese, exercício espiritual e se transforma num discurso teórico. A associação entre amizade e comunidade de vida própria das escolas filosóficas da Antigüidade pagã, das comunidades cristãs de vida centradas no *amor-caritas*, e da amizade monástica em autores como Ambrósio, Paulino, Bernardo e Aelredo, entre outros, ou seja, a idéia do amor-amizade como base do Bem e do conhecimento divino se desfaz na teorização extrema da filosofia, na sua dissociação da teologia e na perda da centralidade que a cultura monástica exercia no ensino europeu.[71]

A crescente formalização e rigidez das instituições no fim do século XII debilita a confiança atribuída à amizade espiritual; a disciplina substitui lentamente os vínculos interpessoais. Os estatutos cirstencienses mostram receio diante das demonstrações de afeto na amizade: "Foi esclarecido que os monges somente se abraçariam por uma boa razão, depois de uma longa viagem, por exemplo. Uma ausência breve de alguns dias não constituía uma razão suficente para que os homens se abraçassem uns aos outros!".[72]

Na mesma época, a ordem estava realizando vários esforços para reabilitar a vitalidade e os ideais das épocas precedentes, que leva à compilação das fontes monásticas e a sua classificação

---

71) Cf. HADOT, Pierre. *Exercises spirituels et philosophie antique*. Paris, Études Augustiniennes, 1987, pp. 57, 222ss. e 235ss. Para Foucault, a perda da dimensão ascética da filosofia acontece com Descartes, o qual, na procura da verdade, substituirá a ascese pela evidência. Cf. ORTEGA, Francisco. *Amizade e estética da existência em Foucault*, pp. 51-6.

72) Citado em MCGUIRE, op. cit., p. 383.

em coleções, as quais, excluem propositadamente qualquer elemento da vida afetiva dos cistercienses, até mesmo a amizade. McGuire sintetiza da maneira seguinte a situação em que se encontrava a amizade monástica nesta época:

> "O fim do século XII e o começo do XIII testemunham a crise da amizade não porque a literatura sobre a amizade desapareça mas porque novas realidades sociais desafiaram a amizade: o crescimento de centros formalizados de aprendizagem e o estabelecimento neles de regras e estatutos, o fim de um período de expansão monástica, uma proliferação de disputas sobre propriedades e privilégios monásticos, uma insistência disciplinar nas ordens mais antigas, os Benedictinos e Cistercienses, atacadas por desacreditar nos seus valores. Tais mudanças no clima mental, social e espiritual dificultaram aos homens da Igreja se aventurarem em mostrar franqueza e honestidade uns aos outros".[73]

Os franciscanos, pela sua parte, constituem o primeiro grupo na igreja medieval que recusa abertamente a procura da amizade espiritual, pois nela temiam conflitos entre a afeição singular e a solidariedade do grupo. Pode estabelecer-se uma continuidade na atitude de receio ante a amizade desde os franciscanos até os escritos de Francisco de Sales no século XVI, especialmente na sua *Introduction à la vie dévote*, na percepção da amizade como desnecessária ou até perigosa para a vida na comunidade religiosa. Francisco de Sales é o máximo expoente de uma tradição de desconfiança, receio, e até mesmo de proibição das "amizades particulares" na comunidade monástica, que perdurará até o nosso século, como se depreende das palavras seguintes:[74] "Da mesma maneira que os que caminham na planície não precisam dar as mãos, senão os que caminham por sendas difíceis e escorregadias ajudam-se mutuamente para caminhar com mais segurança, assim os que levam uma vida religiosa não precisam de amizades

---

73) Ibid., pp. 387-8.

74) No verbete sobre amizade do *Dictionnaire de Spiritualité* (elaborado em 1937!), Vansteenberghe distingue, com apoio de Francisco de Sales, quatro tipos de "deformações da amizade": as "amizades exclusivas" (como um perigo à unidade da comunidade religiosa); as "amizades excessivas"; as "amizades sensíveis" (frívolas e perigosas sob um ponto de vista moral); e as "amizades sensuais", as quais "levam diretamente aos prazeres da carne", constituem um "movimento bestial", um sentimento "vago e lascivo". Cf. VANSTEENBERGHE, op. cit., pp. 510-3.

particulares, enquanto que os que residem no mundo precisam de segurança e de ajuda mútua em meio aos caminhos difíceis que devem atravessar".[75]

Ao distinguir a amizade entre os leigos das amizades particulares entre os religiosos, e proibindo estas últimas, Francisco de Sales estabelece uma diferenciação alheia ao século XII e substitui a crença na indispensabilidade de vínculos humanos como parte necessária da comunidade religiosa por um receio aberto perante essas amizades.

B. *A substituição da gramática da amizade pela do amor cortês*

A renascença da amizade a partir da metade do século XI não somente deslocou a temática para o centro da vida e da reflexão monástica, mas transferiu, ao mesmo tempo, a reflexão para o terreno secular. Por um lado, o mosteiro perdeu sua atratividade como lugar central no desenvolvimento do pensamento e da vida ocidental; por outro lado, centros intelectuais aparecem como concorrentes do mosteiro, como lugar do exercício da amizade. Pela primeira vez desde a Antigüidade, as cidades começam a ser contempladas como centros de desenvolvimento cultural e de riqueza; durante um breve período, centros urbanos e monásticos se complementavam e fortaleciam mutuamente.

Durante o século XII, a palavra "amigo" é utilizada num contexto secular como sinônimo de parente, especialmente em combate, como aparece no *Charroi de Nîmes* e na *Chanson de Roland*.[76] Usado numa acepção afetiva, o termo "amigo" aparecerá somente

75) Francisco de Sales citado em MCGUIRE, ibid., p. 421. Deve ser considerado que o livro de Francisco de Sales foi um *best-seller* em países católicos durante séculos, somente superado pela *Bíblia* e pela *Imitação de Cristo* do século XIII, outro exemplo da desconfiança exacerbada ante a amizade, onde o autor instiga a rejeitar os amigos na terra, a fim de encontrá-los no céu. A *Introduction à la vie dévote* representa uma paráfrase espiritual dos *Ensaios* de Montaigne, na tentativa de recristianizar o conceito laico da amizade renascentista. Voltarei sobre essa questão mais adiante. Cf. TIETZ, Manfred. "Le directeur spirituel, 'cet ami fidele qui guide nos actions'. Amitie ou direction, selon Montaigne, François de Sales et Jean-Pierre Camus", MAILLARD, Brigitte (org.). *Foi, fidelité, amitié en Europe à la période moderne. Tome II, Sensibilité et pratiques religieuses Amitié et fidelité.* Tours, Publication de l'Université de Tours, 1995, pp. 529-39.

76) Cf. LEGROS, Huguette. "Le vocabulaire de l'amitié, son évolution sémantique au cours du XIIe siècle", *Cahiers de civilisation médiévale. Xe-XIIe Siècles*, 23, 1980, pp. 132-3.

no fim do século XII, em obras influenciadas pela ideologia cortesã. A mudança de sentido do termo, passando de uma acepção jurídica e social para uma afetiva, permite-lhe adotar um sentido mais próximo da gramática do amor cortês.[77] Com o declínio das relações fortemente institucionalizadas de vassalagem (as quais implicavam o vínculo vitalício de dois indivíduos estabelecido num juramento recíproco), devido à pluralidade de vassalagens e à doação hereditária dos feudos, os termos que designam a amizade perdem a intensa conotação jurídica e ritual que possuíam, efetuando um deslocamento semântico que desemboca num uso afetivo próximo do vocabulário do amor. Esse deslizamento semântico coincide historicamente com o apogeu da amizade monástica, a qual, como vimos, não é tematizada num sentido jurídico, como cimento de uma instituição, mas como relação interpessoal gratuita, fonte de felicidade e caminho de perfeição. Deve-se acrescentar o significado dos tratados de moralidade, cruzamento de três ideologias: clerical, épica e urbana.[78]

No fim do século XII, o vocabulário predominante nas relações interpessoais é o do amor, mais próximo da realidade cavalheiresca que o da amizade. No romance cortês, o amor monopoliza o vocabulário afetivo, correspondente à realidade dos cavaleiros afastados espacialmente. São romances de busca e de proezas, cujo objetivo era a conquista da mulher amada, e o amor constituía a suprema recompensa. A amizade perde sua identidade, esvaziando-se de significado e passando a designar formas estereotipadas, que representam antes frases de reconhecimento do que declarações afetivas de amizade. O deslocamento da amizade para o amor, é decorrente de uma mudança no gosto do público e na sociedade em geral. Com a decomposição da estrutura social da vassalagem que pressupunha relações de amizade altamente regulamentadas e que reproduzia relações de parentesco, a natureza mesma dessas relações, a maneira de pensá-las e de vivenciá-las deve ser modificada. A amizade separada das contingências da ação e da organização social torna-se um "sentimento gratuito e sobretudo individual, senão individualista". Quando a diversão das cortes senhoriais e das "cortes do amor" sucede à guerra, passa-se, como aponta Legros, "da sala de armas

---

77) Ibid., p. 134.
78) Ibid.

e de suas sólidas fraternidades ao quarto das mulheres com seus refinamentos e exigências, do campo de batalha à areia do torneio, da cumplicidade e do auxílio necessário entre os cavalheiros ao artifício dos combates imaginários e à glória convencional das lutas fatricidas realizadas para deslumbrar, senão para conquistar a dama. Uma realidade sólida, franca e construtiva se afasta para deixar passar uma quimera que se liga aos antigos valores e tenta mantê-los em vida através do sonho".[79]

Os personagens do romance cortês, tais como *Lancelot*, não dispondo mais da gramática específica da amizade para tematizar suas relações, são obrigados a recorrer ao vocabulário amoroso para exprimir a força do vínculo que os une. Assim, conclui Legros, no fim do século XII, a amizade "quando é sincera, profunda mas serena, se exprime com um pudor novo, já que não se inscreve mais na realidade de uma sociedade matrimonial. Ela é como que marginalizada em um mundo que honra a mulher e a família. Ninguém a justifica, nem lei, nem parentes, ela perde seu estatuto e com isso sua liberdade de expressão, e isso em todos os sentidos do termo, porque, na ausência de um vocabulário próprio, seu campo semiótico se confunde com o do amor. Perdendo sua função social, a amizade deixou de ter o enraizamento que permitia sua expressão literária, tornada elitista e gratuita, ornamento antes que necessidade, ela não é mais tema de romance: 'porque era ele, porque era eu'".[80]

C. *O nascimento da intolerância ante a homossexualidade*

A partir da segunda metade do século XII aparece uma virulenta hostilidade ante a homossexualidade, iniciada na literatura popular e estendendo-se à teologia e aos escritos jurídicos. Essa mudança estaria, segundo Boswell, ligada à intensificação geral da animosidade diante dos grupos minoritários, manifesta em instâncias eclesiásticas e seculares nos séculos XIII e XIV. O surgimento do governo absoluto nessa época se caracteriza por uma vontade de uniformidade, que sucede aos tempos de tolerância, abertura e estímulo da experimentação, que definiam a situação

79) Ibid., p. 137.
80) Ibid., pp. 138-9.

da sociedade européia de fins do século XI e começos do XII. Essa vontade de uniformidade desembocou não somente na consolidação do poder civil e eclesiástico (a criação da Inquisição como instrumento de uniformização dogmática através da aniquilação das diferenças constitui um elemento distintivo dessa vontade), mas na astronômica inflação de todo tipo de legislação. As cruzadas, a expulsão dos judeus, o auge da Inquisição e tentativas de eliminar a feitiçaria, a repugnância ante a homossexualidade, são testemunhas da mencionada vontade de uniformidade manifestada no crescimento da intolerância com tudo o que não se adapta ao padrão da normalidade. Como Boswell reconhece, "(...) uma tal variedade de expressões de hostilidade pública não pôde ter uma única causa, mas é difícil considerá-los como processos completamente isolados uns dos outros. Por mais diferentes que tenham sido as circunstâncias imediatas que os produziram, todos se alimentaram de difundidos temores ante elementos sociais estranhos e dissociadores, fáceis de identificar com grupos minoritários vulneráveis e incomprendidos".[81] A diferença, o aberto, o inesperado produz medo — medo diante do novo e desconhecido. Em uma sociedade voltada para a uniformidade, a existência de grupos sociais fora do controle só pode provocar temor e desconfiança, grupos que operam em segredo, possuidores de uma posição incerta, capazes de ameaçar o *status quo*. A acusação de sodomia representava uma arma importante contra esses grupos, especialmente desde que, entre os anos 1250 e 1300, a atividade homossexual tornou-se ilegal na maior parte de Europa, merecendo a pena de morte. Com isso, a conduta homossexual deixa de ser a preferência pessoal de uma minoria próspera e vira "aberração perigosa, antisocial e gravemente pecaminosa". Ao crescimento da intolerância perante a homossexualidade deve somar-se a importância dada ao conceito de natureza no pensamento escolástico do século XIII e na sua síntese com o direito canônico, o qual conduz à interpretação da homossexualidade como um comportamento anti-natural, comparado com a bestialidade e associado com o canibalismo e a heresia.[82] Qualquer grupo que incomodasse podia ser acusado de condutas homossexuais, como aconteceu com a Ordem dos

81) *Cristianismo, tolerancia social y homosexualidad*, p. 293, cf. pp. 289-292 e 352-3.
82) Cf. BOSWELL, ibid., pp. 315, 324-6, 327-330, 334-338 e 346-7.

Templários, quando se tornou a ordem mais rica e poderosa da Europa no começo do século XIV e foi dissolvida sob acusação de sodomia e feitiçaria.[83] Trata-se da mesma reação que provocarão posteriormente franco-maçons e rosa-cruzes, as célebres teorias de conspirações internacionais judeu-maçônicas aliadas à internacional comunista, etc. Grupos que agem secretamente, na clandestinidade, associações subversivas, que esquivam as leis, os códigos, em que não se sabe muito bem o que está acontecendo, seu *modus operandi*, despertam sempre o medo, a desconfiança, o receio. Deleuze e Guattari escreveram belas páginas sobre esta vinculação entre segredo, clandestinidade e subversão.[84]

A crescente intolerância que desde fins do século XII caracterizou a Europa, fez que, a partir do século XIV, encontremos uma "furiosa e obsessiva preocupação negativa com a homossexualidade significando o mais horrível dos pecados".[85] Essa nova atitude foi uma das causas principais que levaram ao enfraquecimento da amizade como forma de relação social tolerada e fomentada. Numa época na qual os comportamentos homossexuais não representavam o perigo que apresentaram a partir do fim do século XII (quando se instaura a crença que as duas ameaças da segurança da Europa cristã, os muçulmanos no exterior e os hereges no interior, eram igualmente proclives para a sodomia), não precisava se estabelecer uma clara distinção entre amizade e homossexualidade, a qual, aliás, não era fácil de determinar. Ambas envolviam um vínculo emocional que exigia uma intimidade física e as expressões de uma eram muito próximas às da outra. Numerosas acusações de sodomia feitas na Alta Idade Média e no Renascimento correspondiam a um comportamento que teria sido qualificado de amizade em outra época. Alan Bray e Michel Rey oferecem-nos um exemplo elucidativo dessa atitude, de uma relação com muitas semelhanças da típica relação de amizade da Antigüidade que, sob um novo olhar, aparece como

---

83) Cf. ibid., pp. 292-3 e 315-8; DYNES, Wayne R. Verbete "Middle Ages", DYNES, Wayne R. (org.). *Encyclopedia of Homosexuality*. Nova York/Londres, Garland Publishing, 1990, pp. 812-3. Sobre a história, juízo e dissolução da Ordem dos Templários, cf. o belo livro de DEMURGER, Alain. *Vie et mort de l'ordre du Temple*. Paris, Editions du Seuil, 1985.

84) Cf. *Mille plateaux*, Paris, Minuit, 1980, pp. 351-6. Georg Simmel dedicou um importante ensaio na sua sociologia ao estudo do segredo e das sociedades secretas; Cf. SIMMEL, George. *Soziologie. Untersuchungen über die Formen der Vergesellschaftung*. Frankfurt/Main, Suhrkamp, 1995, pp. 383-455.

85) BOSWELL, John. *The Marriage of Likeness*, p. 262; cf. pp. 262ss.

sodomia: "Em 1368, um rapaz chamado Antônio aparece entre os registros de corte da Venezia renascentista em um julgamento por sodomia, junto com um homem chamado Benedicto, que o estava ensinando para se tornar um heraldo. Durante os procedimentos, os juízes se voltaram para o rapaz lhe perguntando o que *ele* entendia por esse crime. Foi, o rapaz respondeu, 'amizade', pois Benedicto o estava 'ensinando como um mestre'. Seus juízes não tinham feito suas perguntas por mera curiosidade. Eles evocaram a resposta do rapaz para poder substituí-la pela sua. Eles decidiram que a sua explicação, e não a o do rapaz, devia prevalecer".[86]

Qualquer tentativa de estabelecer limites e divisões é arbitrária, contingente, histórica, e, portanto, sujeita a modificações e redescrições. O século XIII estabelece um novo olhar sobre a homossexualidade, que produz distinções, novas fronteiras onde antes não existiam, entre a amizade e a homossexualidade. É precisamente o traçado desses limites que prejudicou historicamente a amizade. A atitude de desconfiança que encontramos, por exemplo, no século XV e XVI ante a amizade, da qual Francisco de Sales é um expoente, explica-se a partir do medo que o vínculo de amizade seja identificado com o "mais horrível dos pecados", a sodomia. A entrada da homossexualidade no campo do saber médico e, como conseqüência, sua patologização, na segunda metade do século XIX, a partir de uma noção de sexualidade considerada como "normal", contribuirá, como veremos, para qualificar (e assim desqualificar) como homossexual, relações que numa outra época teriam sido contempladas como amizade.

Em uma entrevista em 1982, Foucault ressalta que enquanto a amizade foi aceita social e culturalmente, a homossexualidade não representava nenhum problema; mas desde que a amizade se desfez como forma de relação tolerada culturalmente, a seguinte pergunta tornou-se pertinente: "O que fazem os homens juntos?".[87] Podemos, a meu ver, inverter o raciocínio de Foucault e afirmar

---

86) Verbete "Friendship, Male", DYNES, Wayne R. (org.), op. cit., p. 444. Laurie J. Shannon apontou para a proximidade entre as amizades masculinas e a acusação de sodomia na Renascença inglesa: "Marlowe descreve o que poderia ser uma relação sodomita mas a coloca *completamente dentro* das convenções da amizade elisabetana, em uma tensão que não permite ser resolvida. A imagem (...) é *simultaneamente* a da amizade e a de seu duplo suspeito, a sodomia" ("Monarchs, Minions, and 'Soveraigne' Friendship", *The South Atlantic Quarterly* 97, 1, 1998, especial Friendship, p. 103).

87) Cf. FOUCAULT, Michel. "Michel Foucault, une interview: sexe, pouvoir et la politique de l'identité", *Dits et écrits*, IV, p. 745.

que, enquanto a homossexualidade não constituía um problema, ou seja, quando ainda não era coberta com o véu da intolerância e a hostilidade instaurada no século XIII, a amizade possuía aceitação social e cultural, mas desde que a homossexualidade passou a ser condenada, a pergunta acerca do "que fazem os homens juntos", tornou-se relevante. A Alta Idade Média deixou para a Renascença essa herança de um novo olhar ante a homossexualidade, que levou ao enfraquecimento da amizade como forma de sociabilidade tolerada e fomentada política e culturalmente. A modernidade prolongou essa atitude de total abominação e condenação universal da homossexualidade, a qual se torna um problema médico e sociopolítico no século XIX, de tal maneira que até hoje é quase impossível mostrar afeto nas relações de amizade, especialmente entre homens, devido ao medo que esse comportamento seja considerado homoerótico:[88] "Para dizer 'te amo' a um amigo ou amiga é necessário atravessar até no próprio corpo inúmeras grades históricas, uma floresta imensa de proibições e distinções, códigos, cenários, posições".[89]

---

88) Foucault distingue três etapas históricas principais da condenação da homossexualidade: 1. as leis contra os sodomitas na alta Idade Média; 2. a prática policial na França no século XVII; 3. a introdução da homossexualidade no campo médico na segunda metade do século XIX. Cf. "Entretien avec Michel Foucault", *Dits et écrits*, IV, pp. 293-4.

89) DERRIDA, Jacques. "Derrida zun Freundespreis. Interview mit Robert Maggiori", *Le cahier livres de Libération*, 24 nov.1994.

AMIZADE NA RENASCENÇA

Como Petrarca tinha feito no século XIV, Montaigne dissolve o vínculo greco-romano entre amizade e política, entre amizade e comunidade. Analogamente ao ato da escrita, o ato da amizade exige o retiro da sociedade. Montaigne se insere na tradição aristotélico-ciceroniana da amizade perfeita, que a apresentava como uma raridade, quase uma impossibilidade, para considerar sua relação com Etienne de La Boétie como uma manifestação excepcional desse tipo de amizade, tão insólita que apareceria uma única vez cada três séculos: "assim se preparou essa amizade (...), tão inteira e completa que por certo não se encontrará igual entre os homens de nosso tempo. Tantas circunstâncias se fazem necessárias para que esse sentimento se edifique, que já é muito vê-lo uma vez a cada três séculos."[1]

O ensaio "Da Amizade" aparece permeado de motivos aristotélicos e ciceronianos. No entanto, o *Lísis* platônico é ignorado. O texto de Montaigne foi escrito segundo Hugo Friedrich provavelmente em 1576, treze anos após a morte do amigo, Etienne de La Boétie. Em 1579 são traduzidos para o francês o *Lísis* de Platão, o *Lélio* de Cícero e o *Toxaris* de Luciano; Montaigne porém devia conhecer a versão latina do texto platônico de Ficino, assim como seu comentário de 1484.[2] O final aberto, próprio dos diálogos aporéticos da primeira fase platônica, ou seja, o fato de não poder determinar quem era o amigo, era, sem dúvida, inapropirado para o objetivo de Montaigne, qual seja, estabelecer um monumento à memória

1) MONTAIGNE. "Da amizade", *Ensaios*. São Paulo, Abril Cultural (Os pensadores), 1972, p. 96.
2) Cf. FRIEDRICH, Hugo. *Montaigne*. Berna/Munique, Francke, 1967, pp. 227-30; TIETZ, op. cit., pp. 530-1.

de La Boétie e se servir da tradição para apresentar essa amizade como amizade perfeita, *teleia philia — amicitia vera*.

Em Montaigne a amizade perde o lugar que teve na Antigüidade e no século XII como participante da harmonia e proporção da boa comunidade ou da salvação do indivíduo, ao não se relacionar com o Estado, a comunidade ou com mudanças na sociedade. Montaigne realiza um interessante jogo com a tradição, à qual é recorrida amiúde para sublinhar o caráter de verdadeira amizade de sua relação com La Boétie, distanciando-se ao mesmo tempo dela. Apesar de recuperar numerosos motivos tradicionais, quais sejam, o amigo como um *alter ego*, uma alma em dois corpos, etc., falta a justificativa e o fundamento ético da amizade, segundo a qual esta só é possível entre virtuosos: "Se insistirem para que eu diga por que o amava, sinto que não saberia expressar senão respondendo: porque era ele; porque era eu".[3]

A amizade para Montaigne é uma plenitude afetiva, que não precisa de qualidades objetivas; um prazer espiritual que não diminui com sua satisfação, mas aumenta; uma dissolução que borra a distinção entre o eu e o outro: "Na amizade a que me refiro, as almas se entrosam e se confundem em uma única alma, tão unidas uma à outra que não se distinguem, não se lhes percebendo sequer a linha de demarcação".[4] Apesar de sublinhar os elementos afetivos da amizade e reconhecer uma atração erótica na relação, o pensador francês se inscreve na tradição que colocava a amizade acima do amor, em contraste com o deslocamento do vocabulário na tradição monástica (com a substituição da *philia* pelo *agape*) e o monopólio da gramática do amor cortês a partir do século XIII.[5]

Essa é uma das razões pelas quais as mulheres, para Montaigne, não são capazes da amizade ("todas as escolas filosóficas da Antigüidade concluíram ser isso impossível"). Elas estariam mais inclinadas para o amor. Uma justificativa que reaparecerá tanto em Michelet quanto em Nietzsche: "A tanto se acrescenta não estarem, em geral, as mulheres em condições de participar de conversas e trocas de idéias, por assim dizer necessárias à prática dessas relações de ordem tão elevada que a amizade cria; a alma delas parece carecer do vigor indispensável

3) Ibid., p. 98.
4) Ibid.
5) Cf. BLOOM, Allan. *Love & Friendship*. Nova York, Simon & Schuster, 1993, pp. 423-5.

para sustentar o abraço apertado desse sentimento de duração ilimitada e que tão fortemente nos une".[6]

Montaigne localiza a amizade exclusivamente no espaço privado, é um acontecimento que concerne somente a ele e ao amigo, afastando-se assim da tradição, que, como vimos, fazia da amizade um fenômeno público.[7] Encontramos em Montaigne, no entanto, certos traços de uma política da amizade, que se manifesta no projeto da elaboração de um cânone nacional, e, especialmente, no caráter fraternal de sua noção de amizade — a amizade como um processo de fraternização —, na dupla exclusão do feminino e na redução do outro ao mesmo na retórica do epitáfio, operando na tradição retórica dos grandes discursos filosóficos da amizade. Assim, ele ressalta "sobretudo a estrutura ao mesmo tempo política e apolítica ou acívica de uma amizade perfeita que assume a impossibilidade de enfrentar exigências múltiplas e de cumprir com seu dever para além da dupla de amigos. Essa tensão entre o politicismo e o apoliticismo é tanto mais paradoxal na medida em que o modelo da dupla fraterna de tais companheiros está em regra geral comprometido em uma cena altamente política. É esse um traço invariável do qual a amizade com o autor do *Contra Um* não é mais que um exemplo. Todavia, uma certa transcendência da amizade em relação à coisa pública ou cívica parece também ter sido assinalada por Montaigne."[8]

Para além do sonhado apoliticismo ou transpoliticismo de fundo, a noção de amizade de Montaigne se encontra dentro de uma determinada política da amizade da qual vou trazer à luz alguns elementos.

---

6) "Da Amizade", p. 97.

7) Cf. FRIEDRICH, op. cit., pp. 230-1; MCGUIRE, op. cit., pp. 423-6. Uma opinião que é contestada por Eric McPhail: "Através da amizade Montaigne espera reconciliar as demandas competitivas do dever e do destacamento e honrar a autoridade das tradições monárquicas e republicanas. Na amizade, ele descobre finalmente um valor moral que só pode atingir sua plenitude no espaço público. O amigo é o sujeito ideal da monarquia" ("Friendship as a Political Ideal in Montaigne's *Essais*", *Montaigne studies*, 1, 1989, p. 187). Tom Conley (Cf. "Friendship in a Local Vein: Montaigne's Servitude to La Boétie", *The South Atlantic Quarterly* 97, 1, 1998, especial Friendship, p. 69, cf. pp. 70, 71, 74 e 80) ressalta na sua leitura do *Discours de la servitude volontaire* de La Boétie, que tanto o livro de La Boétie, como sua incorporação no discurso de Montaigne fazem parte de um grande projeto político, a criação de um cânone nacional: "A relação da *natureza* com a amizade e a igualdade no *Discours* têm uma dimensão geográfica que revela um projeto literário e ideológico maior, a criação de um cânone nacional e uma língua vernácula que materializa a presença de uma topografia *francesa* coletiva na linguagem que ambos escrevem".

8) DERRIDA, Jacques. *Politiques de l'amitié*, p. 208.

Como apontei em *Para uma política da amizade — Arendt, Derrida, Foucault*, os grandes discursos da amizade que reproduzem a retórica do epitáfio são discursos da dor pela perda do amigo amado, do luto que possibilita a lembrança. Montaigne é o herdeiro da tradição aristotélico-ciceroniana da amizade como epitáfio, um discurso edificado a partir da morte do amigo. Na própria finitude aparece a estrutura de epitáfio da amizade ("Desde o dia em que o perdi, 'dia infeliz, mas que honrarei sempre, porquanto tal foi a vontade dos Deuses', não faço senão me arrastar melancolicamente. Os próprios prazeres que se me oferecem, em vez de me consolar ampliam a tristeza que sinto da perda"[9]). É precisamente na construção de um monumento à lembrança do amigo, que o filósofo vê o sentido de sua existência: "Ó meu amigo, essa permuta de idéias entre nós terá sido um bem para mim? Ou um mal? Foi um bem, sem dúvida; a saudade que conservo de ti honra-me e consola-me. É dever piedoso e agradável de minha vida rememorar constantemente os fatos que passaram, mas cuja privação nenhum gozo compensa."[10] Essa perda é tanto mais grave enquanto que o amigo é um outro eu, ou a metade da alma ("Já me acostumara tão bem a ser sempre dois que me parece não ser mais senão meio"), como observa Montaigne recorrendo à tradição do epitáfio ao citar Horácio: "como uma morte prematura roubou-me a melhor parte de minha alma, que fazer com a outra?"[11]

Paradoxalmente, a morte do amigo não supõe um distanciamento que substituiria a proximidade e intimidade da relação de amizade, mas sua superação, a distância entre o eu e o outro é ultrapassada, suprimida e transformada numa presença plena. Ninguém como Blanchot capturou em tão belas palavras a paradoxal situação produzida pela perda do amigo, uma morte que não representa um distanciamento ou uma separação, mas sua superação, no epitáfio ao amigo Georges Bataille: "E, portanto, quando chega o acontecimento mesmo (a morte do amigo), provoca a seguinte transformação: não o aprofundamento da separação, mas seu apagamento; não o alongamento da fissura, mas seu nivelamento e

---

9) "Da Amizade", p. 100. Cf. WELLER, Barry. "The Rhetoric of Friendship in Montaigne's *Essais*", BERVEN, Dikka (org). *Montaigne: collection of essays*, v. 5: Reading Montaigne. Nova York/ Londres, 1995, pp. 505ss.; STAROBINSKI, Jean. *Montaigne em movimento*. São Paulo, Companhia das Letras, 1993, pp. 44-9.

10) "Da afeição dos pais pelos filhos", *Ensaios*, p. 191.

11) "Da amizade", p. 100.

a dissipação do vazio entre nós, onde outrora se desenvolvia a franqueza de uma relação sem história (...). Com a morte desaparece tudo o que separa, o que separa é o que relaciona".[12]

A retórica do epitáfio visa construir uma imagem ideal do amigo, que desemboca na redução do outro ao mesmo. O amigo só é apreendido numa projeção narcisista do mesmo, assimilado e introjetado numa incorporação antropofágica ("Na verdade, ele se aloja ainda em mim tão inteiro e tão vivo que não posso crer nem tão pesadamente enterrado nem tão inteiramente afastado de nosso comércio"), que tira do amigo sua existência própria e reduz sua alteridade. O caráter homológico da relação, que podemos designar como uma amizade auto-reflexiva, permite Montaigne constituir sua identidade no vínculo da amizade, nela obtém o autor o verdadeiro eu, como afirma nas cartas escritas depois da morte de La Boétie. Dessa forma, "a presença do outro é ausência de espírito, ausência de mim mesmo", assinala Weller, e "a ausência do outro me permite recuperar minhas faculdades e minha identidade".[13]

Desde Aristóteles, como vimos, uma das formas privilegiadas de atingir a identidade pessoal, a consciência de si, era através da amizade, pois o amigo, enquanto outro eu, age como um espelho que reflete a minha imagem: "Por isso perceber um amigo deve ser, de certa maneira, perceber-se a si mesmo e conhecer-se a si mesmo", dizia Aristóteles na *Ética a Eudemo* (1245a, 35-40). Uma noção de consciência de si através da consciência do outro que corresponde a um "sujeito extrovertido", ou seja, uma concepção pré-moderna da identidade alheia à introspeção e à interioridade. Com sua noção auto-reflexiva da amizade, Montaigne antecipa a filosofia da consciência que começa com Descartes, pois a morte do amigo permite substituir o desvio por meio da alteridade na obtenção da identidade, pelo auto-exame e introspeção. O espelho fiel apagou a imagem que detinha, a reflexão interna substitui o conhecimento de si proporcionado pelo amigo, imagem especular de mim ("apenas ele desfrutava de minha verdadeira imagem"). A saudade e a dor pela perda do amigo se traduzem na tarefa introspectiva da auto-reflexão e auto-deciframento ("É por isso que decifro a mim mesmo com tanta curiosidade");[14] a tarefa do luto e

12) *L'amitié*. Paris, Gallimard, 1971, p. 329.
13) Op. cit., p. 520.
14) Montaigne citado em STAROBINSKI, *Montaigne em movimento*, pp. 45-6.

a lembrança como introjeção do amigo fornecem a Montaigne sua identidade. O eu "em movimento", um eu pulsional, dividido, fragmentado, de Montaigne se estabiliza na amizade, precisa dela para poder se constituir como sujeito e para que sua identidade adquira coerência e unicidade. O viés da alteridade serve, em última instância, para o fortalecimento da identidade.

Weller resume a situação da seguinte maneira: "A tirania latente da amizade auto-reflexiva é apta para se afirmar quando a força da alteridade é deixada de lado. E se o outro deve ser dominado, deformado ou mesmo, em termos psicológicos, aniquilado para permitir um novo acesso ao eu, o princípio do eu surgirá triunfante, mesmo, talvez, chorando a destruição que sua vitória provocou".[15]

Apesar de mencionar seu apego ao livro de La Boétie, e sua intenção de publicá-lo, Montaigne desiste posteriormente de sua publicação, sendo substituída por uma série de insípidos poemas de amor do amigo. Com isso, Montaigne não pretende simplesmente defender a memória do amigo, mas defender a si mesmo. Com sua ênfase na amizade de La Boétie e na concordância absoluta com ele, o pensador temia ser acusado de deslealdade ao abraçar o republicanismo de La Boétie num regime monárquico.[16] Montaigne recorre a justificativa da morte prematura do amigo, o qual, caso tivesse vivido mais tempo, teria mudado sua posição política, como conseqüência do ganho de experiência. À invocação de Montaigne dos escritos de La Boétie sucede rapidamente a necessidade de apagá-los, no receio de que pudessem atingir uma maior estatura que a sua própria obra. Enfim, dois motivos levam a esse movimento que imortaliza e apaga simultaneamente a obra do amigo. Por um lado, Montaigne está estabelecendo um projeto literário no qual a influência do amigo no processo de criação é reconhecida e amiúde ressaltada. Todavia, quando o pensador se torna progressivamente consciente de seu talento e do valor literário de seu trabalho, parece necessário apagar a memória do amigo, desdenhar o seu papel na criação de uma topografia literária. Por outro lado, teria sido perigoso para Montaigne publicar o tratado do amigo: panfleto republicano que, em um regime monárquico, lhe teria causado problemas,

---

15) Ibid., p. 520.

16) McPhail sublinha o monarquismo de Montaigne que, sem dúvida, deveria chocar com o republicanismo de La Boétie, o que leva a tentativa de suavizar a posição do amigo. Cf. op. cit., pp. 178-9, 181-2, 185 e 187. Cf. BLOOM, op. cit., pp. 415-6.

especialmente se levarmos em consideração a sua noção de amizade — a aristotélico-ciceroniana do amigo como outro eu —, que implicava um "acordo perfeito de todas as coisas divinas e humanas".[17]

Outro traço da política da amizade que permeia os *Ensaios* de Montaigne é a relação singular que estabelece entre família e amizade. Ele remete a Aristóteles, para o qual, como já foi mencionado, as relações de parentesco reproduziam formas de amizade. Montaigne, no entanto, dissocia a amizade da família e se distancia da posição do estaragita ao criticar a ausência de liberdade e de escolha própria das relações familiares ("Nas amizades que nos impõem a lei e as obrigações naturais, nossa vontade não se exerce livremente; elas não resultam de uma escolha e nada depende mais de nosso livre-arbítrio que a amizade e a afeição"). A "correspondência dos gostos", própria da amizade verdadeira e perfeita, pode não se verificar entre parentes (filhos, pais). Montaigne sublinha cuidadosamente como o fato de ser um parente, "não impede que se trate de um indivíduo pouco sociável, um mau, um tolo".[18] Da mesma maneira ele se pronuncia ante o matrimônio, o qual, "além de ser um negócio em que nossa liberdade se restringe às primeiras gestões", ou seja, à procriação e às tarefas domésticas, "e cuja duração indeterminada nos é imposta, conclui-se geralmente em vista de outros objetivos e mil e um incidentes estranhos e imprevisíveis se misturam a ele, o que basta para perturbar o curso da mais viva afeição e romper o fio a que ela se prende."[19] Para Montaigne, a crença comum que nos domina na atualidade — qual seja, que o cônjuge deve ser o melhor amigo — acabaria por corromper tanto a amizade, quanto o matrimônio. Ele se encontra em um período em que a conjugalização das relações de amizade própria da modernidade ainda não tinha começado. Na sua visão, para que a amizade possa garantir a sua existência é necessário ter muito tempo à disposição, um lazer distante na nossa sociedade. A instituição do matrimônio deveria possuir o *status* limitado que teve na nossa

---

17) Cf. CONLEY, op. cit., p. 89; FLOYD, Gray. "Montaigne's Friends", *French studies*, v. 15, 3, 1961, p. 204.
18) "Da amizade", p. 96.
19) Ibid., p. 97.

cultura até o século XVIII. Com o monopólio exercido pela família sobre o universo relacional, resta pouco espaço para a amizade, por isso acreditamos viver a amizade dentro do vínculo familiar. A família, no entanto, no sentido dado por Montaigne, não pode satisfazer as obrigações da amizade.[20]

É surpreendente que Montaigne, apesar de ter essa reflexão sobre as relações familiares, que se estende também à relação pai/filho, marido/esposa e entre irmãos, identifique o amigo com a figura do irmão, já que cita a Plutarco que não estimava especialmente o irmão ("Não o estimo mais, apenas por que saiu do mesmo buraco"). Nas relações entre irmãos "a comunidade de interesses, a partilha dos bens, a pobreza de um como conseqüência da riqueza de outro, destemperam consideravelmente a união formal"; mais ainda, os gostos diferentes que encontramos amiúde entre irmãos chocam com a correspondência de gostos necessária na amizade verdadeira. Por outra parte, no entanto, no mesmo trecho em que a relação fraterna no exercício da amizade é desqualificada, ele dá o nome de irmão para o amigo: "É, em verdade, um belo nome e digno da maior afeição o nome de *irmão*; e por isso La Boétie e eu o empregamos quando nos tornamos amigos."[21] O que se apresenta como uma contradição é um traço distintivo dos grandes discursos da amizade. Montaigne está tão imerso na tradição familialista da amizade que não parece perceber a contradição, o paradoxo na sua argumentação. O amigo aparece sempre como o irmão; no fundo as relações de amizade são pensadas como fraternais. Especialmente as expressões de dor e luto pela perda do amigo (a estrutura epitafial da amizade), são proclives a essa tradução: "Ó *irmão*, como sou infeliz por te haver perdido! (...) Ao morrer, *irmão*, despedaçaste toda a minha felicidade; minha alma desceu ao túmulo com a tua. (...) Nunca mais te verei, então, ó *irmão* mais caro do que a vida!"[22] Montaigne não está sozinho nessa compreensão que pensa a amizade como uma relação de parentesco, sendo herdeiro de uma tradição que se

---

20) O que não impede Montaigne de ressaltar a sua estima pela sua família: "E não digo isso porque não tenha tido a oportunidade de conhecer o que de melhor pode haver como amizade familiar, porquanto meu pai foi o melhor dos pais, o mais indulgente, e assim permaneceu até a mais avançada velhice. Nossa família era reputada pela excelência das relações entre pais e filhos e a concórdia entre irmãos era nela exemplar: 'conhecido eu mesmo pelo amor paternal que dediquei a meus irmãos'" (op. cit., p. 96).

21) Ibid., p. 96 (grifos meus).

22) Ibid., p. 100 (grifos meus).

origina na Antigüidade, se estende ao Cristianismo e chega até a atualidade. O amigo é irmão (e nunca irmã), o nome de irmão ultrapassa o de amigo. É essa a dinâmica específica da amizade política e apolítica simultaneamente, ou que se des-politiza no ato de sua politização.

AMIZADE NA MODERNIDADE

Antes de analisar o significado da amizade na Idade Moderna, parece-me apropriado fazer algumas considerações preliminares sobre a dinâmica da modernidade, pertinentes para a compreensão do destino que a amizade terá nessa época.

Existe, no meu entender, um consenso na avaliação da modernidade por Hannah Arendt, Michel Foucault, Richard Sennett, Norbert Elias e Philippe Àries. Segundo esses autores, a modernidade é identificada como um processo de crescente decomposição do espaço público, de privatização e des-politização. Esse processo desemboca no que Arendt chamou de "vitória do *Animal laborans*", que se traduz na substituição do mundo pela vida, a qual é vista como o "bem supremo". "O que aconteceu no começo da Idade Moderna", assinala a autora, "não foi que a função da política mudasse, nem tampouco que se lhe concedesse de repente uma nova dignidade exclusiva. O que mudou foram antes os âmbitos que faziam a política parecer necessária. O âmbito religioso submergiu no espaço privado, ao passo que o âmbito da vida e suas necessidades — para antigos e medievais o privado *par excellence* — recebeu uma nova dignidade e irrompeu na forma de sociedade no público".[1] Com isso, a vida passa a ocupar o vazio deixado pela decomposição do âmbito público. Esse movimento de politização da vida nua — o que Foucault qualifica de *bio-poder* —, que teve seu início nas sociedades ocidentais no século XVIII, é para Arendt profundamente anti-político. É nesse sentido que a modernidade é identificada com um processo crescente de des-politização e privatização enquanto des-mundanização. Arendt

---

1) ARENDT. *¿Qué es la política?*, p. 89; cf. *A condição humana*, pp. 326-38.

e Foucault têm denunciado as conseqüências desse processo de tornar a vida o bem supremo, de politização do biológico, sendo o totalitarismo ou a sociedade normalizada as suas manifestações fundamentais. Giorgio Agamben, em uma bela síntese das análises arendtianas e foucaultianas, afirma que "nossa política não conhece hoje nenhum outro valor (e, em conseqüência, nenhum outro desvalor) do que a vida, e até que se resolvam as contradições aí existentes, nazismo e fascismo, que tinham feito da decisão sobre a vida nua o critério político supremo, continuaram sendo infelizmente atuais".[2]

Segundo Sennett, a sociedade íntima, caracterizada por uma vida pessoal desequilibrada e uma vida pública esvaziada, constituiu-se a partir de uma série de mudanças que se iniciaram com a queda do Antigo Regime e a formação de uma nova cultura urbana capitalista e secular. Essa sociedade íntima, que ele denomina "comunidade destrutiva", define-se pela procura de intimidade, pela psicologização das relações e pela descomposição das formas de sociabilidade e convivialidade próprias dos séculos XVII e XVIII, entre elas a amizade. O preço da intimização da sociedade é alto, pois, "a intimidade é a tirania da vida ordinária (...). Não consiste na imposição, mas no surgimento de uma crença em um *standard* de verdade para medir as complexidades da realidade social, consiste em medir a sociedade em termos psicológicos (...). A intimidade é um campo de visão e uma expectativa das relações humanas (...). A expectativa de que, quando as relações são íntimas, são cordiais (...). Quanto mais se aproximam as pessoas, menos sociáveis, mais dolorosas e fraticidas são suas relações".[3] O próprio Sennett reconhece a filiação arendtiana nas suas análises e comenta como Hannah Arendt privilegiava uma "cálida impessoalidade", em contraposição à debilidade da procura de refúgio em uma subjetividade encapsulada e voltada para si.[4]

Para Norbert Elias o processo de centralização progressiva da sociedade e da formação dos Estados desde o início da modernidade tem como correlato, em um nível individual, a civilização dos comportamentos, a reorganização da consciência

---

2) *Homo sacer. El poder soberano y la nuda vida.* Valencia, Pre-Textos, 1998, p. 20.
3) *The fall of public man*, p. 338, cf. p. 16.
4) Cf. *The conscience of the eye. The design and social life of cities.* Nova York, Alfred A. Knopf, Inc, 1990.

e do aparato pulsional humano, relegando à intimidade atos que antes eram considerados públicos. Desse modo, o processo civilizador é "visto do lado do comportamento e da vida instintiva, ou do lado das relações humanas, o processo da interdependência progressiva, da crescente diferenciação das funções sociais, e, em correspondência, a formação de interdependências cada vez mais abrangentes, unidades de integração cada vez maiores, de cuja constituição e ação o indivíduo depende, sabendo-o ou não".[5]

Para os autores mencionados, o surgimento da família burguesa constitui um elemento principal do processo de privatização, despolitização e intimização próprio da modernidade. A família é para Elias o "local de produção de renúncia pulsional primário e predominante", uma "fonte de potência particularmente importante e intensa na regulação e modelação afetiva socialmente necessária".[6] Como veremos nas próximas páginas, a família aparece triunfante no século XIX, constituindo uma força normalizadora e uma forma de se resguardar do capitalismo oitocentista; sendo um mundo em si mesmo, de valor moral mais elevado que o espaço público e, simultaneamente, uma proteção dos terrores da sociedade e da esfera pública. Como Sennett assinala, a familialização do privado, na procura de refúgio dos males da sociedade, fez da família burguesa o critério moral para medir as relações na esfera pública e na vida nas grandes cidades. Assim, a vida pública, o mundo compartilhado — o espaço de visibilidade para os antigos —, tornou-se moralmente inferior diante da felicidade, prometida pela vida burguesa.

A ligação entre familialização da sociedade e esvaziamento do espaço público é constatada igualmente por Arendt, para quem "unicamente podemos ter acesso ao mundo público que é o espaço propriamente político, se nos afastarmos de nossa existência privada e do pertencimento à família à que nossa vida está unida".[7]

Ao identificar a família como "o foco mais ativo da sexualidade", Foucault constata como o moderno bio-poder (do qual o dispositivo da sexualidade é parte constitutiva) tem na família o principal ponto

---

5) ELIAS, Norbert. *Über den Prozess der Zivilisation.* Soziogenetische und psychogenetische Untersuchungen. Zweiter Band: *Wandlungen der Gesellschaft. Entwurf zu einer Theorie der Zivilisation*, Frankfurt am Main, Suhrkamp, 1995, p. 119.

6) *Über den Prozess der Zivilisation.* Soziogenetische und psychogenetische Untersuchungen. Erster Band: *Wandlungen des Verhaltens in den weltlichen Oberschichten des Abendlandes*, Frankfurt am Main, Suhrkamp, 1995, p. 186.

7) *¿Qué es la política?*, p. 74.

de ação. A família aparece triunfante e muda de sentido, ao se separar do espaço público com o qual se comunicava no Antigo Regime. Ela "já não é, ou não é apenas, uma unidade econômica, a cuja reprodução tudo deve ser sacrificado. Já não é uma prisão para os indivíduos que só podiam encontrar liberdade fora da família, domínio feminino. Tende a se tornar o que nunca havia sido: lugar de refúgio em que se escapa dos olhares de fora, lugar de afetividade em que se estabelecem relações de sentimento entre o casal e os filhos, lugar de atenção à infância. Desenvolvendo novas funções, por um lado ela absorve o indivíduo que recolhe e defende; por outro, separa-se mais nitidamente que antes do espaço público com o qual se comunicava. Estende-se à custa da sociabilidade anônima da rua, da praça".[8]

Esse processo é de capital importância para compreender o destino da amizade, o qual desemboca na absorção de toda forma de sociabilidade na estrutura familiar. Queria apenas salientar como ao processo de desaparecimento da sociabilidade pública, de esvaziamento do espaço público, corresponde o surgimento da família moderna, a qual monopolizou outras formas de sociabilidade. Esse processo constitui, a meu ver, e junto com outros fatores, como o surgimento da categoria de "homossexual", a conjugalização do amor e a incorporação da sexualidade no matrimônio, os principais determinantes do declínio das práticas de amizade no século XIX.

Philippe Ariès aponta como, no que concerne às mudanças na vida privada, o período compreendido entre o fim da Idade Média e o século XIX representa a passagem de uma sociedade na qual o indivíduo se encontrava imerso numa rede de solidariedades coletivas, feudais e comunitárias num mundo sem distinção entre público e privado, para uma sociedade que separa público e privado e na qual a família monopoliza a esfera privada. Ou seja, a passagem de uma sociabilidade anônima, que permitia uma certa promiscuidade na rua, na praça, na comunidade, para uma sociabilidade identificada com a família, ou, colocado ainda de outra forma, a mudança de uma sociabilidade e uma convivialidade

---

8) ARIÈS, Philippe. "Por uma história da vida privada", ARIÈS, Philippe e CHARTIER, Roger (orgs.). *História da vida privada*, v. 3, Da Renascença ao Século das Luzes. São Paulo, Companhia das Letras, 1997, p. 15.

anônima e pública para uma forma de sociabilidade na qual a dimensão pública praticamente desaparecera.

Três fatores fundamentais teriam condicionado o processo de privatização e de empobrecimento do tecido relacional das sociedades ocidentais. Em primeiro lugar, o Estado passa a desempenhar um novo papel a partir do século XV, intervindo cada vez com mais freqüência no espaço social antes entregue às comunidades. O processo de formação dos Estados modernos e de centralização da sociedade, que tem como correlato a reorganização e mudança histórica da economia psíquica (com a conseguinte transformação de restrições e coações impostas do exterior por instituições e autoridades, em auto-coações e auto-restrições, tal como é descrito por Norbert Elias no seu *Processo civilizador*), apontam na mesma direção ao sublinhar o papel decisivo exercido pelo Estado na conformação da vida privada e da sociabilidade, a qual segue um caminho de crescente privatização e intimização. Numa perspectiva genealógica, Foucault sublinha, em numerosos escritos, como o Estado moderno se constitui através da "governamentalização do Estado", isto é, mediante a incorporação a partir do século XVI das diferentes técnicas do poder pastoral, técnicas de individuação e procedimentos globalizantes cuja expressão principal é, desde o século XVIII, o bio-poder, correspondente à mencionada politização da vida. Como conseqüência, o Estado passou progressivamente a interferir e a gerenciar mais diretamente a vida dos indivíduos.

Um segundo fator importante nesse processo foi o desenvolvimento da alfabetização, assim como a difusão da leitura favorecida pela invenção da imprensa, que permite uma forma de reflexão solitária; a própria solidão mudará de *status*, não se associando mais com o tédio e passando-se a desenvolver, a partir do século XVII, um gosto pelo retiro solitário. Testemunha dessa mudança foi o surgimento de novos gêneros literários, como a literatura autógrafa nas suas mais variadas expressões: diários, cartas, confissões e memórias.

Finalmente, as novas formas de religião permitiram o desenvolvimento de maneiras de devoção privadas e de meditação solitária. Evidentemente esse processo de privatização nas sociedades ocidentais desde os séculos XVI e XVII condicionou as formas de sociabilidade e a amizade em particular.

Vários comentadores sublinham a existência de uma convergência entre os estudos dos historiadores da vida privada Ariès e Chartier principalmente, e os trabalhos focalizados sobre o surgimento da esfera pública no Antigo Regime, especialmente por Habermas. Esses últimos ressaltam o surgimento na Inglaterra em fins do século XVII e na França ao longo do século XVIII de uma esfera pública fundamentada no privado, de um "público inédito", usando uma expressão de Roger Chartier, baseado no uso público da razão kantiana e que desenvolve um tipo de sociabilidade nos salões, cafés, clubes, sociedades literárias e de pensamento: "A convergência da teoria da esfera pública e da história da vida privada reside em duas correntes complementares da historiografia do Antigo Regime da Revolução: uma fala principalmente da cultura política e opinião pública, e a segunda focaliza a 'sociabilidade'. Freqüentemente, entretanto, elas estão falando sobre a mesma coisa: as instituições de sociabilidade segundo Ariès e as instituições da esfera pública de acordo com Habermas revelam a sociabilidade como uma dimensão da cultura política; as estruturas sociais pelas quais e nas quais o discurso pré-revolucionário foi formado".[9]

Ambos os tipos de corrente historiográfica constituem as duas faces da mesma moeda. Habermas enfatiza o princípio da publicidade, nascido do uso livre e público da razão nas reuniões da burguesia, estabelecendo, uma continuidade entre esfera pública e privada. Ariès, por sua parte, sublinha a importância do convívio e a sociabilidade, localizando neles a essência da esfera privada. Publicidade por um lado, sociabilidade e convivialidade pelo outro, tendem a se confundir, pois ambos se originam nos mesmos locais de sociabilidade. Assim, esse conjunto de práticas estudadas pelos historiadores da vida privada, quais sejam entre outras, formas de sociabilidade e convivialidade, civilidade, etiqueta, polidez, amizade, podem ser consideradas igualmente como diferentes manifestações de um espaço, de uma vida pública, até mesmo do "político"

---

9) GOODMANN, D. "Public Sphere and private life: Toward a synthesis of current historiographical approaches to the Old Regime", *History and Theory. Studies in the Philosophy of History*, v. 31, n. 1, 1992, p. 12. Citado em HAROCHE, Claudine. *Da palavra ao gesto*. São Paulo, Papirus, 1998, p. 34; cf. pp. 29-30. Cf. ARIÈS, Philippe, op. cit., pp. 17-9; CHARTIER, Roger. "Introdução (Figuras da Modernidade)", ARIÈS, Philippe e CHARTIER, Roger (orgs.). *História da vida privada*, v. 3, pp. 24-5; VINCENT-BUFFAULT, Anne. *Da Amizade. Uma história do exercício da amizade nos séculos XVIII e XIX.* Rio de Janeiro, Jorge Zahar, 1996, p. 80.

enquanto "mundo" no sentido arendtiano, as quais se perdem na decomposição da esfera pública, nos processos de intimização e familialização do século XIX.

Notamos, assim, como a percepção das relações da amizade como pertencentes à intimidade, totalmente distantes do público, e, às vezes, incorporadas nas relações de parentesco — algo que nos parece tão natural, que nunca pensamos em questionar —, é, na verdade, um fenômeno recente, que se inicia no século XIX. Durante a Idade Moderna, essas relações faziam parte de uma sociabilidade e convivialidade próprias de uma sociedade com uma forte vida pública, fora dos quadros contratuais, dos laços de família e das relações comerciais, como foi anteriormente o caso da Antigüidade greco-latina, em que os vínculos de amizade constituíam elementos da vida pública. Voltemo-nos agora para os fatores determinantes na mudança da percepção da amizade entre os séculos XVI e XIX.

Decomposição da ordem da civilidade

Com o declínio da nobreza guerreira feudal e cavalheiresca e a formação de uma aristocracia cortesã-absolutista ao longo dos séculos XVI e XVII, o conceito de "civilidade" aparece como expressão de um comportamento sancionado socialmente. O significado geral do termo deriva da obra de Erasmo de Rotterdam *De civilitate morum puerilium* de 1530, destinada à educação das crianças. Na sociedade francesa do século XVI, na qual convivem elementos feudais e cavalheirescos com elementos absolutistas e cortesãos, encontramos tanto o conceito de "cortesia" como o de "civilidade"; o primeiro, não obstante, perde progressivamente terreno ao ser considerado um conceito burguês. A civilidade e a honestidade (*honnêteté*), como próprias da nobreza, opõem-se à cortesia e à afabilidade burguesa. Finalmente, ao longo do século XVIII, e em decorrência dos processos de aburguesamento e de incorporação de elementos burgueses na sociedade de corte, o termo civilidade é suplantado pelo conceito de civilização.[10] Apesar desse deslocamento, todos os conceitos mencionados — civilidade, cortesia, civilização — tinham a mesma função, qual seja, "exprimir

---

10) Cf. ELIAS, Norbert. *Über den Prozess der Zivilisation*, I, pp. 137-9.

a autoconsciência das classes altas européias diante das demais consideradas mais simples ou primitivas, e caracterizar, ao mesmo tempo, a forma específica do comportamento através do qual essas classes altas se sentiam diferentes das mais simples e primitivas".[11]

O modelo da civilidade é substituído na segunda metade do século XVII pela sociabilidade regulamentada da corte de Luís XIV. A Corte representava um paradigma de sociabilidade com base na etiqueta, que ao mesmo tempo organiza a coletividade e controla os indivíduos.[12] A racionalidade cortesã se expressava por meio de uma perfeita e calculada ponderação da conduta, da avaliação milimétrica dos gestos, dos movimentos, da matização constante das palavras, convertendo-se, como observa Elias, em uma segunda natureza, manejada com elegância numa sociedade na qual esta era, junto com o controle dos afetos, o instrumento mais valioso na concorrência permanente pelo *status* e pelo prestígio. A vida na Corte, esse "império do olhar", na qual a opinião que se tinha sobre um determinado indivíduo decidia sobre sua vida e sua morte, não permitia nenhuma possibilidade de evasão, pois os indivíduos submetidos à racionalidade e à etiqueta cortesã não tinham outra possibilidade de manter seu *status*, posição e prestígio. A vida na Corte dava sentido a sua existência: "Só dentro dessa sociedade cortesã podiam os homens que pertenciam a ela manter o que, a seus próprios olhos, dava sentido e orientação a sua vida: sua existência social como cortesãos, seu afastamento de todos os outros, seu prestígio e, em conseqüência, o centro de sua própria imagem, isto é, sua identidade pessoal. *Não compareciam na Corte, porque dependiam do rei, mas continuavam sendo dependentes do rei, porque só continuando na corte e vivendo em meio da sociedade cortesã podiam conservar essa*

---

11) Ibid., p. 48.

12) "A etiqueta praticada é (...) uma auto-apresentação da sociedade cortesã. Aqui os outros confirmam a cada indivíduo e ao rei, em primeiro lugar, seu prestígio e sua relativa posição de poder. A opinião social, que constitui o prestígio do indivíduo, se exprime dentro de uma ação comum, segundo certas regras, através da conduta recíproca dos indivíduos. E nessa ação comum se torna visível, por conseguinte, de um modo imediato, a vinculação social dos indivíduos cortesãos, da que dependia sua existência. O prestígio não é nada se não se credita através da conduta" (ELIAS, Norbert. *La sociedad cortesana*. México, Fondo de Cultura Econômica, 1996, p. 137). Cf. REVEL, Jacques. "Os usos da civilidade", ARIÈS, Philippe e CHARTIER, Roger (orgs.). *História da vida privada*. v. 3, pp. 195-9; RIBEIRO, Renato Janine. *A etiqueta no Antigo Regime: do sangue à doce vida*. São Paulo, Brasiliense, 1983; BEAUSSANT, Philippe. *Versailles, Opéra*. Paris, Gallimard, 1981.

distância de todos os outros, da qual dependiam a salvação de suas almas, seu prestígio como aristocratas cortesãos e, em uma palavra, sua existência social e sua identidade pessoal".[13]

Com a sua divulgação para outras camadas da sociedade, a burguesia entre elas, a ordem da civilidade se decompõe pouco a pouco, aparecendo no século XVIII como um "formalismo obsoleto e desacreditado".[14] Dirigida a todos, a civilidade perde sua profundidade e aparece como uma polidez empobrecida. Finalmente, a revanche da intimidade — desencadeada por um novo modo de gerir infância e educação, localizado na família ou em suas extensões, que renuncia aos manuais de civilidade, os quais pretendiam ensinar regras sociais e comportamentais às crianças — anuncia o fim da civilidade. Entre seus críticos mais ferozes, Rousseau, que recomenda e pratica agressivamente a incivilidade: "As dúvidas, as sombras, os medos, a frieza, a reserva, o ódio, a traição se esconderão sem cessar sobre esse véu uniforme e pérfido da polidez, sob essa urbanidade tão decantada que devemos às luzes de nosso século".[15]

Richard Sennett assinala que entre os anos 1740 e 1770 o comportamento civilizado aparece como contraste ao rigor da etiqueta e à extrema codificação da conduta própria da corte de Luís XIV. A partir de 1760, a palavra "civilizado" caracteriza a forma como amplas camadas da população começam a praticar um determinado trato com estranhos. O homem civilizado "valoriza a 'impessoalidade' e usa uma linguagem que evita o recurso à identidade do falante. As regras da civilização constituíam uma maneira de fornecer um valor próprio ao mundo externo, liberando-o de uma interioridade obsessiva".[16]

O comportamento civilizado é componente fundamental de um espaço público, e corresponde à atividade, aparentemente paradoxal, dos indivíduos se protegerem uns dos outros e, ao mesmo tempo, usufruir de sua companhia. Uma forma de tratar os outros como estranhos, pois usar uma máscara, cultivar a aparência, constitui a essência da civilidade, como modo de fugir da identidade e de criar um vínculo social baseado na distância entre os homens

---

13) ELIAS. *La sociedad cortesana*, p. 135, cf. p. 127 (grifos do autor).
14) REVEL, op.cit., p. 202.
15) Rousseau, citado em HAROCHE, op. cit., p. 20.
16) SENNETT. *The conscience of the eye.*

que não aspira ser superada. O comportamento civilizado, polido, exige um grande controle de si, "não é coisa fácil conter-se e governar-se a ponto de não deixar transparecer nos gestos e na fisionomia as mais violentas emoções de sua alma".[17] A incivilidade teria como conseqüência os comportamentos egoístas e narcisistas, e o esquecimento do outro, bem como o desinteresse na vida pública, o refúgio no privado e na interioridade, à procura de uma autenticidade, uma natureza original perdida "antes que a arte tenha moldado nossas maneiras", como se lamentava Rousseau. Assim afirma Rondelet num famoso artigo sobre a polidez de 1883: "Transferem-se cada vez mais aos hábitos mundanos essas maneiras inquietas, agitadas, ávidas, das quais talvez sejamos obrigados a fazer uso na luta pela vida, mas que até então se evitava nas relações entre pessoas de bem. Essa necessidade de se isolar, essa pretensão de bastar-se a si mesmo, essa indiferença, ou melhor, essa impolidez na qual nos refugiamos não suprime somente todo prazer das relações sociais, mas disso resulta ainda, sem que notemos, uma hostilidade latente, uma amargura sempre pronta a se transformar em susceptibilidades. Deriva daí a atitude armada do homem, que zela todo o tempo contra a usurpação de seu espaço".[18]

Na segunda metade do século XVIII, encontramos dois ataques fundamentais contra os usos da civilidade, na França e na Alemanha. Na França, a polidez é rejeitada como o obstáculo apresentado ao zelo de transparência, de sinceridade e de autenticidade. Rousseau ergue-se como o denunciante principal dessa civilização da polidez, da ostentação aristocrática, que, ao se refugiar nas máscaras e na aparência, não valoriza o sentimento, a interioridade, o eu autêntico. Ele lidera uma revolta da espontaneidade do sentimento contra o calculismo e contenção das emoções nas sociedades aristocráticas. Usando a expressão "feliz" de Claudine Haroche, o filósofo genebrino é o "anti-machiavel", que exalta a expansão do sentimento contido pela máscara, com o objetivo de liberar um eu autêntico e unificado, em que ser e parecer não estão mais dissociados. Ele instaura uma política da transparência psicológica contra as artimanhas da ostentação, do fingimento, da duplicidade, da contenção emocional, derivando numa "tirania

---

17) HAROCHE, op. cit., p. 25.
18) Citado em HAROCHE, ibid., p. 26.

do sentimento sincero", numa "tirania da transparência", como testemunha a seguinte observação do filósofo:

> "Hoje todos os espíritos parecem ter sido jogados numa mesma fôrma: sem trégua, a polidez exige, a conveniência ordena: sem cessar seguem-se os usos, nunca seu próprio gênio. *Já não se ousa parecer o que se é*; e nesse constrangimento perpétuo, os homens formam esse rebanho que chamamos sociedade, colocados nas mesmas circunstâncias, farão todos as mesmas coisas (...) não se saberá, portanto, jamais, com quem de fato se lida".[19]

É na famosa *Carta a d'Alembert*, que Rousseau contesta a visão apresentada por d'Alembert e Diderot, segundo a qual o teatro poderia oferecer alguma lição para a vida ordinária, uma crença comum no século XVIII, quando existia uma ponte entre o teatro e a rua. As afinidades entre o teatro e a rua acontecem em sociedades com uma intensa vida pública, já que atuar, jogar e agir exigem a existência de convenções, de artifícios, de teatralidade, como encontramos na sociedade do Antigo Regime. São sociedades nas quais distância, impessoalidade, aparência, civilidade, urbanidade, polidez, máscara, teatralidade, jogo, ação, imaginação, duplicidade são valorizados diante da autenticidade, intimidade, sinceridade, transparência, unicidade, personalidade, efusão de sentimento, distintivo das sociedades cuja vida pública foi erodida.

Rousseau condena o teatro como o lugar da hipocrisia, do jogo, das máscaras, da artificialidade e dos comportamentos fingidos. Ele produz a dissociação entre ser e parecer, entre eu e máscaras, entre a interioridade e a exterioridade humana, com isso incitando a dissimulação, o engano que perverte e corrompe. O ator ao representar se distancia de si na construção de um personagem, separando o papel da personalidade autêntica do ator — ou seja, precisamente o que Diderot privilegiava nele, capaz de dominar os impulsos, controlá-los para serem utilizados no instante adequado. Para Rousseau a crítica ao teatro constitui igualmente uma crítica da vida política — em uma sociedade em que existe uma ponte

---

19) Rousseau, citado em HAROCHE, Claudine. *Da palavra ao gesto*, pp. 33-4. Cf. HAROCHE, Claudine e COURTINE, Jean Jacques. "O Homem desfigurado — Semiologia e Antropologia política da expressão e da fisionomia do século XVII ao século XVIII", *Revista Brasileira de História*, v. 7, n. 13, set./86-fev./87, pp. 27-8; COPPEL, Marthe. "O educador, o psicanalista e os maus pensamentos", DHOQUOIS, Régine (org.). *A polidez. Virtude das aparências*. Porto Alegre, L&PM Editores, 1993, p. 162.

estrutural entre o palco e a rua — da cidade moderna, da impessoalidade e da civilidade fingida, em nome do sentimento verdadeiro, do retorno à natureza e da exaltação do provincianismo, do refúgio no mundo do coração, no amor romântico e na salvação na e pela família.[20]

Ao teatro, mundo da opacidade e metáfora da sociedade de Corte, Rousseau oporá a festa, mundo da transparência: "Não adotemos de modo nenhum esses espetáculos *exclusivos* que *encerram* tristemente um pequeno número de pessoas num *antro escuro*; que as mantêm temerosas e imóveis no silêncio e na inação; que oferecem aos olhos apenas *barreiras, pontas de ferro*, soldados, aflitivas imagens *da servidão e da desigualdade*. Não, povos felizes, não são essas as vossas festas. É ao *ar livre*, é *sob o céu* que é preciso reunir-vos e entregar-vos ao doce sentimento de vossa felicidade... *Que o sol ilumine* vossos inocentes espetáculos; vós mesmos constituireis um, o mais digno que ele possa iluminar".[21] Rousseau recupera aqui a metáfora platônica da escuridão e da caverna para designar a vida pública.

A revanche da intimidade no fim do século XVIII encabeçada pelo filósofo genebrino, representa um dos embates mais contundentes à ordem da civilidade. Depois dele, nada será igual. Rousseau está antecipando o século XIX, o século da família que se impõe, do declínio da vida pública, da polidez e da urbanidade e da amizade restrita à adolescência ou ao casal heterossexual.

O segundo ataque contra os usos da civilidade advém da Alemanha e está no centro da oposição entre *Kultur* e *Civilisation*, tal como é estudada por Norbert Elias no *Processo civilizador*.

Perante o conceito de *civilisation*, tipicamente francês, o de *Kultur* (cultura), especificamente alemão, exprime a "autoconsciência de uma camada da *intelligentsia* de classe média",[22] a qual carecia de possibilidades de participação política. Pois em comparação à França, onde a intelectualidade burguesa teve, relativamente cedo, acesso à Corte — no século XVIII não existia grande diferença entre a

---

20) Cf. SENNETT, ibid., pp. 115-20; RAGO, Margareth. "Prazer e perdição: a representação da cidade nos anos vinte", *Revista Brasileira de História*, v. 7, n. 13, set./86-fev./87, pp. 95-9.

21) *Carta a d'Alembert*, Rousseau, citado em STAROBINSKI, Jean. *Jean-Jacques Rousseau. A transparência e o obstáculo*. São Paulo, Companhia das Letras, 1991, p. 105.

22) ELIAS, Norbert. *Über den Prozess der Zivilisation*, I, p. 31.

aristocracia cortesã e determinados grupos seletos da burguesia — como testemunham Voltaire e Diderot, a *intelligentsia* alemã, que cunhou os conceitos de *Kultur* e *Bildung*, procedia na sua maioria (Goethe, Schiller, Winkelmann, Herder, Kant, Fichte) de famílias de artesãos ou de funcionários de grau intermediário, os quais não tiveram acesso à Corte afrancesada. Formou-se assim uma dualidade expressa nos conceitos de *Kultur* e *Civilisation*, na qual a cultura alemã estaria do lado da interiorização, da profundidade do sentimento, da formação da personalidade e da imersão no livro, diante dos valores da *civilisation* francesa modulados pela racionalidade cortesã: superficialidade, cerimônia, conversação, etc., como exemplificam o *Werther* de Goethe, ou a oposição kantiana entre cultura e civilização por uma parte, e a tragédia clássica francesa e seu desgosto por Shakespeare por outra.

A posição dos intelectuais alemães ao criticar a "máscara da virtude" própria da *civilisation* francesa em nome da *Kultur*, corresponde à rousseauniana em vários aspetos: profundidade-superficialidade; sinceridade-falsidade; polidez exterior — virtude autêntica. Esse ataque aos valores da civilidade, iniciado em meados do século XVIII em uma frente dupla, francesa e alemã, será intensificado com a revolução, quando as máculas do comportamento civilizado, da polidez, poderão constituir uma sentença de morte. O declínio da civilidade no fim do século XVIII é um dos fenômenos principais do processo de privatização da modernidade, da perda do espaço público, da passagem de uma sociabilidade anônima com sociabilidade pública para uma sociabilidade anônima sem sociabilidade pública. Mudanças importantes que definirão o destino da amizade nos últimos dois séculos.[23]

---

23) Como podemos apreender dos trabalhos de Norbert Elias, a decomposição da ordem da civilidade, da polidez (que nestas páginas está sendo analisada como barômetro de uma sociedade pública), está relacionada com o aumento da violência e do desrespeito. Assim, para Elias, o fato da classe burguesa alemã não ter adotado os modelos aristocráticos, como aconteceu na França e na Inglaterra, explicaria, em parte, a sua propensão para a ausência de controle de si, para a violência. Cf. HAROCHE. *Da palavra ao gesto*, pp. 129-40. ELIAS, Norbert. *Studien über die Deutschen. Machtkämpfe und Habitusentwicklung im 19. und 20. Jahrhundert*, Frankfurt am Main, Suhrkamp, 1992. As regras de civilidade e polidez constituem princípios de uma ética da relação, do cuidado do outro. Elias acreditava que "explicitar rituais reconhecidos e aceitos permite regular comportamentos, governar condutas, prevenir desordens e violência latentes em toda sociedade, impondo uma distância entre indivíduos que afasta a violência física do corpo a corpo. Estabelecer formas, colocar limites, instaurar fronteiras entre cada indivíduo são meios de pacificar as relações sociais" (HAROCHE, ibid., p. 136).

Amizade e sociabilidade

Como já foi assinalado, entre os séculos XVI e XVIII, a sociabilidade anônima foi lentamente destruída por meio dos processos de privatização. A decomposição da ordem da civilidade é uma das suas manifestações. Durante essa época, instituições, rituais e penalidades fixados pelo costume verificavam e corroboravam a adequação de condutas individuais com normas aceitas, interiorizavam papéis e regras e puniam desvios. Nesse período, o vínculo sentimental que unia as pessoas ultrapassava a amizade e a família. Philippe Ariès descreve a situação da seguinte maneira: "A vida social era organizada a partir de vínculos pessoais, de dependência e de patronagem, e também de ajuda mútua. As relações de serviço e as relações de trabalho eram relações de homem para homem, que evoluíam da amizade ou da confiança para a exploração ou o ódio. (...) Jamais se instalavam na indiferença ou no anonimato. Passava-se de relações de dependência às de clientela, de comunidade, de linhagem e às escolhas mais pessoais. Vivia-se, portanto, em uma rede de sentimentalidade ao mesmo tempo difusa e também aleatória, determinada apenas de modo parcial pelo nascimento e pela vizinhança e como que catalisada pelos encontros casuais, pelas paixões à primeira vista".[24]

Assim, na época moderna, a família não esgota a esfera do privado, nem a afetividade.[25] O indivíduo não vive em família até tornar-se um adulto, e a educação e socialização das crianças e

---

24) "Reflexões sobre a história da homossexualidade", ARIÈS, Philippe e BÉJIN, André (orgs.). *Sexualidades ocidentais*. São Paulo, Brasiliense, 1985, p. 87. Cf. "Introdução (A comunidade, o Estado e a familia. Trajetórias e tensões)", ARIÈS, Philippe e CHARTIER, Roger (orgs.). *História da vida privada*, v. 3, pp. 410-1.

25) "(...) a família se encontra inscrita em grupos de pertinência que podem ser *redes de solidariedade*, como as corporações e comunidades aldeãs, ou *blocos de dependência* do tipo feudal ou religioso, freqüentemente os dois ao mesmo tempo. A família constitui, portanto, um plexo de relações de dependência indissociavelmente privadas e públicas, um elo de liames sociais, que organiza os indivíduos em torno da posse de uma situação (ao mesmo tempo profissão, privilégio e *status*) outorgada e reconhecida por setores sociais mais amplos. É, portanto, a menor organização política possível. Incrustada diretamente nas relações de dependência ela é atingida globalmente pelo sistema de obrigações, das honras, dos favores e desfavores que agitam as relações sociais. Submetida, mas também parte ativa imediata nesse jogo movediço dos vínculos, dos bens e das ações, através de estratégias de alianças matrimoniais e obediências clientelísticas, que mantêm a sociedade numa espécie de guerra civil permanente, como atesta a fantástica importância do recurso ao judiciário" (DONZELOT, Jacques. *A polícia das famílias*. Rio de Janeiro, Graal, 1986, pp. 49-50).

adolescentes envolvem outras pessoas além da família: nutrizes, preceptores. Constituem-se para além da relação familiar múltiplos laços afetivos, a amizade entre eles, a qual representa um amplo vínculo que absorve relações sociais e profissionais: "As relações sociais e profissionais da era moderna são, antes de tudo, relações de amizade. Em toda a Europa, os meios políticos das cidades, as hierarquias cavalheirescas, as comunidades religiosas, as confradias, as famílias de alta sociedade e até as associações de eruditos mantêm relações de amizade e consideram-nas a base afetiva de seu ser. Essas amizades de grupos expressam-se por meio de comportamentos extremamente codificados. O emprego do termo 'amigo' para designar um indivíduo do mesmo corpo social não constitui raridade no século XVI".[26]

O indivíduo encontra-se imerso numa rede de sociabilidades e solidariedades que o acompanharão durante toda sua vida.

Amizade e parentesco estão em perfeita união na modernidade. Durante o século XVII encontramos as relações de parentesco e amizade associadas em várias regiões da Europa, na França, na Itália, onde aparecem cruzamentos de laços tais como parentela, aliança entre casas (*domus*), relações de compadrio, vizinhança, e cuja função é o exercício da solidariedade: arbitragem em conflitos, ajuda financeira, tutela, vinganças, etc. A amizade é um componente principal dos vínculos existentes entre as famílias. Assim, "a amizade será ubíqua, banal e necessária, plural e inscrita na trama usual das relações sociais centradas na família que ela contribui para estruturar ou simplesmente para lubrificar, minimizando os custos".[27] Juntamente com essa corrente das amizades ligadas ao parentesco e à vizinhança, em que os interesses familiares ditavam as regras, coexistia outra noção de amizade que se inseria na tradição da amizade verdadeira, e que, na época, encontrava em Montaigne seu mais ardente defensor.[28]

---

26) RANUM, Orest. "Os refúgios da intimidade", ARIÈS, Philippe e CHARTIER, Roger (orgs.). *História da vida privada,* v. 3, p. 258.

27) Cf. AYMARD, Maurice. "Amizade e convivialidade", ARIÈS, Philippe e CHARTIER, Roger (orgs.). *História da vida privada,* v. 3, pp. 461, cf. pp. 457-60.

28) Montaigne, no entanto, acaba pensando a amizade, como vimos, em termos familiares. O mesmo movimento que afasta a verdadeira "amizade" das "amizades"de seu tempo, ligadas à família, aproxima esta amizade verdadeira ao modelo familiar; pois o amigo é identificado com o irmão.

Já assinalei como, a partir de Cícero, instaura-se uma distância crescente, quase uma incomensurabilidade, entre a idealização filosófica e a correspondente prática social da amizade. É claro que para os gregos a 'verdadeira amizade' se definia pela sua raridade, mas a reflexão filosófica sobre a *philia* sempre manteve uma correlação com as práticas da amizade. De Cícero até Montaigne, os discursos não encontram mais uma prática social que os reflete, tornando-se mais hiperbolizados e personalizados. São discursos do luto pela morte do amigo.

Em um outro extremo encontramos a figura de Saint-Simon, que sabe manejar as múltiplas faces da amizade, ao estabelecer um laço entre parentesco, aliança e amizade, como meio de ajuda em determinadas carreiras. A fórmula de vincular parentesco, vizinhança e amizade representa a resposta mais duradoura à tentativa de controle por parte da família, em que os amigos verdadeiros eram recrutados no parentesco e na aliança. Existiam, ao mesmo tempo, redes de "parentescos espirituais", constituídos a partir da incorporação de indivíduos e grupos externos à família por meio da adoção, compadrio, pacto de sangue, irmanação, representando um compromisso voluntário, que incluía um sistema recíproco de obrigações e cujo campo de aplicação era formado por tudo o que escapava à família. Os parentescos espirituais podiam concordar ou rivalizar com a família. Maurice Aymard ressaltou que, a partir do século XVI, eles perderam o caráter institucional, sendo submetidos à pressão das famílias — com o objetivo de obter um maior proveito pessoal — e do Estado com a finalidade de controlá-los e de reduzir seu alcance. Observamos, assim, um enfraquecimento das redes de solidariedade que configuraram o espaço público na alta Idade Média e nos primeiros séculos da modernidade.

> "O enfraquecimento das solidariedades que, multiplicando os laços entre as famílias e entre os indivíduos, esforçavam-se para estruturar de modo mais amplo possível o espaço social já se processa nos séculos XV e XVI. Insere-se num lento movimento de redução da linhagem e definições mais restritas da família — movimento tradicionalmente apoiado pela Igreja, mas também encorajado pelo crescente poder do Estado. Esse processo precede e permite menos a afirmação do que uma nova definição do indivíduo, mais interior e autônoma. Deixa-lhe um vocabulário, modelos de comportamento e uma tristeza:

o espaço está aberto para novas formulações e, mais ainda, novas práticas de amizade".[29]

De fato, como se deduz das análises de Ariès e Elias, ao longo do século XVI e a primeira metade do XVII, o Estado não conseguiu cumprir *de facto* as funções que *de jure* reivindicava. Apareceram redes de clientela, parentescos espirituais e demais componentes das redes de solidariedade e convivialidade, que preenchiam esse espaço, assegurando funções públicas, principalmente militares e privadas, como a realização de serviços pessoais, numa época na qual o Estado era gerido como um bem familiar. Esses desenvolvimentos corresponderam à época da civilidade e ao que Ariès denomina como fase de "sociabilidades de grupo". Uma época, na qual as relações humanas, sejam de parentesco, familiares, de vizinhança ou de amizade, representavam um papel fundamental na estruturação do tecido social, próprio de sociedades com uma intensa vida pública.[30]

Com o fortalecimento de um Estado centralizado, como aconteceu na França de Luís XIV, as redes de clientela foram incorporadas ao aparelho estatal e substituídas por funcionários e gabinetes. No fim do século XVII e princípio do XVIII, o espaço público apareceu nitidamente desprivatizado e o espaço privado se separou do público, fechou-se sobre si, tornando-se autônomo e sendo apropriado pela família que exercerá um monopólio crescente sobre ele. Daí em adiante, amigos fieis, afinidades eletivas, associações e outras formas de convivialidade representarão uma concorrência pelo monopólio do sentimento e da sociabilidade do qual a família, em estreita aliança com o Estado, sairá vencedora no século XIX.

O vazio deixado pelo enfraquecimento das redes de solidariedade foi preenchido, em primeiro lugar, pelas associações, sendo as primeiras a aparecer as de artesãos, as quais se serviam de uma metáfora familiar e cujos membros apareciam unidos num abraço familiar ou fraterno.[31] Esse uso de metáforas fraternais acompanha toda a história das associações, assim como a das lojas maçônicas e outro tipo de sociedades, como veremos.

---

29) Op. cit., pp. 477 e 473-4.

30) Cf. ARIÈS, Philippe. "Por uma história da vida privada", ARIÈS, Philippe e CHARTIER, Roger (orgs.). *História da vida privada*, v. 3, pp. 17-8.

31) Cf. AYMARD, ibid., pp. 477-9.

Na Alemanha, deparamo-nos no século XVII com três tipos de associações: as associações filológicas ou literárias, as sociedades filosófico-naturais e as sociedades eruditas cristãs. Todas elas representavam impulsos reformadores, ambições cristãs e patrióticas de criação de uma nova literatura e língua que contribuísse à reanimação da consciência nacional. Entre os séculos XVII e XVIII, encontramos dois grandes movimentos de associações: sociedades de eruditos, por um lado, como a fundada por Leibniz na academia das ciências berlinesa, e as sociedades literárias, por outro lado, como a fundada por Gottsched em Leipzig.[32]

Numa segunda época de formação de associações, entre 1745 e 1780, aparecem a franco-maçonaria e as sociedades patrióticas e de utilidade pública.

Numa terceira fase, a partir de 1780, encontramos três tipos de associações, quais sejam: sociedades literárias, sociedades secretas do tipo dos "iluminados" e sociedades populares. Elas constituíam a forma de corporação da *intelligentsia* burguesa na construção de um espaço reformador e iluminista externo ao Estado e à ordem absolutista. Principalmente as sociedades de leitura e os círculos literários de amigos (*lietararische Freundschaftszirkel*), entre os que sobressaem o *Göttinger Hain*, a sociedade de leitores *Klopstock-Büschisch* em Hamburgo, a *Mittwochgesellschaft* de Berlim, a *Freitagsgesellschaft* de Goethe em Weimar, e a "sociedade dos homens livres" de lena, fazem da sociabilidade e da amizade o elemento constitutivo.[33] Amizade e convivialidade fazem parte da formação de um novo espaço público, baseado no uso livre e público da razão. Na Alemanha, o século XVIII é tanto o século das associações como o da amizade. A reflexão da amizade nesse século se desenvolve, em muitas ocasiões, no seio dessas associações e sociedades. Os seus membros visavam a formação individual (*Bildung*) em um contexto social que podia adotar um caráter erudito ou moral, assim como a expansão do Iluminismo. Em todas as associações dominava uma sociabilidade discursiva

---

32) Sobre a história das diferentes associações alemãs, cf. o interessante e informativo livro de DÜLMEN, Richard van. *Die Gesellschaft der Aufklärer. Zur bürgerlichen Emanzipation und aufklärerischen Kultur in Deutschland.* Frankfurt am Main, Fischer, 1996, pp. 19-44.

33) Cf. ibid., pp. 81-100; KUNISCH, Johannes. "Die Berliner Mittwochgesellschaft", VÖLGER, Gisela e WELCK, Karin v. (orgs.). *Männerbande — Männerbunde. Zur Rolle des Mannes im Kulturvergleich*, v. 2. Köln, Rautenstrauch-Joest-Museum Köln, 1990, pp. 41-4.

que se afastava tanto da sociabilidade cortesã como do mundo litúrgico das diferentes confissões. Uma atenção especial merece a *franco-maçonaria*.

A franco-maçonaria representa uma nova forma de associação, baseada na livre adesão dos indivíduos, com a finalidade de estruturar a sociedade civil fora do poder e controle estatal. Diante dos outros tipos de associação, os quais conservavam uma certa independência e autonomia, as lojas maçônicas rapidamente se tornaram uma rede de comunicação, um novo espaço público, cujos membros eram tratados como irmãos, visando a criação de um mundo iluminista próprio e uma comunidade de vida. Alguns intelectuais como Fichte e Lessing viam na franco-maçonaria as raízes da sociedade burguesa. A unificação fraternal como experiência maçônica central representa um abandono das preocupações políticas, civis e religiosas do mundo cotidiano, como encontramos no seguinte estatuto de uma loja de Aachen: "Nas lojas não se deve falar de assuntos de Estado, religião, família ou de outro tipo semelhante, pois são pouco interessantes e poderiam provocar disputas".[34] Os princípios fundamentais das lojas maçônicas eram a igualdade — não democrática, mas baseada na hierarquia das lojas — e a fraternidade, a qual era amiúde relacionada com a amizade: o "verdadeiro maçom" é "afetuoso como irmão, fiel como amigo".[35] É interessante observar como, se, por um lado, a multiplicação das lojas maçônicas "assinalaria uma ruptura com um conjunto de solidariedades seculares e inalteráveis — a família, a paróquia, a corporação e a ordem",[36] a maçonaria recorre, por outro lado, reiteradamente a metáforas familiares: as novas lojas constituem "filhas" das lojas — "mães", os mestres são chamados de "pais", os outros membros de "irmãos" e suas mulheres de "irmãs".[37] A maçonaria se forma afastando-se da família e do parentesco, o qual é reintroduzido a um nível simbólico ao familializar as relações dentro das lojas.

Mencionou-se freqüentemente nestas páginas como a tradição filosófica dos grandes discursos da amizade sempre se serviu de

---

34) Pauls, Geschichte der Aachener Freimaurerei I 476, citado em DÜLMEN, ibid., p. 62.
35) Ibid., p. 66.
36) HALEVI, R. *Les loges maçonniques dans la France d'Ancien Régime. Aux origines de la sociabilité démocratique*. Paris, Armand Colin, 1984, citado em AYMARD, op. cit., p. 480.
37) Cf. HOFFMANN, Stefan-Ludwig. "Freundschaft als Passion: Logensoziabilität und Männlichkeit im 19. Jahrhundert" (manuscrito inédito).

metáforas familiares (fraternais) na descrição das relações de amizade. O associacionismo dos séculos XVII ao XIX faz, por sua vez, uso recorrente das metáforas familiares, apesar de se constituir num movimento de afastamento das redes de parentesco. O imaginário da sociabilidade ocidental está permeado de familialismo. Desde a Antigüidade, as relações de amizade institucionalizadas (também as não institucionalizadas) são definidas por intermédio de termos de uma gramática familiar: consangüinidade, compadrio, fraternidade juramentada, paternidade ceremonial, entre outras. A antropologia oferece também numerosas testemunhas dessa tradução das relações de amizade em imagens familiares: "É compreensível então que, pelo visto, as relações de amizade institucionalizadas somente poderiam se desenvolver se fossem concebidas na forma de um 'quase-parentesco', ou que, ao contrário, para as relações duais em desenvolvimento o parentesco forneça a única imagem disponível. Para fornecer a fidelidade e realizar as funções das relações pessoais, o único modelo existente era o consagrado aos vínculos de parentesco".[38]

Nossas descrições mais enfáticas e emotivas de nossas relações pessoais não-familiares de amor e amizade reproduzem uma retórica familiar.[39] Se a família monopolizou o sentimento a partir do século XIX, como vários autores têm observado,[40] o monopólio da esfera simbólica e metafórica aconteceu muito antes. Precisamente em contextos históricos concretos nos quais a família parece ser relegada a um segundo plano, esta ganha uma maior presença a um nível simbólico, segundo o modelo: ausência real — presença simbólica e vice-versa. Assim, por exemplo, a ausência de vínculos familiares nas lojas coincide com uma maior presença simbólica da família, produzindo os mesmos efeitos, a educação para a masculinidade entre outros: "Nossa imagem estereotipada da paternidade no século XIX muda por conseguinte logo que

---

38) TENBRUCK, Friedrich H. "Freundschaft. Ein Beitrag zu einer Soziologie der persönlichen Beziehungen", *Kölner Zeitschrift für Soziologie und Sozialpsychologie*, 16, 1964, p. 451.

39) Permitam-me recorrer novamente a citação de Montaigne: "É, em verdade, um belo nome e digno da maior afeição o nome de *irmão*; e por isso La Boétie e eu o empregamos quando nos tornamos amigos."

40) Por exemplo, Philippe Arìes ("Reflexões sobre a história da homossexualidade", op. cit., p. 87): "Hoje o sentimento é captado pela família, que antigamente não detinha esse monopólio". Encontramos em Sennett, Foucault, Elias, Arendt e Luhmann observações similares.

dirigimos nosso olhar da família para formas de sociabilidade tais como as lojas. Estreitos vínculos emocionais entre pais e filhos, a consciente educação para a masculinidade não era no século XIX a exceção. Seu lugar não era a família, mas a associação".[41]

Se somente somos capazes de imaginar relações de amizade como relações familiares, isso acontece porque atribuímos uma prioridade às relações de parentesco sobre qualquer outro tipo de sociabilidade, a amizade inclusive. Devem ser feitas duas observações sobre esse fenômeno complexo e fundamental para o desenvolvimento deste livro.

A primeira diz respeito ao caráter familiar dos grupos. Permitam-me resgatar a tese que Jürgen Frese desenvolve em um artigo instigante, segundo a qual toda dinâmica de grupo é no fundo uma dinâmica familiar. "Debaixo dos processos dinâmicos dos grupos", observa Frese, "não se encontra a natureza social do homem (analisável antropológica e psicologicamente), mas atrás do grupo se esconde — como uma figura social arcaica — nada mais que a estrutura da família patriarcal".[42] Os processos de abstração e de dissolução dos laços de sangue e de território que organizavam o significado da vida dos indivíduos em sociedades pré-modernas produzem não somente uma liberação mas, simultaneamente, uma sensação de vazio, que obriga a procurar sentido e segurança em estruturas familiares e instituições de regulação de sentido como a igreja. Daí o recurso a uma gramática familiar na descrição de relações pessoais e formas de sociabilidade. Como observa Tenbruck: "Deve ser anotado na margem que as relações de parentesco para definir outras relações sociais ou pessoais são usadas sempre que os indivíduos se retiram das grandes sociedades para pequenos grupos e comunidades. O monacato, que se constitui segundo o modelo de irmãos, filhos e pais, é um exemplo. O fato dos membros de lojas, sociedades, ordens e de outros tipos de associações do século XVIII — assim como posteriormente os membros das corporações estudantis — se

---

41) HOFFMANN, op. cit.

42) "Dialektik der Gruppe", *Gruppendynamik im Bildungsbereich — Fachzeitschrift für praxisorientierte Gruppendynamik*, 9, 3-4, 1982, p. 6. Com isso, Frese não está defendendo uma tese essencialista ou procurando uma constante antropológica, pois outra tese central do artigo é a de que "grupo", que aceitamos de modo natural como uma realidade social universal, constitui um fenômeno de datação recente, de no máximo 250 anos. cf. ibid.

dirigissem a palavra chamando-se de irmão ou às vezes de amigo, pertence a esse mesmo contexto. É sabido que a fraternidade — analogamente à amizade — tornou-se um *slogan* do século XVIII, apesar desse fato ser raramente interpretado como uma prova da necessidade de comunidade e da inclinação para as relações pessoais nos indivíduos deslocados das ordens sociais. Ao contrário, sabemos também que os amigos gostavam de usar o nome de irmão nos séculos XVIII e XIX. Quando, no século XIX, a diferenciação social começa a influir plenamente sobre um número maior de camadas sociais, a imagem do parentesco apresenta-se nas novas relações sociais surgidas para dar apoio à nova situação".[43]

O medo ao diferente, aberto, indeterminado, contingente e desconhecido leva-nos, sem dúvida, a procurar analogias, formas de adaptação e tradução em imagens conhecidas e próximas, que nas descrições de relações pessoais são as da gramática familiar. Isso revela uma pobreza imaginativa, nossa incapacidade de jogar, experimentar, brincar com o novo, o imprevisível e o aberto. Se as formas de relacionamento possível não se esgotam na família, e se a família nem sempre forneceu o único arsenal metafórico a nossa disposição, não existe nada necessário nesse uso decorrente de imagens e metáforas familiares e fraternais. Nada diz que não possamos renovar nosso arsenal metafórico, procurar novas formas de nos descrevermos e imaginarmos. Lutar por um novo "direito relacional", no sentido dado por Foucault, que não limite nem prescreva a quantidade e a forma das relações possíveis, mas que fomente sua proliferação. Sem dúvida uma nova política da amizade deve apontar nessa direção.

A segunda observação diz respeito à dimensão política da primeira observação. O uso de imagens e metáforas familiares é freqüente na política,[44] sendo a da fraternidade a mais recorrida,

---

43) Op. cit., p. 453.

44) A literatura sobre o tema é ampla. Cf., entre outros, MÜNKLER, Herfried. *Politische Bilder, Politik der Metaphern*. Frankfurt/Main, Fischer Verlag, 1994; MÜNKLER, Herfried. *Gewalt und Ordnung. Das Bild des Krieges im politischen Denken*. Frankfurt/Main, Fischer Verlag, 1992; RIGOTTI, Francesca. *Die Macht und ihre Metaphern. Über die sprachlichen Bilder der Politik*. Frankfurt/Nova York, Campus Verlag, 1994; RIGOTTI, Francesca. "Métaphore et langage politique", MOULAKIS, Athanasios (org.). *L'art du possible. Réflexions sur la pensée et le discours politique*. Firenze, Institut Universitaire Européen, 1988, pp. 109-29.

especialmente durante a Revolução Francesa.[45] No seu interessante livro *The family romance of the French Revolution*,[46] Lynn Hunt define o "romance familiar" como as "imagens coletivas e inconscientes da ordem familiar que sustentam a política revolucionária".[47] Ao processo de modernidade (que pode ser entendido como a dinâmica de privatização e de crescente preponderância da família) acompanha um transbordamento de fronteiras da política, que fez com o que a maioria dos europeus considerassem as nações como famílias alargadas e os governantes como pais, a um nível consciente e inconsciente da experiência, como ressalta a penetrante observação de Hannah Arendt na *Condição humana*: "O que chamamos de 'sociedade' é o conjunto de famílias economicamente organizadas de modo a constituírem o fac-símile de uma única família sobre-humana, e sua forma política de organização é denominada 'nação'".[48]

Hunt descreve brilhantemente o relevo das diferentes metáforas familiares: desde a família patriarcal, imagem do governo absolutista do Antigo Regime, que será substituída pela fraternidade como novo romance familiar após a morte do (pai-)rei, à reabilitação da família como "romance familiar". O uso político das metáforas é claro; a fraternidade servia para abjurar qualquer espectro absolutista patriarcal, dado o tremendo poder que desfrutavam tanto os reis franceses como os pais de família — para além da aliança estabelecida entre ambos como mostra o uso das *lettres de cachet*.[49] Desempenhava também a função de relegar às mulheres a um segundo plano, produzindo um duplo ideal de virtude republicana, política para os homens e doméstica para as mulheres. "O ideal republicano de virtude baseava-se em uma noção de fraternidade entre homens na qual as mulheres eram relegadas ao âmbito da domesticidade. A virtude pública exigia virilidade, a qual exigia, por sua parte, a recusa violenta da degeneração aristocrática e de toda intrusão do feminino no público (...). Segundo essa visão,

---

45) Cf. ORTEGA. *Para uma política da amizade — Arendt, Derrida, Foucault.*

46) Berkeley/Los Angeles, University of California Press, 1993.

47) Ibid., p. xiii.; cf. HUNT, Lynn. "Revolução Francesa e vida privada", PERROT, Michelle (org.). *História da vida privada*, v. 4, Da Revolução Francesa à Primeria Guerra. São Paulo, Companhia das Letras, 1997, pp. 31ss.

48) *A condição humana*, p. 38.

49) Cf. The family romance of the French Revolution, pp. 67-73. Daí a afirmação de Balzac: "cortando a cabeça de Louis XVI, a República cortou a cabeça de todos os pais de família". Citado em HUNT, ibid., p. 73.

compartilhada amplamente por mulheres e homens, o papel mais importante das mulheres era como mães, que deveriam educar a nova geração de patriotas, e, depois de 1792, de republicanos".[50]

As análises de Hannah Arendt podem, a meu ver, ser úteis para avaliar esse fenômeno. Para a autora, a fraternidade como ideal político é, no fundo, anti-política pois suprime a distância entre os homens e a pluralidade, condição de possibilidade da política. Assim, no famoso ensaio sobre Lessing,[51] a amizade é contraposta à fraternidade; a primeira estaria voltada para o público, o mundo. Podemos interpretar o uso crescente de imagens familiares ou fraternais na política como uma característica do declínio da política e da vida pública, do processo de intimização e privatização da Europa ocidental a partir do século XVI, quando a vida, que desde a Antigüidade estava relegada à esfera doméstica, da necessidade, da privação da violência, invade o campo político: a sacralização e politização da vida. Com outras palavras, servindo-me da terminologia arendtiana e foucaultiana: o triunfo do *animal laborans*, a era da biopolítica.

As associações e sociedades que, na Modernidade, preenchem inicialmente o vazio deixado pelas redes de solidariedade, não representam um perigo para o Estado. Constituem espaços neutros que exprimem antes uma nova sensibilidade do que interesses particulares. O caso das lojas maçônicas mostra como esse novo tipo de associacionismo não supõe uma ruptura com a família nem uma escolha de solidariedades alternativas anteriores ou externas a esta. Reproduzindo modelos familiares, ele não constitui nenhuma ameaça às instituições tradicionais. Uma situação bem diferente representa a proliferação de lugares públicos, principalmente nas grandes cidades, nos séculos XVI e XVIII: tabernas, cafeterias, etc., novos focos de reunião e de surgimento

---

50) Ibid., pp. 122-3. Cf. VINCENT-BUFFAULT, op. cit., pp. 159-60: "O recolhimento das mulheres no espaço doméstico apóia-se portanto sobre sua destinação familiar e maternal, sua fraqueza constitutiva sendo uma conseqüência de suas funções reprodutivas. O discurso médico é chamado a embasar essas concepções: a biologia vai fazer a fraqueza e a força delas. É na condição de mães que elas são valorizadas e esse papel maternal lhes confere o poder educativo de formar cidadãos e de administrar o lar. O doméstico se identifica com o maternal, o que deixa pouco espaço para aquelas que estão excluídas deste, as mulheres celibatárias". Cf. MÜNKLER, Herfried. *Politische Bilder, Politik der Metaphern*, pp. 46-9.

51) Cf. ARENDT, Hannah. "Sobre a Humanidade em Tempos Sombrios. Reflexões sobre Lessing", *Homens em tempos sombrios*. São Paulo, Companhia das Letras, 1987.

de uma esfera pública e de uma sociabilidade burguesa.[52] Esses espaços despertam rapidamente a desconfiança da Igreja e do Estado, optando este último pelo patrocínio como uma possibilidade de exercer o controle. Trata-se de uma forma de institucionalização, em que, por exemplo, uma reunião de escritores se transforma numa academia da língua. Da mesma maneira, os clubes que se difundem na Inglaterra entre os séculos XVII e XVIII não constituem uma ameaça. Ao contrário das lojas maçônicas e das associações secretas, eles carecem de ritos de iniciação, de sigilo, de programas, desenvolvendo uma sociabilidade masculina extrafamiliar, sem amizade nem fraternidade. Assim, o homem do século XIX, casado ou solteiro, "reserva para si lazeres masculinos, fora da esfera doméstica, em que se distinguem práticas de consumo (refeições, álcool, fumo), usos da conversa e da caçoada na ausência das mulheres (exceto aquelas com quem não se casa: as venais, as cortesãs, as mundanas). Os homens solteiros ocupam cafés e bulevares, inventam modos de vida teatralizados em que se ostentam como antiburgueses e até provocadores. É o caso da boemia e do dandismo, em que a camaradagem e a amizade masculina são essenciais".[53]

Amor, matrimônio e família na modernidade

No século XVII, a semântica do amor está ligada a uma retórica do excesso e a uma experiência da instabilidade, ao se apresentar principalmente sob a figura do amor-paixão. A tese central desse código é a imoderação do excesso, o qual compõe a justa medida do comportamento em matéria amorosa. O código do amor no século XVII, assinala Luhmann, "só se torna institucionalizável através da assimilação de uma auto-referência negativa. Uma distância mais ou menos marcada diante da *raison* e da *prudence* faz parte da semântica e das exigências para representar o amor. Assim sendo, não se fornece uma boa imagem da *passion* sempre que se mostrar que se consegue dominá-la. A imposição do excesso simboliza por seu lado a diferenciação plena, precisamente uma violação dos limites impostos, sobretudo pela família, ao

52) Cf. AYMARD, op. cit., pp. 481-3; SENNETT, *The fall of public man*, pp. 80-2.
53) VINCENT-BUFFAULT, op. cit., p. 161.

comportamento".[54] A conseqüência visível da semântica do amor-paixão é a incompatibilidade e o agudo contraste entre o amor e o matrimônio, entre a paixão, o excesso e o casamento ligado à estrutura da aliança. Na retórica do excesso expressa no código amor-paixão, a idéia do casamento por amor é inconcebível.[55] A função do matrimônio era outra: estava inserida num "dispositivo de aliança", usando uma expressão de Foucault, ou seja, num sistema de casamentos, de linhagens, de fixação e de aquisição de parentescos, de transmissão de nomes e de bens,[56] que nada tinha a ver com o amor. De fato, autores como Elias constataram que o matrimônio cortesão-aristocrático não se orienta para o que chamamos de vida familiar em nossas sociedades, encontrando-se nas antípodas da família burguesa. O que estava em jogo ao contrair matrimônio era aumentar o prestígio e a posição social dos cônjuges, ascender na hierarquia social.[57] Deparamo-nos com visões semelhantes em Ariès, Flandrin e Donzelot, entre outros.[58]

Sabemos que a partir do século XVIII instaura-se no ocidente um novo código de amor capaz de unir o que parecia impossível, ou seja, amor e o casamento. Vejamos agora rapidamente as mudanças que conduzem a esse novo código do amor-matrimônio, em que a amizade desempenha um papel fundamental.

A primeira transformação será a incorporação da galantaria à retórica amorosa com o fim de dar um novo caráter ao amor: civilizado, educado, socializado. No entanto, a galantaria decai rapidamente passando-se a uma nova figura, a legitimação moral do sentimento: "Quase se poderia pensar: o amor envelhece com

---

54) *Liebe als Passion. Zur Codierung von Intimität.* Frankfurt am Main, Suhrkamp, 1995, pp. 83-4.

55) "Foi num acesso de raiva que o deus do amor conduziu os amantes ao casamento e assim à perdição, como se lê freqüentemente. Contrair casamento constitui um modo honroso de romper com a amada. Assim o define Bussy Rabutin. É válido independentemente de todas as qualidades mais insignes: 'il suffit d'etre marié pour ne plus aimer' ou quem quer casar com sua amada quer odiá-la" (ibid., p. 96).

56) Cf. FOUCAULT, Michel. *La volonté de savoir.* Paris, Gallimard, 1976, pp. 140-1. Cf. FARGE, Arlette. "Famílias. A honra e o sigilo", ARIÈS, Philippe e CHARTIER, Roger (orgs.). *História da vida privada*, v. 3, pp. 584-5; DONZELOT, Jacques. *A polícia das famílias*, pp. 49-50; SHORTER, Edward. *A formação da família moderna.* Lisboa, Terramar, 1995, pp. 63-74.

57) Cf. *La sociedad cortesana*, pp. 71-2.

58) Cf. FLANDRIN, Jean-Louis. "A vida sexual dos casados na sociedade antiga", ARIÈS, Philippe e BÉJIN, André (orgs.). *Sexualidades ocidentais.* São Paulo, Brasiliense, 1985, pp. 148-9; ARIÈS, Philippe. "O amor no casamento", ARIÈS, Philippe e BÉJIN, André (orgs.). *Sexualidades Ocidentais*, pp. 153 e 160-2; DONZELOT, op. cit.

o rei. O amor, que, por volta de 1660, se apresenta como saudável, espontâneo, fantasioso, ousado até a frivolidade, submete-se novamente, por volta de 1690, ao controle moral".[59] Uma das formas mais importantes desta procura de legitimação moral para o amor é a tentativa de estabelecer uma ligação com a amizade. Todo o século XVIII é permeado pelo esforço de reformular o código da intimidade, do amor para a amizade íntima. O resultado são as primeiras tentativas de intimização do matrimônio na base, não do amor, mas da amizade. Lentamente se estabelece uma aproximação entre amor e matrimônio, um amor desprovido da retórica do excesso do século anterior. Assim, encontramos no *Traité du vrai mérite de l'homme* de Le Maitre de Claville a seguinte observação: "quero que o amor seja antes a continuação que o motivo do matrimônio; quero um amor produzido pela razão".[60]

O modelo conjugal se constitui no século XVIII contra a paixão, segundo o modelo da amizade. A "perfeita amizade" define a relação dos cônjuges, na qual reina um equilíbrio entre paixão e razão. Amor e amizade são harmoniosamente conjugados no casamento. A introdução da amizade no amor como uma tentativa de libertar a retórica do amor dos componentes do excesso — com o objetivo de dar-lhe uma forma socialmente aceitável — é também uma fórmula eficaz de conjugalização do amor. Durante um tempo parece que amor e amizade podem ser fundidos, e como Luhmann observa, ambos concorrem pela candidatura para determinar o código para as relações de intimidade. Sabemos que foi o amor e não a amizade que saiu vitoriosa nessa competição. Existem diferentes razões que explicam esse fato. Para Luhmann, a amizade não consegue se apresentar como demarcável e diferenciável, numa sociedade na qual imperava uma pressão crescente para a individuação e diferenciação. Apesar da intimização progressiva das relações de amizade, a fixação na virtude no culto da amizade do século XVIII aponta nessa direção. Por outro lado, será o amor e não a amizade que consegue incorporar a sexualidade, tornando-se assim a fórmula fundamental da codificação da intimidade.

Amor e amizade tinham as mesmas chances no começo do século XVIII. A amizade parecia apresentar as vantagens de uma melhor capacidade de generalização e universalização, de uma

---

59) LUHMANN, op. cit., p. 100.
60) Citado em LUHMANN, ibid., p. 103.

pretensão de durabilidade e de ser possível sem relacionamento sexual. Ela atingia a necessária reflexividade social ao nível de individualidade. Deriva daí o privilégio inicial da amizade manifestado no romance sentimental inglês, na literatura alemã, na reflexão psicológica, nas opiniões de luteranos e protestantes britânicos, que sacralizaram o amor divino e amigável como o vínculo natural entre homem e mulher. O amor, em contrapartida, aproveita a revalorização da sexualidade. Para ter sucesso na carreira, não somente é necessário que a sexualidade seja valorizada, mas, o que é tão importante quanto esse fato, ela deve ser conjugalizada, confiscada no matrimônio. Já que, como Luhmann assinala, "parece ser a mesma razão aquela que dificulta, quando não exclui, a concentração de relações altamente personalizadas, caracterizadas por uma interpenetração inter-humana e a aceitação da vida mundana do parceiro e a sua ascensão ao inverossímil sempre que é possível aos parceiros relacionarem-se sexualmente com *outras* pessoas. O conteúdo intimista específico das relações entre pessoas e que passa pela sexualidade é demasiado alto para poder ser ignorado numa outra relação, apenas 'amistosa'. O ônus que outras possibilidades representariam para a intimidade seria, todavia, difícil de suportar. E a consciência mútua dessa problemática, patente numa relação unilateralmente possível, acentuaria ainda mais essa dificuldade. É assim iminente a inclusão das relações sexuais no modelo de comunicação íntima, com o objetivo de não permitir que elas se transformem em fonte de perturbação: enquanto relação com o mundo circundante característica de um dos parceiros do sistema íntimo, elas tornar-se-iam origem de perturbações permanentes".[61]

Na segunda metade do século XVIII, o processo de integração de sexualidade e amor está avançado na França. A Inglaterra experimenta também um crescente interesse pela sexualidade. Na Alemanha, pelo contrário, esse interesse é quase sempre rejeitado.[62] Da mesma maneira, a percepção da amizade na França e na Alemanha difere no que diz respeito ao componente emocional. Na França, o conceito *amitié* assumiu, desde o século XVII, um marcado caráter emocional, aproximando-se da *passion*. Na Alemanha, em contrapartida, foi sublinhado o componente moral junto ao emocional, razão (*Verstand*) e emoção (*Empfindung*)

---

61) Ibid., p. 149.
62) Cf. ibid., pp. 143-5.

integravam-se harmoniosamente nas práticas e na reflexão teórica sobre a amizade.[63] A ancoragem no direito natural da doutrina dos costumes (*Sittenlehre*) com Wolff e Thomasius na virada do século XVII para o XVIII, fez da amizade uma categoria ético-social em cuja base podem ser realizados os princípios de igualdade e reciprocidade. A virtude da amizade teria a função de retirar da relação todo elemento perigoso e ameaçador, ao enfatizar o componente racional.[64] O século XVIII, especialmente entre 1750 e 1850, é considerado o século da amizade na Alemanha. Vários autores têm levantado como causa principal da intensidade da reflexão e da *praxis* da amizade nessa época, o fato de que a falta de grupos de identificação confiáveis, capazes de abarcar a totalidade da sociedade, levou na Alemanha a uma intensificação das relações pessoais. Diferente da situação nas outras nações européias, resultava mais difícil na Alemanha — devido ao caráter específico de seu desenvolvimento nacional — garantir uma estabilidade para a existência nas novas relações sociais. Foi por isso que a amizade e as relações pessoais substituíram o papel desempenhado em outros países por grandes grupos sociais, partidos, classes, etc.[65] O pensamento ético-social como ideal regulador da amizade e do amor racional respondia a uma necessidade de segurança, já que a ancoragem no Estado cristão absolutista tinha perdido, no fim do século XVII, sua consistência. "Aparecia uma necessidade crescente de conceitos imanentes de garantia, que deviam atender às exigências de liberdade, igualdade e reciprocidade. As instituições e práxis do Estado absolutista não podiam preencher esse 'vazio'. O teorema ético-social do amor/ amizade racional pode ser comprendido como a tentativa de compensar o déficit de justificação das instituições ao nível da consciência e dos sentimentos".[66]

Devido ao forte componente universal-racional da amizade

---

63) Cf. MEYER-KRENTLER, Eckhardt. "Freundschaft im 18. Jahrhundert. Zur Einführung in die Forschungsdiskussion", MAUSER, Wolfram e BECKER-CANTARINO, Barbara (orgs.). *Frauenfreundschaft — Männerfreundschaft. Literarische Diskurse im 18. Jahrhundert.* Tübingen, Max Niemeyer, 1991, pp. 10-1.

64) Cf. MAUSER, Wolfram. "Freundschaft und Verführung", MAUSER, Wolfram e BECKER-CANTARINO, Barbara (orgs.). *Frauenfreundschaft — Männerfreundschaft. Literarische Diskurse im 18. Jahrhundert*, pp. 213-4 e 226; SEIDEL, Verbete "Freundschaft", *Historisches Wörterbuch der Philosophie.* Basel, 1972, pp.1109-10.

65) Cf. TENNBRUCK, op. cit., p. 448.

66) MAUSER, op. cit., p. 219; Cf. NÖTZOLDT-LINDEN, op. cit., pp. 50-1.

no romantismo, ela se torna um meio de transgressão dos limites da subjetividade finita. Na França e na Inglaterra, o processo é diferente ao serem enfatizados os componentes emocionais da relação da amizade, diante da Alemanha, onde se tendia a uma harmonização de razão e emoção. Por meio da razão, a personalidade concreta é separada da vida individual subjetiva e incorporada à totalidade, à sociedade. A relação interpessoal é submetida a um processo de despersonalização, desafetivação e universalização. Como conseqüência, o amor aparece unicamente sob a forma do matrimônio, a amizade como sociabilidade e a comunidade como sociedade.[67] Nas correspondências românticas, costuma-se refletir sobre a forma pura da relação de amizade. Ou seja, a personalidade do amigo é posta entre parêntese pois não se tematiza o ser especial do amigo mas o "ser amigo" em geral. O amigo é apreciado como portador da forma da amizade, nunca como o conteúdo; a amizade deve ser dissociada do conteúdo; nos templos da amizade deve ser venerada a forma pura da amizade.

Ao processo de universalização e de despersonalização da amizade no romantismo acompanha uma revalorização do matrimônio e do amor. Assim, para Friedrich Schlegel, a amizade é um "matrimônio parcial" e o amor é "amizade por todas partes e em todas direções matrimônio universal",[68] e para Fichte o "matrimônio é amor e o amor é matrimônio".[69] O casamento representa para Kant uma relação idealizada, um "contrato" pelo qual ambas pessoas obtêm "direitos iguais e recíprocos". A definição kantiana de matrimônio como a "relação de duas pessoas de sexo diferente para a posse recíproca e vitalícia de suas propriedades sexuais", na qual a sexualidade constitui um elemento fundamental do casamento, irritou Hegel que a qualificou de "infame", "bárbara",

---

67) Cf. SALOMON, Albert. "Der Freundschaftskult des 18. Jahrhunderts in Deutschland: Versuch zur Soziologie einer Lebensform", *Zeitschrift für Soziologie*, Jg. 8, 3, 1979, pp. 297-8; SEIDEL, op. cit., pp. 1110-1; RÄNSCH-TRILL, Barbara. "Freundschaft und Liebe in der Philosophie der Romantik", HAGELBROCK, Jürgen (org.). *Philosophie. Anregungen für die Unterrichtspraxis*, Heft 12: Freundschaft und Liebe, Frankfurt am Main, 1987, pp. 30-4; QUATTROCCHI, Luigi. "L'amicizia nella letteratura tedesca del '700: dall'affratellamento pietistico alla tragedia schilleriana", *Il concetto di amicizia nella storia della cultura europea. Der Begriff Freundschaft in der Geschichte der europäischen Kultur*, pp. 335-62.

68) Citado em RÄNSCH-TRILL, ibid., p. 34.

69) Citado em LUHMANN, op. cit., p. 173.

"vergonhosa", "rude".[70] Hegel distancia-se dos românticos, os quais sublinhavam os elementos pré-institucionais, e dos teóricos contratuais como Kant. Vemos assim como o matrimônio é, simultaneamente, enfatizado de uma maneira quase religiosa como imagem da unidade divina, e ironicamente relativizado enquanto instituição, ao se tratar de uma relação perfeita e livre de limitações institucionais.

No fim do século XVIII, estabelece-se uma unidade entre o casamento por amor e o amor conjugal como princípio da perfeição natural do homem, o qual é passível de integrar a sexualidade. Com o duplo movimento de valorização da sexualidade e sua conjugalização, o amor se erige no século XVIII como o código privilegiado das relações de intimidade. Esse processo é acompanhado da consideração progressiva da família, sinônimo do "privado" mesmo, no século XIX. Essa valorização acontece como conseqüência dos processos de intimização e de privatização da sociedade, e também porque a família tornar-se-á um ponto de atuação privilegiado de novas tecnologias de poder, como mostraram, entre outros, Foucault e Donzelot. O dispositivo da sexualidade, como uma das principais formas do biopoder a partir do século XVIII, que se desenvolveu originalmente às margens da família (instituições pedagógicas, direção de consciência), concentrou-se progressivamente nela. Pais e cônjuges tornaram-se os agentes principais desse dispositivo: "Ei-la desde a metade do século XIX, pelo menos, a assediar em si mesma os mínimos traços de sexualidade, arrancando a si própria as confissões mais difíceis, solicitando a escuta de todos os que podem saber muito, abrindo-se amplamente a um exame infinito. A família é o cristal no dispositivo da sexualidade: parece difundir uma sexualidade que de fato reflete e difrata. Por sua penetrabilidade e sua repercussão voltada para o exterior, ela é um dos elementos táticos mais preciosos para esse dispositivo".[71] A revalorização da sexualidade e sua conjugalização e familialização conseguem não somente relegar a amizade a um segundo plano, mas constituem, ao mesmo tempo, uma das principais estratégias da biopolítica moderna.

---

70) Citado em FRESE, Jürgen. Verbete "Familie, Ehe (Unterabschnitte Kant, Romantik, Hegel)", *Historisches Wörterbuch der Philosophie*, 2, 1972, pp. 899-900.

71) FOUCAULT, Michel. *La volonté de savoir*, pp. 146-7.

Familialização do privado

Tomemos agora as principais transformações do século XVIII que provocaram a total familialização do privado no século seguinte.

Durante o Antigo Regime, encontramos uma singular ligação entre família e Estado, na qual o Estado ajuda a família através de diversos instrumentos, que vão desde o surgimento da polícia ao emprego das *lettres de cachet*.[72] O princípio é sempre o mesmo: com o objetivo de defender o segredo da honra familiar, protegê-la dos escândalos e até mesmo de alguns de seus próprios membros, a família deverá revelar seus segredos, seus problemas domésticos, para eles não se tornarem públicos. "O que perturba as famílias são os filhos adulterinos, os menores rebeldes, as moças de má reputação, enfim, tudo o que pode prejudicar a honra familiar, sua reputação e sua posição. Em compensação, o que inquieta o Estado é o desperdício de forças vivas, são os indivíduos inutilizados ou inúteis".[73] Convergem os interesses do Estado com os da família, a qual obtém sua tranqüilidade pela moralização dos comportamentos, e o poder do Estado mediante o tratamento dos miseráveis. A polícia, expressão de um poder pastoral e de uma biopolítica em progressiva hegemonia do corpo social — como Foucault sublinhou nos anos setenta —, apóia-se no poder familiar, exerce seu controle, prometendo paz, tranqüilidade e felicidade, fazendo o trabalho sujo sem que as famílias sujem as mãos. O ganho é duplo, a família preserva a sua privacidade e o Estado a obriga a cortar laços, restringir solidariedades e a se fechar sobre si mesma.

Já foi assinalado como entre os séculos XVI e XVIII a família, centro de blocos de dependência e redes de solidariedade, não esgotava a esfera do privado nem monopolizava a afetividade. Na França, a total privatização e familialização do privado no século XIX foi precedida de uma época, durante a Revolução, de verdadeira infiltração do público no privado. Trata-se de uma politização do privado, da total agressão à família, em que privado é sinônimo de sedição e conspiração, e a transparência

---

72) Cf. DONZELOT, op, cit., pp. 50-1; FARGE, op. cit., pp. 598-601 e 605-6.; HUNT. *The family romance of the French revolution*, pp. 19-20 e 40-1.

73) DONZELOT, ibid., p. 29.

torna-se virtude a ser defendida ante as artimanhas do fingimento, da aparência, da dissimulação e da polidez. Nas descrições iconográficas da época, nas quais o "romance familiar" paternal foi substituído pelo fraternal, proliferam crianças órfãs, bastiões da virtude republicana.[74] Como conseqüência e reação à total politização do privado nos anos posteriores à revolução, aparece a família triunfante do século seguinte: "Não resta dúvida que o desenvolvimento do espaço público e a politização da vida cotidiana foram definitivamente responsáveis pela redefinição mais clara do espaço privado no início do século XIX. O domínio da vida pública, principalmente entre 1789 e 1794, ampliou-se de maneira constante, preparando o movimento romântico de fechamento do indivíduo sobre si mesmo e da dedicação à família, em um espaço doméstico determinado com uma maior precisão".[75]

Trata-se, no entanto, da situação específica da França. Existem uma série de fatores que contribuíram para esse movimento de hegemonia familiar para além do âmbito especificamente francês. Entre os mais importantes, merecem ser mencionados os seguintes: primeiro, a capacidade de introduzir o amor no casamento e a posterior incorporação da sexualidade; segundo, a focalização na família (devido a esse processo de familialização da sexualidade) de novas estratégias do (bio) poder; terceiro, os novos papéis desempenhados pelo Estado e a crescente decomposição das redes de solidariedade e da sociabilidade pública, isto é, o processo de despolitização e perda do mundo compartilhado próprio da modernidade, do qual a família oitocentista é, simultaneamente, causa e efeito; quarto, a passagem de um "dispositivo da aliança" para um "dispositivo da sexualidade", bem como do erotismo para a sexualidade; quinto, a criação da categoria "homossexual", que levou a questionar tanto as formas de sociabilidade masculinas, quanto as amizades entre homens e entre mulheres; finalmente, a invenção da infância e posteriormente da adolescência, responsáveis pelo fortalecimento da estrutura familiar.

A família se converteu no principal teatro da vida privada no século XIX, desligando-se lentamente de sistemas de

74) Cf. HUNT. *The family romance*, p. 86; Cf. HUNT. "Revolução Francesa e vida privada".
75) Cf. HUNT. "Revolução Francesa e vida privada", pp. 21-2.

parentesco e redes de solidariedade mais amplos.[76] Na França, a família foi reabilitada em 1794, como modelo para uma nova política; valores familiares foram reforçados e a imagem da boa mãe, que reconhece e afirma seu lugar doméstico, foi revalorizada. Assim, um panfleto de 1797 reivindicava a necessidade de restabelecer a ligação entre ordem social e valores familiares: "O matrimônio prepara o governo da família e produz a ordem social; ele estabelece os graus de subordinação necessários à ordem. O pai é a cabeça pela força, a mãe a mediadora pela delicadeza e a persuasão, as crianças são sujeitos e torna-se-ão cabeças na sua vez. Eis o protótipo de todos os governos".[77]

O pensamento pós-revolucionário efetuou uma reflexão sobre a domesticidade e sobre a família como célula de base. Um pensamento que, aliás, se desenvolveu em um contexto europeu. Uma série de autores realizaram uma considerável reflexão filosófica que legitimou o papel que a família foi chamada a exercer. Na Inglaterra, evangélicos e utilitaristas concorreram na elaboração de um pensamento da domesticidade no começo do século XIX.[78] Na Alemanha, como já foi assinalado, amor, amizade e casamento podiam conviver harmoniosamente. Para Hegel, o indivíduo se subordina à família, parte essencial da sociedade civil e garantia de moralidade natural. Para Kant, o direito doméstico representa o triunfo da razão e a casa, o fundamento da ordem social e da moral. Na França, na época pré-revolucionária, Rousseau já tinha lançado as bases de um novo pensamento familialista, como espaço privilegiado na construção da felicidade e como célula de uma nova sociedade.[79] O pensamento pós-revolucionário apresenta

---

76) Existe consenso na literatura, sob as mais diversas abordagens, sobre esse ponto. Cf. (entre outros) HUNT. *The family romance*, p. 86; HUNT, "Revolução Francesa e vida privada"; PERROT, Michelle. "A família triunfante", e "Funções da família"; CORBIN, Alain. "A relação íntima e os prazeres da troca" e "Gritos e cochichos", todos em PERROT, Michelle (org.). *História da vida privada*, v. 4; DONZELOT, op. cit.; FOUCAULT, Michel. *La volonté de savoir*; ELIAS, *Über den Prozess der Zivilisation*; ELIAS. *La civilización cortesana*; ARIÈS, Philippe. "Por uma história da vida privada", op. cit.; ARIÈS, Philippe. "O amor no casamento" e "O casamento indissolúvel", ARIÈS, Philippe e BÉJIN, André (orgs.). *Sexualidades ocidentais*; LUHMANN. *Liebe als Passion*; VINCENT-BUFFAULT, op. cit.; SENNETT, Richard. *The fall of public man*.

77) Citado em HUNT. *The family romance*, p. 161; cf. pp. 151-4 e 190.

78) Esse novo pensamento apresentava uma dicotomia entre homem público e mulher privada, um mundo masculino, o público, e um feminino, o privado, que incluía conotações religiosas: a esfera pública era considerada como perigosa e amoral. Cf. HALL, Catherine. "Sweet Home", PERROT, Michelle (org.). *História da vida privada*, v. 4, pp. 53-87.

79) Cf. SOARES, Gabriela Bastos. *Refúgio no mundo do coração: um estudo sobre o amor na obra de Rousseau*, dissertação de mestrado, IMS/UERJ, Rio de Janeiro, 1997.

uma convergência de liberais e tradicionalistas na tentativa de revalorização da família. Enquanto para os primeiros ela representa a chave da felicidade e do bem público, os segundos desenvolveram uma tripla ofensiva familialista sob a restauração: religiosa, patriótica e ideológica. Como observa Michelle Perrot, "A família fundamento do Estado monárquico é em si mesma uma monarquia paterna, uma sociedade de linhagem que garante a estabilidade, a duração, a continuidade. O pai é seu chefe-natural, como o rei-pai é o chefe natural da França, a qual também é uma 'casa'. Restaurar a monarquia equivale a restaurar a autoridade paterna".[80]

Até mesmo os críticos da família, como os socialistas, raramente pensam na sua eliminação. Finalmente, os anarquistas vêem na família a base de um espaço privado que, ao engolir o público, aniquila o Estado. O pensamento familialista percorre, assim, todo o espectro político.[81] As funções dessa nova família são inúmeras: "Elemento essencial da produção, ela assegura o funcionamento econômico e a transmissão dos patrimônios. Como célula reprodutora, ela produz as crianças e proporciona-lhes uma primeira forma de socialização. Garantia da espécie, ela zela por sua pureza e saúde. Cadinho da consciência nacional, ela transmite os valores simbólicos e a memória fundadora. É a criadora da cidadania e da civilidade".[82]

No século XIX, a família é a norma, o padrão de normalização, criando instituições e zonas de exclusão; solteiros, vagabundos, dândis, bandidos e boêmios se definem em função dela. Especialmente a sexualidade constitui uma das expressões mais fortes da força normativa da família, na forma de uma sexualidade familializada e conjugalizada: a sexualidade do casal heterossexual. A família como "cristal da sexualidade", capaz de transitar entre sexualidade e aliança, é, segundo Foucault, "o permutador da sexualidade com a aliança: transporta a lei e a dimensão do jurídico para o dispositivo da sexualidade; e a economia do prazer e a intensidade das relações para o regime da aliança"; e continua, "essa fixação do dispositivo de aliança e do dispositivo de sexualidade da família permite compreender certo número de fatos:

---

80) "A família triunfante", p. 98; cf. pp. 93-9.
81) Cf. ibid., pp. 100-3.
82) Cf. PERROT, "Funções da família", PERROT, Michelle (org.). *História da vida privada*, v. 4, p. 105.

que a família se tenha tornado, a partir do século XVIII, lugar obrigatório de afetos, de sentimentos, de amor; que a sexualidade tenha, como ponto privilegiado de eclosão, a família".[83] Um conjunto de expertos: médicos, sexólogos higienistas, psicólogos e pedagogos ajudaram a família na tarefa de resolver o "jogo infeliz" entre aliança e sexualidade, que produziu uma série de novas figuras, como a mulher histérica, a esposa frígida, o marido sádico, a criança masturbadora e o jovem homossexual.

Devemo-nos voltar agora para o destino da amizade, a qual entrou, na virada para o século XIX, em declínio. Tendo perdido a concorrência com o amor na determinação do código da intimidade, não poderá competir também com a família, que detém o monopólio afetivo, e padecerá sob os efeitos da concentração de um dispositivo de saber-poder (o dispositivo da sexualidade) na estrutura familiar.

Declínio da amizade

No século XVIII, a amizade ainda está ligada ao público ou, mais exatamente, ocupa um lugar entre público e privado. Para além das associações, sociedades e círculos de amigos, nos quais a amizade é um componente essencial, os tratados da época costumam misturar elogios da amizade com conselhos sobre como se conduzir na relação. Esses conselhos se aproximam da civilidade, a qual fazia parte de uma esfera pública em emergência. Amizade e polidez aparecem ligadas, como Mme de Lambert observa: "Os homens só te são devedores na medida em que tu lhes agrades. Faze de tal modo que tuas maneiras ofereçam amizade e a solicitem. Todos os deveres da polidez estão encerrados nos deveres da perfeita amizade".[84]

Cultiva-se na época uma concepção generalizada, ampliada, da amizade na base de uma sociedade civil pacificada. Amizade e sociabilidade se encontram numa relação de continuidade, que se estende do privado e íntimo ao público.[85] O objetivo é chegar a um

---

83) *La volonté de savoir*, p. 143.

84) Citado em VINCENT-BUFFAULT, op. cit., p. 63.

85) É nesse sentido que o Marquês de Caracciolli afirma que "todo homem digno de ser amigo é naturalmente sociável e devemos rir de certas amizades inglesas que se prendem apenas a uma pessoa e que sentem aversão pelo resto do gênero humano" (citado em ibid., p. 64).

vínculo de simpatia universal entre os homens, um amor pela humanidade, em que todos os homens seriam amigos. Desse modo, encontramos na França e na Alemanha a mesma dinâmica de universalização do vínculo da amizade, na tentativa de esticar o abraço amical até abranger toda a humanidade. Essa situação muda na metade do século, quando o estilo dos tratados se hiperboliza e exalta. O ideal de comedimento, de moderação do sentimento pela razão é relevado por uma visão exagerada, intensa da amizade. As conseqüências são várias, pois, por uma parte, a amizade se aproxima da lógica do amor-paixão, e, pela outra se afasta da ordem da civilidade. Já foi apontado acima como a ordem da sociabilidade, da qual a amizade fazia parte, se desfaz no século XVIII, tornando-se um formalismo vazio e obsoleto. A nova amizade será mais íntima, mais privada, mais afetiva e exclusiva, e, em conseqüência, menos política. Uma amizade que, segundo Dupont de Nemours não difere do amor "senão por algumas nuanças de prazer físico, algo de que ela mesma não está privada", já que como ele, a amizade tem "desejos, carícias, lágrimas, sorrisos, batimentos de coração, uma volúpia, inquietações delicadas que chegam até o ciúme".[86]

As fraturas no discurso da amizade no século XIX, quando os tratados da amizade são substituídos pelos familiares e a amizade é relegada à adolescência, já se anunciam no final de século XVIII. Vincent-Buffault seleciona três momentos que antecipam as cesuras e o declínio da amizade. O primeiro seria o caso de Saint-Just que, nas *Institutions républicaines*, institui a amizade como base da virtude republicana; uma amizade que traduz a unidade coletiva, a qual deve ser praticada obrigatoriamente e submetida à publicidade e ao controle da comunidade. Nos templos, onde o povo se reúne, todos os indivíduos devem prestar contas de suas amizades.[87] A amizade passa assim por um período de

86) Citado em ibid., p. 72.

87) Segundo Vincent-Buffault (ibid., pp. 83-4), "essa confusão das fronteiras entre público e privado decorre da dificuldade que Saint-Just experimenta em aliar a naturalidade do social às ameaças de vê-lo explodir. Ao soldar os átomos individuais em uma rede de afinidades declaradas e indissolúveis, sem recurso possível a uma mediação coletiva; ao tornar os indivíduos nominalmente responsáveis por seus amigos; ao regulamentar a prática cotidiana da virtude, ele pretende criar uma República saneada de todo regime de corrupção ou de traição e isenta até de qualquer suspeita, de qualquer opacidade. A amizade é caução da comunidade soldada pelo juramento. Ela está, por assim dizer, sob a vigilância do povo reunido".

hiperpolitização antes de ser des-politizada totalmente no século XIX. Além disso, a amizade republicana possui o rosto da fraternidade. A segunda ruptura representam as *Lettres sur la sympathie* de Sophie Condorcet, nas quais, sob a influência de Shaftesbury, Hume e Adam Smith, se introduz a teoria do sentimento e a moral da simpatia nas relações de amizade. Como resposta à lógica mercantilista e economicista, a simpatia, na base da amizade, excede o cálculo de interesses e as trocas do jogo de mercado. Finalmente, Germaine de Staël traz de novo a temática da relação amor-amizade para o centro da discussão no seu livro *De l'influence des passions sur le bonheur des individus et des nations*. Nele, diante da oposição tradicional, que privilegiava a moderação da amizade às desordens do amor-paixão (Montaigne opunha o "calor da amizade" à "chama temerária e volúvel" do amor), a paixão será reabilitada em detrimento do amor. A amizade apresenta-se como um ideal impossível, e a paixão, que permite ao indivíduo das sociedades liberais afirmar sua singularidade, é privilegiada. Doravante, como vimos, será o amor e não a amizade o código privilegiado das relações de intimidade. A amizade parece demandar qualidades específicas, exige um determinado modo de vida, cuidados constantes que a dotam de um caráter elitista e aristocrático, restrita a poucos, enquanto o amor se apresenta como fenômeno universal, um sentimento compartilhado por todos os indivíduos no século XIX.

Com a virada para o século XIX, "a amizade vai se descobrir dividida entre a exaltação do amor romântico e a intensificação dos vínculos familiares em sua versão nuclear, em particular conjugal. A amizade e depois o amor, sob a forma de um romantismo domesticado que faz sua entrada progressiva no casamento, vão dar lugar a uma profusão de discursos tanto literários quanto médicos. O discurso sobre a amizade tende então a escassear e a se concentrar em suas funções educativas".[88]

Uma das principais transformações, que no futuro determinarão o destino da amizade, é a dissolução da distinção entre amizade e

---

88) Ibid., p. 90. Cf. COSTA, *Sem fraude nem favor*, p. 70: "Esse veio do romantismo foi temperado pelo romantismo conformista, de acordo com os interesses familiaristas da sociedade burguesa em geral. Em trabalhos de sexólogos, psiquiatras, higienistas, moralistas, reformistas morais, filantropos etc. o romantismo literário sempre foi duramente criticado, em nome de um amor prudente, voltado à reprodução da espécie e à manutenção da ordem social".

família, a qual tradicionalmente demarcava ambos domínios. Com o recurso à intimidade e à confiança, as relações de amizade serão introduzidas na família, entre irmãos, cônjuges e pais e filhos. A nova amizade familiar abjura da noção de livre escolha, ao se apoiar nesses valores, que possibilitam o seu deslocamento para o seio da família. Aparecem novos tratados como o de Émile Faguet que ensina como cultivar a amizade sendo um homem casado. O par conjugal será a nova figura a sobressair no século XIX, passível de integrar valores fundamentais da amizade. Paradoxalmente, essa aproximação dos cônjuges teve como conseqüência a incompatibilidade entre amizade e casamento entre homem e mulher, o que era perfeitamente possível no século XVIII. O modelo conjugal define as amizades, promove-as entre casais e procura criar um grupo de amigos da família, relegando as amizades intensas a uma etapa da vida, a adolescência, a qual será cercada de um dispositivo de saber-poder. A intensificação da esfera doméstica dissolve o vínculo entre amizade e sociabilidade, entre público e privado, que, durante a modernidade, definia as relações de amizade. A família consegue tornar-se o pivô fundamental das relações de sociabilidade e afetividade no século XIX.

De forma análoga à descoberta da família como alternativa à sociabilidade pública, a infância é descoberta como um etapa especial do ciclo biológico humano, a qual somente pode desenvolver-se dentro dos limites da esfera familiar. A mistura entre adultos e crianças desaparece, o espaço público é limitado aos adultos e as crianças relegadas à esfera doméstica ou a instituições como colégios e conventos. Com isso, a descoberta da infância antecede e é um dos fatores determinantes da aparição da família moderna.[89] A adolescência investida por um dispositivo de saber-poder (médico-higienista e psicopedagógico) aparece no centro de uma nova série de instituições que ganham uma maior problematização no século XIX: a família e a escola. Se a problematização da infância é contemporânea da reinvenção da família moderna, a adolescência foi problematizada a partir da reorganização das práticas escolares

---

89) Cf. AYMARD, op. cit., pp. 490-6; SENNETT, *The fall of public man*, pp. 91-4; CÉSAR, Maria Rita de Assis. *A invenção da adolescência no discurso psicopedagógico*, dissertação de mestrado, Faculdade de Educação — UNICAMP, Campinas, 1998; PERROT, Michelle. "Figuras e papeis", PERROT, Michelle (org.). *História da vida privada*, v. 4, Da Revolução Francesa à Primeira Guerra. São Paulo, Companhia das Letras, 1997, pp. 148ss. e 162ss; ARIÈS, Philippe. *L'enfant et la vie familiale sous l'Ancien Régime*. Paris, Seuil, 1973.

e correcionais pelas práticas médicas.[90] Na virada para o século XX, aparece um novo objeto de estudo das ciências médicas e psicopedagógicas, um novo saber que é acompanhado de novos dispositivos de poder, instituições novas ou reconfiguradas pelo discurso, cujo objetivo é produzir a adolescência, visando o desenvolvimento de um adulto "ideal". Instaura-se um modelo pedagógico em torno da criança e do adolescente que Donzelot carateriza como uma "liberdade vigiada".[91]

A adolescência já tinha sido definida por Rousseau no *Émile* como um momento crítico, pois corresponde precisamente ao momento de formação da identidade sexual. Será precisamente o sexo do colegial, junto ao sexo da mulher, o objeto privilegiado do dispositivo de sexualidade: masturbação, homossexualidade latente, amizades particulares; todos esses fantasmas conjurados pelo dispositivo psicopedagógico que ameaçam o desenvolvimento normal do adolescente, no cerne de tarefas educativas e ansiedade social, demandam novas pedagogias e mostram a insuficiência da família. A amizade é deslocada para um universo, a adolescência, disputada por um exército de pais, professores, padres, psicólogos, psiquiatras, higienistas, sexólogos e pedagogos. Será, pois, submetida a uma vigilância constante. Relegar a amizade à adolescência supõe mudar uma visão, que remonta à Antigüidade, especialmente a Aristóteles, segundo a qual as amizades dos adolescentes são amizades prazerosas, inconstantes e fugazes que nunca podem constituir verdadeiras e perfeitas amizades (*teleia philia/amicitia vera*).

No século XIX, a amizade é banida para a adolescência, para a juventude. As amizades íntimas são toleradas e até estimuladas nessa fase da vida, sempre sob o olhar vigilante de pais e educadores. Colégios e conventos, instituições em que a amizade juvenil se desenvolve sob um regime de estrita separação dos sexos, proliferam nos séculos XVIII e XIX, criando inquietação e promovendo relações de vigilância recíproca: preceptores e professores, responsáveis das instituições, têm como missão promover um controle permanente e contínuo segundo um modelo panóptico.[92] Amizades são encorajadas e impossibilitadas

---

90) Cf. CÉSAR, Maria Rita de Assis, ibid., p. 19.
91) Op. cit., p. 48.
92) Cf. VINCENT-BUFFAULT, op. cit., pp. 109-12.

simultaneamente nos colégios, pois, se, por um lado, através da exclusão de laços de família e desigualdades sociais, se fornece às classes uma coesão especial que possibilita a criação de solidariedades e amizades intensas, por outro lado, pela competição, vigilância constante, procedimentos de delação e castigo corporal, procura-se romper a solidariedade e as amizades entre alunos, promovendo um vínculo vertical entre aluno e mestre.[93]

Foucault assinalou que nos colégios e nas instituições de ensino do século XVIII tudo gira em torno do sexo, da sexualidade do adolescente, a qual deve ser submetida a uma vigilância obsessiva. O sexo do colegial e do adolescente em geral torna-se, desde o século XVIII, um assunto público capaz de mobilizar médicos, diretores de estabelecimentos, professores, famílias e pedagogos.[94] A pastoral católica contribuíra para a discursivização do sexo do adolescente, ao produzir no século XIX um discurso sobre as amizades de juventude, no qual se conjuga uma tentativa de repressão com uma obsessão pela sexualidade adolescente.

Essa cruzada pela vigilância da sexualidade do adolescente apresenta-se, num primeiro momento, como um combate contra o onanismo, o qual, ainda no século XVIII e primeira metade do XIX, está afastado dos fantasmas da homossexualidade. A entrada da homossexualidade no discurso médico, com a construção da figura patológica do homossexual não acontecerá até 1870, como Foucault, entre outros, procurou demonstrar: "A sodomia — a dos antigos direitos civil e canônico — era um tipo de ato interdito e o autor não passava de seu sujeito jurídico. O homossexual do século XIX torna-se um personagem; um

---

93) Cf. AYMARD, op. cit., p. 493. Vincent-Buffault (cf. ibid., pp. 109-12) ressalta que nos conventos as relações entre educadoras e alunas são relações de catequese e autoridade moral, nas quais, principalmente através de um princípio de permuta das educadoras, procurava-se evitar a formação de amizades intensas. Nos conventos de moças, reina um espírito de intercambiabilidade das afeições, pois as preferências afastariam as alunas da verdadeira caridade.

94) "Falar do sexo das crianças, fazer com que falem dele os educadores, os médicos, os administradores e os pais. Ou então, falar de sexo com as crianças, fazer falarem elas mesmas, encerrá-las numa teia de discurso que ora se dirigem a elas, ora falam delas, impondo-lhes conhecimentos canônicos ou formando, a partir delas, um saber que lhes escapa — tudo isso permite vincular a intensificação dos poderes à multiplicação do discurso. A partir do século XVIII, o sexo das crianças e dos adolescentes passou a ser um importante foco em torno do qual se dispuseram inúmeros dispositivos institucionais e estratégias discursivas" (FOUCAULT, Michel. *La volonté de savoir*, pp. 41-2).

passado, uma história, uma infância, um caráter, uma forma de vida; também é morfologia, com uma anatomia indiscreta e, no fim das contas, escapa à sua sexualidade. Ela está presente em todo ele: subjacente a todas as suas condutas, já que ela é o princípio insidioso e infinitamente ativo das mesmas; inscrita sem pudor na sua face e no seu corpo já que é um segredo que se trai sempre. É-lhe consubstancial, não tanto como pecado habitual, mas como natureza singular".[95]

A entrada da homossexualidade no campo da reflexão médica na segunda metade do século XIX é uma das causas principais do declínio da amizade nas sociedades ocidentais. Já foi ressaltado como novas atitudes de intolerância ante a homossexualidade levaram, a partir do século XIII, ao declínio da amizade — que teve seu apogeu no século anterior. A criação da categoria de "homossexualidade" por um saber médico derivará numa desconfiança e receio ante as relações de amizade íntima, as quais estarão, doravante, sob a ameaça do desvio. Foucault e Ariès apontaram para essa correlação entre patologização da homossexualidade e o enfraquecimento do papel desempenhado pela amizade nas nossas sociedades. Ariès acrescenta a esses dois elementos o prolongamento da adolescência e seu deslocamento para o centro da sociedade. Assim, "nas últimas décadas, ela (a amizade) foi até mesmo investida de uma sexualidade consciente, que a torna ingenuamente ambígua ou vergonhosa. A sociedade a reprova entre homens de idades muito diferentes: hoje o velho e o menino de Hemingway, ao retornarem de seu passeio no mar, despertariam as suspeitas da polícia de costumes e das mães de família".[96]

Em 1898, com a introdução do termo "homossexualidade latente" por Féré, aparece uma ansiedade nova que habitará o imaginário pedagógico e que centrará mais sua atenção sobre as amizades juvenis. Amizades que, no século XIX, se caracterizam por uma grande efusividade e emocionalidade. No

---

95) Ibid., p. 59. Cf. FOUCAULT. "Non au sexe roi", *Dits et écrits*, III, pp. 260-1; "Entretien avec M. Foucault", *Dits et écrits*, IV, pp. 293-4; "Une interview de Michel Foucault par Stephen Riggins", *Dits et écrits*, IV, p. 532; COSTA, Jurandir Freire. *A inocência e o vício. Estudos sobre o homoerotismo.* Rio de Janeiro, Relume Dumará, 1992; ARIÈS, "Reflexões sobre a história da homossexualidade", op. cit., pp. 80-2; VINCENT-BUFFAULT, op. cit., pp. 112ss.; CORBIN, Alain. "Gritos e cochichos", op. cit., pp. 586-9.

96) ARIÈS, ibid., p. 85. Cf. FOUCAULT, Michel. "Michel Foucault, une interview: sexe, pouvoir et la politique de l'identité", *Dits et écrits*, IV, pp. 744-5.

século XVIII, na França, a amizade possuía um caráter mais emocional do que na Alemanha, em que se procurava o equilíbrio entre razão e sensibilidade. A amizade juvenil do século XIX recupera esse caráter sentimental, um amor-amizade que se servia de formulações extasiadas, de mostra de afetividade e carícias, que acompanham as inquietudes da alma, as conversas filosóficas e poéticas. Um tom afetivo e lírico que é reservado para a adolescência, etapa pré-nupcial e amorosa.[97] Certas amizades demasiado apaixonadas, íntimas, afetivas e exclusivas inquietam pedagogos e pais. Os colégios são questionados por confessores e publicistas com base nos perigos da homossexualidade. Chega-se até a pregar a abolição dos internatos na França. A lógica da separação dos sexos que reinava nos internatos (modelo de disciplina e fraternidade viril) e nos conventos (construção do personagem da moça) é questionada seriamente. Henri de Sainte-Claire Deville faz a seguinte advertência em 1871: "O que se passa em um rebanho se passa igualmente em uma reunião de crianças do sexo masculino, seja ela qual for, protegida pelas regras da vigilância, por mais rigorosa que seja, dia e noite".[98] Os perigos que a homossexualidade representa levam a abrandar as regras de separação dos sexos a permitir o flerte nas organizações de ensino. Com isso, a amizade perde a função de preâmbulo que tinha nas instituições pedagógicas. A homossexualidade latente é a ameaça constante para a constituição heterossexual do adulto, daí a extrema vigilância dedicada às amizades. Os médicos chamam a atenção dos adultos "normais" por meio de lembranças enterradas da adolescência, como ressalta no final do século XIX Laupts no seu livro *Tares et raisons. Perversions*

---

97) Saint-Beuve escreve em 1826 ao amigo Aimé: "Quanto a mim, meu fraco é acreditar em meus instantes de devaneio, que jamais tive e jamais terei um ano mais feliz que esse que passei na rue Blanche repetindo minha retórica. (...) Tu te lembras sem dúvida daqueles grandes colóquios filosóficos que tínhamos a três, com Charles, seja no bosque do jardim, seja no teu quarto (...). No entanto, se nos examinares ali de perto, vais te lembrar que tinhas também longos instantes de tristeza e que muitas vezes falavas de tuas contrariedades. De minha parte, lembro-me bem de que tinha na época, como hoje, terríveis acessos de melancolia e de desgosto de tudo (...). Que tem então esse tempo para ser digno de tantas nostalgias? Antes de mais nada, tem a vantagem de ser passado; depois, é que, se tínhamos algum pesar, melancolia ou tolice dessa espécie, tínhamos a vantagem de nos contarmos tudo isso sem nada omitir" (citado em VINCENT-BUFFAULT, p. 119).

98) Citado em ibid., op. cit., p. 113.

et perversités sexuelles, prefaciado por Zola: "Há em nossos costumes e nossos hábitos este ponto neglicenciado: de não prever, nas casas de educação, o despertar da puberdade com todas as suas funestas conseqüências. Seria preciso estabelecer, para esse período da vida, um sistema de derivativos, exercícios físicos e intelectuais, que façam engrossar os músculos, ocupem a imaginação e fatiguem sem exaustão o organismo. Quantos homens, e não dos menores, eminentes e normais, enrubesceriam — para não dizer deveriam enrubescer — à lembrança do que disseram, ouviram ou fizeram nessa época de sua existência. Qual não seria seu espanto se soubessem discernir, nas suas lembranças passadas da época de sua puberdade, o papel que o instinto sexual desempenhou, muitas vezes sem que o soubessem, na história e no desenvolvimento de suas primeiras amizades".[99]

Uma nova representação do psiquismo aparece, a pulsão traz à tona o sexo do sujeito sem ele perceber, o adulto carregará o estigma, o traço deixado pelas afeições intensas das amizades vividas na adolescência. A homossexualidade latente precede todas as afeições, criando um clima de obsessão ante a ameaça da perversão. O sonho, a exaltação, a afetividade, o imaginário são perseguidos, já que podem afetar o desenvolvimento de uma sexualidade 'normal' e sã, destinada à procriação. Os médicos do século XIX desencorajaram abertamente as amizades da adolescência, fase de transição, que deveria ser protegida, "É preciso reprimir, nas jovens, as amizades demasiado ternas, os pequenos ciúmes, os elogios excessivos, as adulações, os ardores, a afetação, o espírito de dissimulação, defeitos comuns de seu sexo."[100]

A constituição de uma *scientia sexualis* levou a considerar a amizade como uma forma de sexualidade sublimada; o que não tem relação com a ligação tradicional com o Eros da amizade, como ressalta Paul Veyne no seu livro sobre René Char: "As pessoas que não têm o sentido do Eros não chegam a compreendê-lo senão pelo sexo ou o superego; elas ignoram a positividade do Vazio, do Desconhecido".[101] A ligação de amizade

---

99) Citado em ibid., p. 115.
100) Citado em ibid., p. 116.
101) Citado em ibid., pp. 142-3.

e sexualidade, a sexualização da amizade, é um fenômeno recente, datado do último terço do século passado, que levou a modificar a visão sobre o vínculo amical, especialmente entre os adolescentes. Doravante, a sombra da homos-sexualidade pesará sobre as amizades. Já a romancista George Sand analisava as suas amizades com esse novo olhar que o século XIX deixou como herança para o nosso: "Desde minha infância, desde minha juventude, eu me entusiasmava por esses grandes exemplos da Antigüidade, em que não percebia malícia. *Foi preciso, mais tarde, aprender que ela era acompanhada desse desvio insensato e doentio* (...). *Isso me causou uma espécie de pavor, como tudo que carrega a marca da aberração e da depravação.* Eu via heróis tão puros, e agora devia concebê-los tão depravados e tão selvagens! Assim, fui tomada de uma repugnância que chegou à tristeza quando, na idade que se pode ler tudo, compreendi a história de Aquiles e Patroclo".[102]

Esse novo olhar é um dos efeitos do dispositivo de sexualidade, da politização da vida "nua", que desemboca na caça incessante de sexualidades periféricas, na incorporação de perversões e numa nova especificação dos indivíduos. No entanto, até o século XIX, as amizades intensas podiam ser vividas sem o estigma, o peso, a ameaça do desvio, na forma dessa homossexualidade latente.

> "Basta lermos a quantidade de formulações extáticas, incluindo a dimensão corporal, que o culto, religioso e profano, do amor que se dedica ao amigo produziu. Que amigos cubram um ao outro com mil beijos e que caiam nos braços um do outro (inclusive em uma cabana no fundo dos bosques); que repousem (ao exemplo de João e Cristo) no seio um do outro e que falem ingenuamente de efusões de coração — todas essas formulações não poderiam ter sido escritas dessa maneira se os autores tivessem que temer que, a partir delas, se imaginasse que o pensamento em seus próprios corpos lhes havia conduzido à pena".[103]

Ainda hoje vivemos nesse clima de desconfiança diante da amizade; mostrar afeto nas relações de amizade continua sendo

---

102) Citado em ibid., p. 184 (os grifos são meus).
103) LUHMANN, Niklas, op. cit., pp. 145-6.

difícil — especialmente entre homens —, como se velhos fantasmas ainda ameaçassem comprometer um desenvolvimento "normal" da personalidade.[104] Desde a segunda metade do século XIX, as efusões sentimentais na amizade perderam terreno em nome de um ideal viril e fraternal de amizade. A obsessão pela virilidade na amizade somente encontrará uma trégua nos momentos criados pela sociabilidade da bebida. Várias amizades célebres da época são exemplos desse desprezo pelas efusões entre homens, consideradas efeminadas, pelos elementos corporais e emocionais contidos na amizade, levando a cultivar uma relação puramente intelectual e desafetivada. Assim Renan, referindo-se a sua amizade com Berthelot, observa: "Jamais houve entre nós, eu não diria um relaxamento moral, mas uma simples vulgaridade. Sempre estivemos um com o outro como se está com uma mulher a quem se respeita. Quando procuro figurar o par de amigos únicos que fomos, imagino dois padres de sobrepeliz de braços dados. Esse traje não os constrange para falar de coisas superiores; mas não lhes vem, assim vestidos, a idéia de fumar um charuto juntos, ou de dizer palavras mesquinhas ou de reconhecer as mais legítimas exigências do corpo".[105]

Diante dessa amizade desafetivada e intelectualizada, surge também na mesma época uma corrente de amizade masculina

---

104) Existe uma ampla literatura, principalmente de caráter sociológico ou social-psicológico, que ressalta essa incapacidade de mostrar afeto, sensualidade nas amizades masculinas, em contraste com as femininas, nas quais as demonstrações de afeto foram historicamente toleradas — especialmente antes de que a suspeita de lesbianismo recaísse sobre as amizades românticas femininas, como veremos mais adiante —, Cf. BELL, Robert R. *Worlds of friendship.* Beverly Hills/Londres, Sage Publications, 1981, pp. 77-84; MILLER, Stuart. *Men and friendship.* Boston, Houghton Mifflin, 1980; EICHENBAUM, Luise e ORBACH, Susie. *Bitter und süss. Frauenfeindschaft — Frauenfreundschaft.* Düsseldorf, Wien, Nova York, 1987; HAYS, Robert B. "Friendship", DUCK, Steve (org.). *Handbook of personal relationships.* Chichester/Nova York/Brisbane/ Toronto/Singapura, John Wiley & Sons, 1988; TIGER, Lionel. "Sex-specific friendship", LEYTON, Elliott (org.). *The compact. Selected dimensions of friendship.* Nowfondland, University of Newfondland Press, 1974; BELL, Robert R. "Friendship of women and of men", *Psychology of Women Quarterly,* 5 (3), 1981; WINSTEAD, Barbara A. "Sex differences and same-sex friendships", DERLEGA, Valerian J. e WINSTEAD, Barbara A. (orgs.). *Friendship and social interaction.* Nova York/Berlim/Heidelberg/Tóquio, Springer-Verlag, 1986; LIMB, Sue. "Female friendship" e NEVE, Michael. "Male friendship", PORTER, Roy e TOMASELLI, Sylvana (orgs.). *The dialectics of friendship,* op. cit., pp. 45-75; AUHAGEN, Ann Elisabeth. *Freundschaft im Alltag. Eine Untersuchung mit dem Doppeltagebuch.* Berna/Stuttgart/Toronto, Verlag Hans Huber, 1991.

105) Citado em VINCENT-BUFFAULT, op. cit., p. 176.

que estimula a licenciosidade e a troca de confidências (sobretudo sexuais), criando um clima de familiaridade, cuja função é precisamente promover um ideal viril de amizade, mediante o uso de uma linguagem grosseira, licenciosa e escatológica própria da camaradagem masculina, que quer deixar claro sua condição viril ao mesmo tempo que se afasta das mulheres. Conjugam-se relatos obscenos de visitas ao bordel com contínuas referências à homossexualidade com o objetivo de abjurá-la. Serve como exemplo o seguinte trecho duma carta de Flaubert de 1853: "Mas que dizes tu desse rabo de mulher vindo se aboletar entre nós dois? e dessas ameaçazinhas: 'Ah! tu vês, tu nos abandonas... pois é, Bouilhet também... ta ti ta ta.' É como a respeito de minha correspondência, não sei se devo te escrever de tempo em tempo uma carta mostrável. Isso me parece uma covardia que já não é mais própria de nossa idade. Essas coisas se praticam com relação aos avós, quando se tem 14 anos. Que dizes disto? A mim isso me choca muito, essa curiosidade! — Há coitos em que a presença do terceiro nos embaraça o gozo. Os acasalamentos de elefante se fazem na sombra. As grandes vulvas têm pudor".[106]

As conversas obscenas e sexuais (as quais testemunham o antifeminismo violento, como conseqüência da crise da identidade masculina no fim do século XIX) constróem uma familiaridade, uma cumplicidade e proximidade, que abjura o sentimento, a ternura, a intimidade, o carinho, o relaxamento e idealiza a virilidade e a camaradagem. Cria-se uma mística da amizade, como testemunham, na França, os movimentos de juventude de origem católico (Associação Católica da Juventude Francesa) ou protestante (União Cristã dos Jovens), o escotismo e os albergues de juventude;[107] na Alemanha, *Wandervogel*, *Jugengbewegung*, *Schützenvereine*, e ligas patrióticas dos estudantes alemães (*Burschenschaften*). No caso particular da Alemanha, essas associações cultivam um pensamento nacionalista-populista, incentivado durante o Nacional-socialismo e ligado na atualidade amiúde a um pensamento de extrema-

---

106) Citado em ibid., p. 177. Numa carta a Louis Bouilhet de 1833, Flaubert escreve: "... espero na próxima semana enfiar uma verga no rabo de tua energia para fazê-la ficar bela e tesa como uma boneca de Nuremberg" (citado em ibid., p. 184).

107) Cf. VINCENT-BUFFAULT, op. cit., pp. 132-3.

direita.[108] Essa mística da amizade viril cultivada nessa nova forma de associacionismo corresponde antes a um ideal de fraternidade na luta e de camaradagem do que à amizade propriamente dita, além de ter servido de base ao desenvolvimento de ideologias nacionalistas, populistas, nazistas e xenófobas; um deslocamento que não tinha escapado ao olhar astuto de Nietzsche, que em seu *Zaratustra* observava: "Existe camaradagem, que haja amizade!".[109]

---

108) Desde os anos 80 encontramos na Alemanha uma Renascença das confrarias e corporações de estudantes, as quais, como conseqüência dos acontecimentos de 1968, tinham se tornado quase que politicamente insignificantes. A revalorização das associações estudantis, com sua mística fraterna e viril, revela com freqüência uma ideologia de extrema direita e neonazista. A literatura sobre o tema é imensa, cf., entre outros, KÖNIG, René. "Blickwandel in der Problematik der Männerbunde" e SEE, Klaus von. "Politische Männerbund-Ideologie von der wilhelminischen Zeit bis zum Nationalsozialismus", VÖLGER, Gisela e WELCK, Karin v. (orgs.). *Männerbande — Männerbunde. Zur Rolle des Mannes im Kulturvergleich*, v. 1. Köln, Rautenstrauch-Joest-Museum Köln, pp. XXVII-XXXII e 93-102; SCHNURBEIN, Stefanie v. "Geheime kultische Männerbünde bei den Germanen — Eine Theorie im Spannungsfeld zwischen Wissenschaft und Ideologie" e SCHWEDT, Herbert e Elke. "Burschen — und Schützenvereine", VÖLGER, Gisela e WELCK, Karin v. (orgs.). *Männerbande — Männerbunde. Zur Rolle des Mannes im Kulturvergleich*, v. 2. Köln, Rautenstrauch-Joest-Museum Köln, pp. 97-102 e 119-24; HEITHER, D., GEHLER, M., KURTH, A. e SCHÄFER, G. (orgs.). *Blut und Paukboden. Eine Geschichte der Burschenschaften*. Frankfurt am Main, Fischer, 1997.

109) *Also sprach Zarathustra* em *Werke,* SCHLECHTA, Karl (org.), v. 2, Frankfurt am Main, Ullstein Materialien, 1984, p. 595.

AMIZADES FEMININAS

Com respeito às amizades femininas, podemos constatar um destino análogo ao das masculinas, sob a influência da medicalização da homossexualidade. Os estudos clássicos de Lillian Faderman e Carroll Smith-Rosenberg,[1] entre outros, constataram a existência, entre o Renascimento e o século XIX, de uma subcultura da amizade feminina, para além dos discursos filosóficos canônicos sobre o tema exclusivamente masculinos e falogocêntricos. Seguir esses trabalhos permite ver como essa história da amizade feminina sofreu diferentes deslocamentos até a atualidade. A principal mudança no olhar é a passagem de uma amizade afetiva, a qual não problematizava a sexualidade (podiam existir intercâmbios sexuais ou não, era tolerada uma sexualidade pré-marital entre mulheres) na Renascença, para uma noção de amizade, na qual o intercâmbio afetivo (sexual ou não) é colocado sob suspeita de lesbianismo e patologizado. Desde o Renascimento até o século XIX, encontramos numerosas testemunhas dessa amizade romântica, afetiva: "Essas amizades românticas eram relações amorosas em todos os sentidos, com exceção, talvez, do genital, pois as mulheres de outros séculos internalizavam com freqüência a visão de que as mulheres não possuem paixão sexual. Assim, elas podiam beijar-se, acariciar-se, dormir juntas, expressões absolutas de amor arrebatador e promessas de fidelidade eternas, e, no entanto, contemplar suas paixões como

---

1) SMITH-ROSENBERG, Caroll. "The Female World of Love and Ritual: Relations Between Women in Nineteenth-Century America", *Disordely Conduct. Visions of Gender in Victorian America*. Nova York/Oxford, Oxford University Press, 1986, pp. 53-76; FADERMAN, Lillian. *Surpassing the Love of Men. Romantic Friendship and Love Between Women from the Renaissance to the Present*. Nova York, Quill - William Morrow, 1981.

nada mais do que efusões do espírito. (...) Com respeito à questão de se essas amizades tinham um componente genital, os romances, diários e correspondências desses períodos mostram as amigas românticas abrindo suas almas umas às outras e falando uma linguagem que não era realmente diferente da linguagem do amor heterossexual: elas prometiam 'fidelidade' eterna, estar 'nos pensamentos da outra constantemente', morar juntas e até mesmo morrer juntas".[2]

A questão fundamental não é se o amor-amizade dessas mulheres era genital, para poder assim qualificar de homossexual ou heterossexual, isso seria adaptar uma perspetiva do século XX, pós-freudiana, às amizades românticas. Smith-Rosenberg aponta para a existência de um "mundo feminino" na América do século XIX, no qual vínculos intensos de amor, amizade e intimidade, ofereciam ajuda e simpatia para suportar os traumas psíquicos e psicológicos envolvidos no nascimento, casamento, doenças e mortes. As mulheres compartilhavam ansiedades, tristezas e alegrias num mundo feminino que devia ser preservado. Na América do século XIX, encontramos numerosas expressões afetivas e amorosas nas descrições das amizades entre mulheres; citemos algumas delas escolhidas entre as correspondências da época: "imagina ser beijada muitas vezes por alguém que te ama tão ternamente"; "Queria abraçar minha garota e dizê-lhe... a amo como as esposas amam os seus maridos"; "Você sabe, querida Elena, realmente estava apaixonada por você. Era uma paixão que nunca tive até lhe conhecer. Não acho que era a forma mais nobre de lhe amar".[3]

Antes da introdução da sexualidade na amizade, era perfeitamente possível expressar afeto, ternura, troca de carícias e beijos, nas relações entre mulheres sem ter que procurar a "verdade" desse sentimento. De fato, como Smith-Rosenberg assinala no seu estudo, todas as pessoas que de alguma maneira estavam comprometidas na relação de amizade romântica — as mulheres, seus maridos e suas famílias —, consideravam essas relações como plenamente aceitáveis social e moralmente e sobretudo completamente compatíveis com o casamento, ao existir

---

2) FADERMAN, ibid., p. 16.
3) Citados em SMITH-ROSENBERG, op. cit., pp. 57-8.

uma relação de complementaridade entre seus mundos homossociais e heterossociais.[4]

Apesar de nos chocar hoje, durante séculos as relações sexuais entre mulheres eram permitidas e consideradas um prelúdio da sexualidade heterossexual. O amor feminino não tirava a virgindade das moças e era contemplado com uma "tolerância divertida", numa época na qual os homens gozavam, usando uma expressão de Faderman, de uma "confidência falocêntrica".[5]

A amizade romântica entre mulheres diminui no último terço do século XIX e desapareceu praticamente depois da Primeira Guerra Mundial. Para Faderman, esse deslocamento está relacionado com o novo *status* das mulheres e sobretudo com o novo conhecimento médico, no qual sexólogos do fim do século XIX e princípios do XX viam nessa amizade um problema médico. Por isso, se as amigas românticas do século XVIII tivessem vivido no século XX, não teriam como esquivar da questão das implicações sexuais de suas amizades. Com certeza se deparariam com fortes pressões sociais e morais, que, qualificando o que em outras épocas era considerado amizade como lesbianismo, tentariam curá-las. Não podendo ser curadas, deveriam assumir que o que para elas se apresentava como um sentimento nobre e elevado, era, no fundo, como ditava o novo dispositivo médico-sexual, doente e degenerado.

A percepção das amizades românticas como uma quase "instituição", que foi encorajada socialmente durante séculos, muda no fim do século XIX. Com a aparição de reivindicações feministas na primeira metade do século XIX (que na França já aparecem no início da Revolução, como vimos), desenvolvem-se os primeiros traços de um anti-feminismo que iria crescer em virulência e que denunciava a procura de independência como um traço antifeminino, segundo os padrões da mulher sensível, consciente de sua inferioridade e dependência. O voto feminino era visto como uma ameaça para a instituição do casamento e da família. Temia-se que, com a liberdade e a independência reivindicada, as mulheres já não precisassem mais dos homens e renunciassem ao casamento e a fundar uma família. Pela primeira vez, e já meio

---

4) Cf. ibid., p. 59.
5) Cf. FADERMAN, op. cit., pp. 28-9.

século antes do surgimento das teorias da sexualidade, as amizades românticas e o amor entre mulheres é visto com receio, como uma potencial ameaça aos valores familiares e tradicionais, numa sociedade na qual a família estava consolidando-se como a instituição principal do século XIX e como monopólio do privado e da afetividade. A instituição familiar havia logrado integrar amor, amizade e sexualidade no casamento, uma estratégia que doravante define o código da intimidade nas sociedades ocidentais. Pode-se compreender como, ante essa situação, as amizades femininas apareçam como uma ameaça da ordem social, e que, portanto, devam ser abjurada. Daí a seguinte observação de Faderman, não totalmente carente de ironia: "Se elas ganhassem toda a liberdade que as feministas reivindicam, o que as atrairia ao casamento? Não a pulsão sexual, pois as mulheres ainda não eram reconhecidas como possuidoras de uma pulsão sexual. Possivelmente o desejo de ter filhos — mas as mulheres têm filhos desde que o mundo começou, ao passo que estavam apenas começando a viver como seres humanos plenos: uma perspectiva temerária para uma mulher jovem de espírito pioneiro. Talvez o amor por um homem levaria uma mulher ao casamento, mas com a batalha dos sexos classificada como a mais virulenta que já foi vista, como poderia ser religado esse ímã? Mas o desejo de um lar, o desejo de compartilhar a vida com outro ser humano, a solidão e o medo de viver e morrer sozinha — esses aspectos sem dúvida, conduziriam uma mulher ao casamento. Porém, se agora as mulheres, numa ampla escala, não conhecem impedimentos em sua liberdade, elas podem encontrar espíritos afins, outras mulheres, construir um lar e resolver juntas o problema da solidão".[6]

O novo olhar anti-social ante às amizades românticas do antifeminismo do século passado encontrará nos sexólogos seus aliados mais poderosos, conseguindo até que muitas das amigas românticas, as quais sempre contemplaram sua relação com a maior naturalidade, passassem a considerar seu comportamento como "doentio", após o encontro com os sexólogos. Cria-se um sentimento de culpabilidade, devido a homossexualidade latente aparentemente presente em todas as amizades românticas, já que, num paradigma pós-freudiano, amor e amizade estão

---

6) Ibid., pp. 237-8; Cf. BELL, Robert R., op. cit., pp. 57-70; GIDDENS, Anthony. *As transformações da intimidade*. São Paulo, Editora Unesp, 1993, pp. 54-5.

indissoluvelmente ligados à sexualidade e sexualidade entre indivíduos do mesmo sexo é considerada homossexual e doentia. Com isso, toda uma "subcultura", todo um "mundo feminino", que implicava redes de solidariedade e convivialidade, formas de sociabilidade coexistentes com a família e o matrimônio, espaço de trocas, confidências e apoio emocional, fecha-se sobre si mesmo. O antifeminismo aliado à sexologia impossibilitaram, no começo do século XX, esse mundo das mulheres, o qual, antes tolerado e encorajado, se apresentava como uma ameaça às instituições e valores familiares e sociais.

EPÍLOGO

A AMIZADE EM TEMPOS SOMBRIOS

Assistimos desde a segunda metade do século XX, especificamente a partir da década de 1960, a uma aparente decadência da instituição familiar — a tão citada "crise da família": a família tradicional burguesa, célula da sociedade, doadora de sentido e matriz da socialização, portadora de valores cívicos, morais e educativos, estaria se decompondo. Assim assinala Donzelot: "Ninguem vê mais na família a forma essencial de organização social, uma figura que se deveria salvaguardar a qualquer custo (...). De pilar da sociedade, a família passa a ser, nesses discursos, o lugar em que corre permanentemente o risco de desfazer-se".[1] O cinema apresenta-se como um catalizador privilegiado desse processo. Filmes como *Tempestade de gelo*, sobre os anos 70, *O declínio do império americano*, sobre os anos 80, e *Segredos e mentiras*, *Felicidade* e *Beleza americana*, sobre os anos 90, entre outros, retratam, até a exaustão, a família como uma institução moribunda, agonizante e em franca decadência; como o lugar da hipocrisia, dos segredos e mentiras, a qual possui um papel puramente nominal, incapaz de desempenhar *de facto* as funções que *de jure* reivindica.

Existem vários fatores que confirmam essa crise. Shorter, por exemplo, focaliza três elementos que assinalariam esse desenvolvimento, tais como: o corte das linhas que ligam as gerações mais novas às mais velhas, expressa na discontinuidade de valores entre pais e filhos; a instabilidade na vida conjugal, como refletem as taxas de divórcios; e, finalmente, o

1) Op. cit., pp. 195-6.

desmantelamento da noção de "ninho" da vida da família nuclear, a partir da libertação feminina.[2]

Mas se a família está em crise,[3] sua anunciada decadência serviu para extrapolar o dispositivo familiar ao campo social e difundir a ideologia familialista por todo o tecido social. Nesse sentido, Michael Hardt adverte que "não se deveria pensar que a crise da família nuclear tenha acarretado um declínio das forças patriarcais; pelo contrário, os discursos e as práticas que invocam os 'valores da família' parecem investir todo o campo social", e prossegue: "continuamos ainda *em família*, na escola, na prisão, e assim por diante. Portanto, no colapso generalizado, o funcionamento das instituições é, ao mesmo tempo, mais intenso e mais disseminado. Assim como o capitalismo, quanto mais elas se desregram melhor elas funcionam".[4]

Se a instituição familiar se encontra 'em crise' (em decorrência dos processos de modernização e individualização típicos de nossas sociedades, bem como da coação para a mobilidade e para a flexibilidade, que levariam à decomposição de formas tradicionais de relacionamento, tais como, laços familiares, conjugais, de profissão e vizinhança — como analizaram entre outros Ulrich Beck),[5] a crise

---

2) Cf. op. cit., p. 287.

3) David Morgan apresenta quatro opções possíveis no debate sobre a "crise" da família: 1) a família está em decadência e isso é prejudicial; 2) a família está em decadência e isso é bom ou é um estado natural no desenvolvimento da humanidade; 3) a família não está em decadência e isso é bom; 4) a família não está em decadência e isso é social e individualmente prejudicial. Segundo o autor, a primeira opção seria a opção "popular", enquanto que a terceira seria a posição principal dos sociólogos. Cf. BARRETT, Michèlle e MCINTOSH, Mary. *The anti-social family*. Londres/Nova York, Verso, 1991, p. 93.

4) "A sociedade mundial de controle", ALLIEZ, Éric (org.). *Gilles Deleuze: uma vida filosófica*. São Paulo, Editora 34, 2000, p. 369.

5) Cf. BECK, Ulrich. *Risikogesellschaft. Auf dem Weg in eine andere Moderne*. Frankfurt/Main, Suhrkamp, 1986; "Der späte Apfel Evas oder die Zukunft der Liebe", BECK, U. e BECK, Gernsheim. *Das ganz normale Chaos der Liebe*. Frankfurt/Main, Suhrkamp, 1990. Sobre as conseqüências pessoais ("a corrosão do caráter") decorrentes da flexibilização do capitalismo moderno, Cf. SENNETT, Richard. *A corrosão do caráter*. Rio de Janeiro, Record, 1999: "para esse casal moderno, o problema é exatamente (...) como podem eles evitar que as relações familiares sucumbam ao comportamento a curto prazo, ao espírito de reunião, e acima de tudo à fraqueza de lealdade e do compromisso mútuo que assinalam o moderno local de trabalho? (...) Esse conflito entre família e trabalho impõe algumas questões sobre a própria experiência adulta. Como se podem buscar objetivos de longo prazo numa sociedade de curto prazo? Como se podem manter relações sociais duráveis? Como pode um ser humano desenvolver uma narrativa de identidade e história de vida numa sociedade composta de episódios e fragmentos? As condições da nova economia alimentam, ao contrário, a experiência com a deriva no tempo, de lugar em lugar, de emprego em emprego. (...) O capitalismo de curto prazo corrói o caráter (...), sobretudo aquelas qualidades de caráter que ligam os seres humanos uns aos outros, e dão a cada um deles um senso de identidade sustentável" (p. 27).

se restringe à família como instituição social e econômica, como ponto de atuação privilegiado dos dispositivos da biopolítica. A família como ideologia tem, em contrapartida, mais força do que nunca. Nossa sociedade possui um caráter familial, nossas instituições estão permeadas, saturadas, da ideologia familialista. Os valores familiares são evocados constantemente como cura para todos os males, adições, violências e patologias do cotidiano, desempenhando um papel fundamental na organização e no *ethos* das instituicões. A mídia aparece saturada de vida em família, imagens da felicidade conjugal são criadas e recriadas constantemente. O familialismo faz parte da retórica política e constitui amíude uma metáfora de políticas econômicas governamentais (lembremos que Hannah Arendt definiu nossa sociedade moderna como um "conjunto de famílias economicamente organizadas", "uma família sobre-humana"). A esquerda contemporânea é permeada de familialismo, numerosas utopias socialistas evocam imagens familiares. Autoras feministas, como Ackelsberg, Friedman, Barrett e McIntosh assinalam que, no fundo, no uso dos termos "irmandade" (*sisterhood*) ou "fraternidade" (*brotherhood*) — invocados com freqüência por uma variedade de grupos: feministas, anti-racistas, homossexuais, anticapitalistas, etc., para apelar à solidariedade e descrever vínculos entre os indivíduos que escapam da lógica instrumental e mercenária do capitalismo — subjaz uma idealização da vida familiar, a primazia das imagens familiares diante de outros vínculos baseados na livre escolha como a amizade.[6] Nos anos 80, Foucault criticou igualmente a reivindicação de grupos homossexuais de uma igualdade de direitos (matrimônio, direito de adoção, de herança, etc.) como sendo um reflexo da ideologia familialista dominante — o matrimônio homossexual não demonstra um traço da desagregação social, representa, pelo contrário, o triunfo da ordem familiar no seu alcance universal —, e apelou por um novo "direito relacional" que permitisse a proliferação e multiplicação de relações.[7] É sempre a mitologia familiar que percorre o imaginário relacional. Em poucas palavras: "O mito da vida familiar idealizada permeia a

---

6) Cf. BARRETT, Michèlle e MCINTOSH, Mary, op. cit, pp. 40-1; FRIEDMAN, Marilyn. "Feminism and modern friendship: dislocating the community", *Ethics*, 99, 1989, p. 286.

7) Cf. ORTEGA, Francisco. *Amizade e estética da existência em Foucault*. Rio de Janeiro, Graal, 1999.

fábrica da existência social e fornece um complexo de significado social sumamente expressivo, dominante e unificador".[8]

Essa imagem aconchegante e sobrevalorizada de um tipo de família — o casal conjugal com seus filhos —, evocado como ideal de felicidade e de normalidade, leva a desprezar outras formas de existência, as quais aparecem como pouco atrativas. A realidade é bem distinta, pois a família pós-moderna se caracteriza por uma crescente instabilidade do casal. As taxas de divórcio aumentaram desde os anos 60, e, já em 1971, se calculava que entre 1 em cada 3 ou 1 em cada 4 mulheres com cerca de 30 anos nos Estados Unidos passaria pela experiência do divórcio. Trinta anos depois, podemos constatar a realização das previsões. A situação familiar de praticamente a metade da população na Grã-Bretanha nos anos 80 não correspondia à imagem ideal. A distância existente entre a imagem da família ideal e a realidade leva inevitavelmente a frustrações e insatisfações. No seu livro, *The anti-social family*, Barrett e McIntosh assinalam que a supervalorização da vida familiar desvaloriza outro tipo de vida, dificultando a vida fora da família numa sociedade constituída segundo uma ideologia familialista: "O ideal familiar faz parecer o resto pálido e insatisfatório. Os que vivem sozinhos sofrem amiúde de solidão. As famílias estão tão embrulhadas na sua pequena vida doméstica que não têm tempo para fazer visitas; sua vida social se concentra em pessoas como eles. Os casais se reúnem com outros casais, achando difícil a inclusão de solteiros (...). O estranhamento dos sexos, fora das relações especificamente sexuais, persiste em todas as idades e incrementa o isolamento mesmo entre os velhos. A confortável imagem da família torna outros lugares, em que as pessoas podem se misturar e viver juntas, uma segunda opção".[9]

Não se trata de mudar a família, mas de mudar a sociedade que dela necessita. Uma sociedade como a nossa, que concentra as fontes de segurança psíquica e de suporte material na família, dificulta a invenção de outras formas de vida. Assim, Barrett e McIntosh apontam, como uma estratégia chave, a mudança das políticas estatais que privilegiam a família à custa de outras formas de vida. Somente um deslocamento da ideologia familialista pode promover a variedade, a experimentação de formas de vida e de

8) BARRETT, Michèlle e MCINTOSH, Mary, ibid., p. 29.
9) *The anti-social family*, p. 77.

comunidade, e a multiplicidade de escolhas. Um deslocamento que deveria revitalizar o espaço público, recuperar a atratividade que ele tinha antes da total familialização do privado. Diante de um ideal de felicidade ("o ninho como o melhor cantinho") que não se reflete na vida de uma grande parcela da população, o que provoca inexoravelmente todo tipo de frustrações e insatisfações, talvez seja o momento de apostar em outras formas de sociabilidade, tal como a amizade, que, não substituindo a família, possam coexistir com ela, e fornecer um apoio material, emocional e cognitivo que permita uma superação solidária dos riscos.

As chances de realizar uma estilística da amizade são escasas. Enquanto a ideologia familialista permeiar nossas instituições, nossas formas de ser-com-os-outros, enfim, nosso imaginário emocional, político e relacional, uma estilística da amizade terá poucas chances de realização. As oportunidades de cultivar a amizade fora do casamento são reduzidas. Com freqüência, o conjuge é o melhor amigo, ou os amigos (normalmente casais) são amigos comuns do casal,[10] o que cria uma situação difícil em casos de separação: os indivíduos se encontram amiúde sozinhos e sem amigos.

Tentei mostrar neste livro como ao processo de despolitização, de esvaziamento do espaço público próprio da dinâmica da modernidade, acompanha uma crescente valorização da vida familiar, uma progressiva familialização do privado, que acabou com as sociabilidades públicas caraterísticas da modernidade. A amizade sofreu um declínio progressivo, correlato desse processo de despolitização e de familialização, pois durante a Idade Moderna, ela fazia parte — para além dos laços familiares — de redes de sociabilidade e de convivialidade em uma sociedade com uma forte vida pública e um complexo tecido relacional. A amizade é um fenômeno público, precisa do mundo e da visibilidade dos assuntos humanos para florescer. Nosso apego exacerbado à interioridade, a "tirania da intimidade", não permite o cultivo de uma distância necessária para a amizade, já que o espaço da amizade é o espaço entre os indivíduos, do mundo compartilhado — espaço

---

10) Um estudo feito com 200 homens e mulheres nos Estados Unidos mostrou que 2/3 dos homens entrevistados não conseguiam citar um amigo íntimo. Cf. GIDDENS, op. cit., p. 142.

da liberdade e do risco —, das ruas, das praças, dos passeios, dos teatros, dos cafés, e não o espaço de nossos condomínios fechados e nossos *shopping centers*, meras próteses que prolongam a segurança do lar. Daí que um deslocamento da ideologia familialista e a correspondente reabilitação do espaço público permitiriam que uma estilística da amizade fosse um experimento social e cultural plausível. Intensificando nossas redes de amizade, podemos reinventar o político.[11]

---

11) *Para uma política da amizade — Arendt, Derrida e Foucault*, constitui uma proposta nessa direção.

REFERÊNCIAS BIBLIOGRÁFICAS

AGAMBEN, Giorgio. *Homo sacer. El poder soberano y la nuda vida*. Valencia, Pre-Textos, 1998.

AGOSTINHO. *Confissões*. Porto, Livraria Apostolado da Imprensa, 1984.

ALICI, Luigi. "L'amicizia in S. Agostinho", *Il concetto di amicizia nella storia della cultura europea. Der Begriff Freundschaft in der Geschichte der europäischen Kultur*. Atti del XXII convegno internazionale di studi italo-tedeschi, Merano, Accademia di studi italo-tedeschi, 1995.

ANNAS, Julia. "Plato and Aristotle on Friendship and Altruism", *Mind* 86, 1977, pp. 532-554.

ARENDT, Hannah. *A condição humana*. Rio de Janeiro, Forense-Universitária, 1987.

__________. "Sobre a Humanidade em Tempos Sombrios. Reflexões sobre Lessing", *Homens em tempos sombrios*. São Paulo, Companhia das Letras, 1987.

__________. "Philosophy and Politics", *Social Research*, 57(1), 1990.

__________. *¿Qué es la política?*. Barcelona, Paidós, 1997.

ARIÈS, Philippe. *L'enfant et la vie familiale sous l'Ancien Régime*. Paris, Seuil, 1973.

__________. "Reflexões sobre a história da homossexualidade", *Sexualidades ocidentais*, Philippe Ariès e André Béjin (orgs.). São Paulo, Brasiliense, 1985.

__________. "O amor no casamento", *Sexualidades Ocidentais*, Philippe Ariès e André Béjin (orgs.). São Paulo, Brasiliense, 1985.

__________. "O cassamento indissolúvel", *Sexualidades ocidentais*, Philippe Ariès e André Béjin (orgs.). São Paulo, Brasiliense, 1985.

__________. "Por uma história da vida privada", In: *História da vida privada*, v. 3, Philippe Ariès e Roger Chartier (orgs.). São Paulo, Companhia das Letras, 1997.

__________. "Introdução (A comunidade, o Estado e a familia. Trajetórias e tensões)", *História da vida privada*, v. 3, Philippe Ariès e Roger Chartier (orgs.). São Paulo, Companhia das Letras, 1997.

ARISTÓTELES. "Eudemian Ethics", *The Works of Aristotle*. Londres, Oxford University Press, 1949.

__________. *Ética a Nicomâcos*. Brasília, Editora da UnB, 1999.

AUHAGEN, Ann Elisabeth. *Freundschaft im Alltag. Eine Untersuchung mit dem Doppeltagebuch*. Bern/Stuttgart/Toronto, Verlag Hans Huber, 1991.

AYMARD, Maurice. "Amizade e convivialidade", *História da vida privada*, v. 3, Philippe Ariès e Roger Chartier (orgs.). São Paulo, Companhia das Letras, 1997.

BARRETT, Michèlle e McINTOSH, Mary. *The anti-social family*. Londres/Nova York, Verso, 1991.

BASHOR, Philip S. "Plato and Aristotle on friendship", *The Journal of Value Inquiry*, 2, 1986.

BAUSCHULTE, Manfred. "Ars Veneris et Usus Amoris. Ein Versuch über die Liebeskunst nach Ovid", *Wege, Bilder, Spiele. Festschrift zum 60. Geburtstag von Jürgen Frese*, Manfred Bauschulte, Volkhard Krech e Hilge Landweer (orgs.). Bielefeld, Aisthesis Verlag, 1999.

BEAUSSANT, Philippe. *Versailles, Opéra*. Paris, Gallimard, 1981.

BECK, Ulrich. *Risikogesellschaft. Auf dem Weg in eine andere Moderne*. Frankfurt/ Main, Suhrkamp, 1986.

___________. "Der späte Apfel Evas oder die Zukunft der Liebe", *Das ganz normale Chaos der Liebe*, Ulrich Beck e Elisabeth Beck-Gernsheim (orgs.). Frankfurt/Main, Suhrkamp, 1990.

BELL, Robert R. *Worlds of friendship*. Beverly Hills/Londres, Sage Publications, 1981.

___________. "Friendship of women and of men", *Psychology of Women Quarterly*, 5 (3), 1981.

BELL, Robert R. e WINSTEAD, Barbara A. "Sex differences and same-sex friendships", *Friendship and social interaction*, Valerian J. Derlega e Barbara A. Winstead (orgs.). Nova York/Berlin/Heidelberg/Toquio, Springer-Verlag, 1986.

BENVENISTE, Émile. *O vocabulário das instituições indo-européias*. Campinas, Editora da Unicamp, 1995.

BERNHART, Joseph. "Anmerkungen" (Notas), AUGUSTINUS, *Bekenntnisse*. Frankfurt am Main, Insel, 1987

BERTI, Enrico. "Il concetto di amicizia in Aristotele", *Il concetto di amicizia nella storia della cultura europea. Der Begriff Freundschaft in der Geschichte der europäischen Kultur*. Atti del XXII convegno internazionale di studi italo-tedeschi, Merano, Accademia di studi italo-tedeschi, 1995.

BLOOM, Allan. *Love & friendship*. Nova York, Simon & Schuster, 1993.

BOSWELL, John. *The marriage of likeness. Same-sex unions in pre-modern Europe*. Glasgow, Harper Collins Publishers, 1995.

___________. *Cristianismo, tolerancia social y homosexualidad*. Barcelona, Muchnik Editores, 1997.

BOUTON, Fr. Jean de la Croix. "La doctrine de l'amitié chez Saint Bernard", *Revue d'ascétique et de mystique* 29, 1953.

BRAY, Alan e REY, Michel. "Friendship, male", *Encyclopedia of Homosexuality*, Wayne R. Dynes (org.). Nova York/Londres, Garland Publishing, 1990.

BROWN, Peter. "The Rise and Function of the Holy Man in Late Antiquity". *Society and the Holy in Late Antiquity*. Berkeley/Los Angeles, University of California Press, 1982.

BRUNT, P.A. "'Amicitia' in the late Roman Republic", *Proceedings of the Cambridge Philological Society*, 191, 1965.

CÉSAR, Maria Rita de Assis. *A invenção da adolescência no discurso psicopedagógico* (dissertação de mestrado). Campinas, Faculdade de Educação - UNICAMP, 1998.

CHARTIER, Roger. "Introdução (Figuras da Modernidade)", *História da vida privada*, v. 3, Philippe Ariès e Roger Chartier (orgs.). São Paulo, Companhia das Letras, 1997.
CHIEREGHIN, Franco. "L'individuazione del campo problematico dell'amicizia nel *Liside* di Platone", *Il concetto di amicizia nella storia della cultura europea. Der Begriff Freundschaft in der Geschichte der europäischen Kultur.* Atti del XXII convegno internazionale di studi italo-tedeschi, Merano, Accademia di studi italo-tedeschi, 1995.
CHIQUOT, A. "Amis de Dieu", *Dictionnaire de Spiritualité*, tomo 1. Paris, 1937, pp. 493-500.
CÍCERO. *Lélio de amicitia*. São Paulo, Cultrix, 1964.
CLARK, Gillian e Stephen. "Friendship in the Christian Tradition", *The Dialectics of Friendship*, Roy Porter e Sylvana Tomaselli (orgs.). Londres/Nova York, Routledge, 1989.
CONLEY, Tom. "Friendship in a local vein: Montaigne's servitude to La Boétie", *The South Atlantic Quarterly* (especial Friendship), 97, 1, 1998.
COOPER, John M. "Aristotle on friendship", *Essays on Aristotle's Ethics*, A.O. Rorty (org.). Berkeley, University of California Press, 1980.
__________. "Political animals and civic friendship", *Friendship. A philosophical reader*, Neera Kapur-Badhwar (org.). Ithaca/Londres, Cornel University Press, 1993.
COPPEL, Marthe. "O educador, o psicanalista e os maus pensamentos", *A polidez. Virtude das aparências*, Régine Dhoquois (org.). Porto Alegre, L&PM, 1993.
CORBIN, Alain. "A relação íntima e os prazeres da troca", *História da vida privada*, v. 4, Michel Perrot (org.). São Paulo, Companhia das Letras, 1997.
__________."Gritos e cochichos", *História da vida privada*, v. 4, Michel Perrot (org.). São Paulo, Companhia das Letras, 1997.
COSTA, Jurandir Freire. *A inocência e o vício. Estudos sobre o homoerotismo.* Rio de Janeiro, Relume Dumará, 1992.
__________. *Sem fraude nem favor.* Rio de Janeiro, Rocco, 1998.
DELEUZE, Gilles. *Conversações.* Rio de Janeiro, Editora 34, 1992.
DELEUZE, Gilles e GUATTARI, Felix. *Mille plateaux.* Paris, Minuit, 1980.
__________. *Qu'est-ce que la philosophie?.* Paris, Minuit, 1991.
DELHAYE, Ph. "Deux adaptations du 'De amicitia' de Cicéron au XIIe siècle", *Recherches de Théologie ancienne et médiévale*, 15, 1948, pp. 304-331.
DEMURGER, Alain. *Vie et mort de l'ordre du Temple.* Paris, Seuil, 1985.
DERRIDA, Jacques. *Politiques de l'amitié.* Paris, Galilée, 1994.
__________. "Derrida zun Freundespreis. Interview mit Robert Maggiori", *Le cahier livres de Libération*, 24 nov. 1994.
__________. *De l'hospitalité.* Paris, Calmann-Lévy, 1997.
__________. "Politics and friendship. A discussion with Jacques Derrida", Centre for Modern French Thought, University of Sussex, 1 dez. 1997 (http://www.susx.ac.uk/Units/frenchthought/derrida.htm).
DONZELOT, Jacques. *A polícia das famílias.* Rio de Janeiro, Graal, 1986.
DOROTHEA, Syster Mary. "Cicero and Saint Ambrose On Friendship", *The Classical Journal*, v. 43, 4, 1948.
DOTTO, Gianni. "'Caritas' ed amicizia nella spiritualità del secolo XII: Bernardo di Chiaravalle e Aelredo di Rievaulx", *Il concetto di amicizia nella storia della cultura europea. Der Begriff Freundschaft in der Geschichte der europäischen*

Kultur. Atti del XXII convegno internazionale di studi italo-tedeschi, Merano, Accademia di studi italo-tedeschi, 1995.

DREYFUS, Hubert e RABINOW, Paul. *Michel Foucoult. Beyond structuralism and hermeneutics*. Chicago, University of Chicago Press, 1983.

DÜLMEN, Richard van. *Die Gesellschaft der Aufklärer. Zur bürgerlichen Emanzipation und aufklärerischen Kultur in Deutschland*. Frankfurt am Main, Fischer, 1996.

DYNES, Wayne R. "Middle Ages", *Encyclopedia of Homosexuality*, Wayne R. Dynes (org.). Nova York/Londres, Garland Publishing, 1990.

EASTERLING, Pat. "Friendship and the greeks", *The dialectics of friendship*, Roy Porter e Sylvana Tomaselli (orgs.). Londres/Nova York, Routledge, 1989.

EGLINGER, R. *Der Begriff der Freundschaft in der Philosophie*. Inaugural-Dissertation, Basel, 1916.

EICHENBAUM, Luise e ORBACH, Susie. *Bitter und süss. Frauenfeindschaft - Frauenfreundschaft*, Düsseldorf, Wien, Nova York, 1987.

ELIAS, Norbert. *Studien über die Deutschen. Machtkämpfe und Habitusentwicklung im 19. und 20. Jahrhundert*. Frankfurt am Main, Suhrkamp, 1992.

__________. *Über den Prozess der Zivilisation. Soziogenetische und psychogenetische Untersuchungen*. Frankfurt am Main, Suhrkamp, 1995.

__________. *La sociedad cortesana*. México, Fondo de Cultura Econômica, 1996.

EPICURO. *Antologia de textos*. São Paulo, Abril Cultural, 1980.

FABRE, Pierre. *Saint Paulin de Nole et l'amitié chrétienne*. Paris, De Boccard, 1949.

FADERMAN, Lillian. *Surpassing the love of men. Romantic friendship and love between women from the Renaissance to the present*. Nova York, Quill - William Morrow, 1981.

FARGE, Arlette. "Famílias. A honra e o sigilo", *História da vida privada*, v. 3, Philippe Ariès e Roger Chartier (orgs.). São Paulo, Companhia das Letras, 1997.

FEGER, Robert. "Nachwort", CICERO. *Laelius über die Freundschaft*. Stuttgart, Reclam, 1990.

FLANDRIN, Jean-Louis. "A vida sexual dos casados na sociedade antiga", *Sexualidades Ocidentais*, Philippe Ariès e André Bejin (orgs.). São Paulo, Brasiliense, 1985.

FLASCH, Kurt. *Augustin*. Stuttgart, Reclam, 1994.

FLOYD, Gray. "Montaigne's Friends, *French Studies*, v. 15, 3, 1961.

FOUCAULT, Michel. *La volonté de savoir*. Paris Gallimard, 1976.

__________. *Le souci de soi*. Paris, Gallimard, 1984.

__________. *L'usage des plaisirs*. Paris, Gallimard, 1984.

__________. "Non au sexe roi", *Dits et écrits*, III, Paris, Gallimard, 1994.

__________. "Une interview de Michel Foucault par Stephen Riggins", *Dits et écrits*, IV, Paris, Gallimard, 1994.

__________. "Entretien avec Michel Foucault", *Dits et écrits*, IV, Paris, Gallimard, 1994.

__________. "Michel Foucault, une interview: sexe, pouvoir et la politique de l'identité", *Dits et écrits*, IV, Paris, Gallimard, 1994.

__________. "Le triomphe social du plaisir sexuel: une conversation avec Michel Foucault", *Dits et écrits*, IV, Paris, Gallimard, 1994.

FRAISSE, Jean-Claude. *Philia. La notion d'amitié dans la philosophie antique.* Paris, Vrin, 1974.

FRESE, Jürgen. "Familie, Ehe (Unterabschnitte Kant, Romantik, Hegel)", *Historisches Wörterbuch der Philosophie*, 2, 1972.

__________."Dialektik der Gruppe", *Gruppendynamik im Bildungsbereich — Fachzeitschrift für praxisorientierte Gruppendynamik*, 9, 3-4, 1982.

FRIEDMAN, Marilyn. "Feminism and Modern Friendship: Dislocating the Community", *Ethics*, 99, 1989.

FRIEDRICH, Hugo. *Montaigne*. Berna/Munique, Francke, 1967.

GEERLINGS, Wilhelm. "Das Freundschaftsideal Augustins", *Theologische Quartalschrift* 161, 1981.

GIDDENS, Anthony. *As transformações da intimidade*. São Paulo, Editora Unesp, 1993.

GLIDDEN, David K. "The *Lysis* on loving one's own", *Classical Quarterly* 31, 1, 1981, pp. 39-59.

HADOT, Pierre. *Exercises spirituels et philosophie antique*. Paris, Études Augustiniennes, 1987.

__________. *O que é a filosofia antiga?*, São Paulo, Loyola, 1999.

HALL, Catherine, "Sweet Home", *História da vida privada*, v. 4, Michel Perrot (org.). São Paulo, Companhia das Letras, 1997.

HARDT, Michael. "A sociedade mundial de controle", *Gilles Deleuze: uma vida filosófica*, Eric Alliez (org.). São Paulo, Editora 34, 2000, p. 369.

HAROCHE, Claudine. *Da palavra ao gesto*. São Paulo, Papirus, 1998.

HAROCHE, Claudine e COURTINE, Jean Jacques. "O Homem desfigurado. Semiologia e antropologia política da expressão e da fisionomia do século XVII ao século XVIII", *Revista Brasileira de História*, v. 7, n. 13, set./1986-fev./1987.

HAYS, Robert B. "Friendship", *Handbook of personal relationships*, Steve Duck (org.). Chichester/Nova York/Brisbane/Toronto/Singapura, John Wiley & Sons, 1988.

HEITHER, D., GEHLER, M., KURTH, A. e SCHÄFER, G. (orgs.). *Blut und Paukboden. Eine Geschichte der Burschenschaften*. Frankfurt am Main, Fischer, 1997.

HOFFMANN, Stefan-Ludwig. *Freundschaft als Passion: Logensoziabilität und Männlichkeit im 19. Jahrhundert* (manuscrito inédito).

HOLBÖCK, Ferdinald. "Freundschaft in der Heiligen Schrift", *Il concetto di amicizia nella storia della cultura europea. Der Begriff Freundschaft in der Geschichte der europäischen Kultur*. Atti del XXII convegno internazionale di studi italo-tedeschi, Merano, Accademia di studi italo-tedeschi, 1995.

HUNT, Lynn. *The family romance of the French Revolution*. Berkeley/Los Angeles, University of California Press, 1993.

__________. "Revolução Francesa e vida privada", *História da vida privada*, v. 4, Michelle Perrot (org.). São Paulo, Companhia das Letras, 1997.

HUTTER, Horst. *Politics as friendship. The origins of classical notions of politics in the theory and practice of friendship*. Ontario, Wilfrid Laurier University Press, 1978.

HYATE, R. *The arts of friendship. The idealization of friendship in Medieval and Early Renaissance Literature*. Leiden/Nova York/Köln, E.J. Brill, 1994.

JAEGGER, Werner. *Aristóteles. Bases para la historia de su desarrollo intelectual*. Madrid, Fondo de Cultura Económica, 1993.

JERMANN, C. *Philosophie und Ethik. Untersuchungen zur Struktur und Problematik des platonischen Idealismus*. Stuttgart/Bad Cannstatt, Fromann - Holzboog, 1986.

JOACHIM, H.H. *Aristotle The Nicomachean Ethics. A Commentary by the Late*. Oxford, Clarendon Press, 1951.

JOHANSSON, Warren. "Monasticism", *Encyclopedia of Homosexuality*, Wayne R. Dynes (org.). Nova York/Londres, Garland Publishing, 1990.

KANT, Immanuel. "Über ein vermeintes Recht aus Menschenliebe zu lügen", *Werkausgabe*, VIII, Frankfurt/Main, Suhrkamp, 1978.

KÖNIG, René. "Blickwandel in der Problematik der Männerbunde", *Männerbande — Männerbunde. Zur Rolle des Mannes im Kulturvergleich*, v. 1, Gisela Volger e Karin v. Welck (orgs.). Köln, Rautenstrauch-Joest-Museum Köln, 1990.

KON, I.S. *Freundschaft. Geschichte und Sozialpsychologie der Freundschaft als soziale Institution und individuelle Beziehung*. Hamburg, Rowohlt, 1979.

KUNISCH, Johannes. "Die Berliner Mittwochgesellschaft", *Männerbande — Männerbunde. Zur Rolle des Mannes im Kulturvergleich*, v. 2, Gisela Volger e Karin v. Welck (orgs.). Köln, Rautenstrauch-Joest-Museum Köln, 1990.

LACOUE-LABARTHE, Philippe e NANCY, Jean-Luc. *Retreating the political*. Londres/Nova York, Routledge, 1997.

LECLERCQ, Jean. *Monks and love in Twelfth-Century France*. Oxford, Oxford University Press, 1979.

LEGROS, Huguette. "Le vocabulaire de l'amitié, son évolution sémantique au cours du XIIe siècle", *Cahiers de civilisation médiévale, Xe-XIIe Siècles*, 23, 1980.

LESSES, Glenn. "Austere Friends: The Stoics and Friendship", *Aperion* 26, 1, 1993.

LIMB, Sue. "Female Friendship", *The Dialectics of Friendship*, Roy Porter e Sylvana Tomaselli (orgs.). Londres/Nova York, Routledge, 1989.

LORAUX, Nicole. "A cidade grega pensa o um e o dois", *Gregos, bárbaros, estrangeiros. A cidade e seus outros*, Barbara Cassin, Nicole Loraux e Catherine Peschanski (orgs.). Rio de Janeiro, Editora 34, 1993.

__________. "*Das Band der Teilung*", *Gemeinschaften. Positionen zu einer Philosophie des Politischen*, Joseph Vogl (org.). Frankfurt/Main, Suhrkamp, 1994.

LUHMANN, Niklas. *Liebe als Passion. Zur Codierung von Intimität*. Frankfurt am Main, Suhrkamp, 1995.

MAUSER, Wolfram, "Freundschaft und Verführung", *Frauenfreundschaft — Männerfreundschaft. Literarische Diskurse im 18. Jahrhundert*, Wolfram Mauser e Barbara Becker-Cantarino (orgs.). Tübingen, Max Niemeyer, 1991.

McEVOY, James. "Philia and Amicitia: The philosophy of friendship from Plato to Aquinas", *Sewanee Mediaeval Colloquium Occasional Papers*, 2, 1985.

McGUIRE, Brian P. *Friendship and community. The monastic experience 350-1250*. Kalamazoo/Michigan, Cistercian Publications INC, 1988.

McNAMARA, M.A. *Friends and friendship for Saint Augustine*. Fribourg, Studia Friburgensia, 1958.

McPHAIL, Eric. "Friendship as a political ideal in Montaigne's *Essais*", *Montaigne Studies*, 1, 1989.

MEIER, Christian. *Die Entstehung des Politischen bei den Griechen*. Frankfurt/Main, Suhrkamp, 1995.

MEILANDER, Gilbert. *Friendship. A Study in theological Ethics*. Notre Dame/ Londres, University of Notre Dame Press, 1981.

MEISTER, Karl. "Die Freundschaft bei den Griechen und Römer", *Römische Wertbegriffe*, Hans Oppermann (org.). Darmstadt, Wissenschaftliche Buchgesellschaft, 1967.

MEYER-KRENTLER, Eckhardt. "Freundschaft im 18. Jahrhundert. Zur Einführung in die Forschungsdiskussion", *Frauenfreundschaft — Männerfreundschaft. Literarische Diskurse im 18. Jahrhundert*, Wolfram Mauser e Barbara Becker-Cantarino (orgs.). Tübingen, Max Niemeyer, 1991.

MILLER, Stuart. *Men and friendship*. Boston, Houghton Mifflin, 1980.

MONTAIGNE. *Ensaios*. São Paulo, Abril Cultural, 1972.

MÜNKLER, Herfried. *Gewalt und Ordnung. Das Bild des Krieges im politischen Denken*. Frankfurt/Main, Fischer Verlag, 1992.

_________. *Politische Bilder. Politik der Metaphern*. Frankfurt/Main, Fischer Verlag, 1994.

NEVE, Michael. "Male friendship", *The dialectics of friendship*, Roy Porter e Sylvana Tomaselli (orgs.). Londres/Nova York, Routledge, 1989.

NIETZSCHE, Friedrich. "Also sprach Zarathustra", *Werke*, v. 2, Karl Schlechta (org.). Frankfurt am Main, Ullstein Materialien, 1984.

NOLTE, F. *Augustins Freundschaftsideal in seinen Briefen*. Würzburg, Inaugural-Dissertation, 1939.

NÖTZOLDT-LINDEN, Ursula. *Freundschaft. Zur Thematisierung einer vernachlässigten soziologischen Kategorie*. Opladen, Westdeutscher Verlag, 1994.

O'CONNOR, David K. "The Invulnerable Pleasures of Epicurean Friendship", *Greek, roman and byzantine studies* 30, 2, 1989.

OLIVEIRA, Francisco. "Introdução", PLATÃO. *Lísis*. Coimbra, Instituto Nacional de Investigação Científica. Centro de Estudos Clássicos e Humanísticos da Universidade de Coimbra, s.d.

ORTEGA, Francisco. *Amizade e estética da existência em Foucault*. Rio de Janeiro, Graal, 1999.

_________. *Para uma política da amizade — Arendt, Derrida, Foucault*. Rio de Janeiro, Relume Dumará, 2000.

PERROT, Michelle. "A família triunfante", *História da vida privada*, v. 4, Michel Perrot (org.). São Paulo, Companhia das Letras, 1997.

_________. "Figuras e papéis", *História da vida privada*, v. 4, Michel Perrot (org.). São Paulo, Companhia das Letras, 1997.

_________. "Funções da família", *História da vida privada*, v. 4, Michel Perrot (org.). São Paulo, Companhia das Letras, 1997.

PIERETTI, Antonio. "L'amicizia come preparazione alla carità in Paolino da Nola", *Il concetto di amicizia nella storia della cultura europea. Der Begriff Freundschaft in der Geschichte der europäischen Kultur*. Atti del XXII convegno internazionale di studi italo-tedeschi, Merano, Accademia di studi italo-tedeschi, 1995.

PLATÃO. *Banquete*. Sintra, Publicações Europa-América, 1977.

_________. *Lísis*, Francisco de Oliveira (introd.,trad. e notas). Coimbra, Instituto Nacional de Investigação Científica/Centro de Estudos Clássicos e Humanísticos da Universidade de Coimbra, s.d.

_________. *Der Staat* (A República), *Werke*. Band 4, Darmstadt, Wissenschaftliche Buchgesellschaft, 1990.

PRICE, Anthony W. *Love and friendship in Plato and Aristotle*. Oxford, Oxford University Press, 1989.

__________."Friendship", *Aristoteles. Die Nikomachische Ethik*, Otfried Höffe (org.). Berlim, Akademie Verlag, 1995.

QUATTROCCHI, Luigi. "L'amicizia nella letteratura tedesca del '700: dall'affratellamento pietistico alla tragedia schilleriana", *Il concetto di amicizia nella storia della cultura europea. Der Begriff Freundschaft in der Geschichte der europäischen Kultur*. Atti del XXII convegno internazionale di studi italo-tedeschi, Merano, Accademia di studi italo-tedeschi, 1995.

RAGO, Margareth. "Prazer e Perdição: a representação da cidade nos anos vinte", *Revista Brasileira de História*, v. 7, n. 13, set/1986-fev./1987.

RÄNSCH-TRILL, Barbara. "Freundschaft und Liebe in der Philosophie der Romantik", *Anregungen für die Unterrichtspraxis*, Jürgen Hengelbrock (org.). Heft 12: Freundschaft und Liebe, Frankfurt/Main, 1987.

RANUM, Orest. "Os refúgios da intimidade", *História da vida privada*, v. 3, Philippe Ariès e Roger Chartier (orgs.). São Paulo, Companhia das Letras, 1997.

REHN, Rudolf. "Liebe und Freundschaft bei Platon und Aristoteles", *Anregungen für die Unterrichtspraxis*, Jürgen Hengelbrock (org.). Heft 12: Freundschaft und Liebe, Frankfurt/Main, 1987.

REVEL, Jacques. "Os Usos da civilidade", *História da vida privada*, v. 3, Philippe Ariès e Roger Chartier (orgs.). São Paulo, Companhia das Letras, 1997.

RIBEIRO, Renato Janine. *A etiqueta no Antigo Regime: do sangue à doce vida*. São Paulo, Brasiliense, 1983.

RIGOTTI, Francesca. "Métaphore et langage politique", *L'art du possible. Réflexions sur la pensée et le discours politique*, Athanasios Moulakis (org.). Firenze, Institut Universitaire Européen, 1988, pp. 109-129.

__________. *Die Macht und ihre Metaphern. Über die sprachlichen Bilder der Politik*. Frankfurt/Nova York, Campus Verlag, 1994.

ROBIN, Léon. *La théorie platonicienne de l'amour*. Paris, Presses Universitaires de France, 1964.

SALMONA, Bruno. "L'amicizia tra Basilio e Gregorio di Naziano", *Il concetto di amicizia nella storia della cultura europea. Der Begriff Freundschaft in der Geschichte der europäischen Kultur*. Atti del XXII convegno internazionale di studi italo-tedeschi, Merano, Accademia di studi italo-tedeschi, 1995.

SALOMON, Albert. "Der Freundschaftskult des 18. Jahrhunderts in Deutschland: Versuch zur Soziologie einer Lebensform", *Zeitschrift für Soziologie*, Jg. 8, 3, 1979.

SAMB, Djibril. "La signification du '*prôton philon*' dans le *Lysis*. Essai d'interprétation ontologique", *Revue philosophique de la France et de l'Etranger* 191, 1991.

SCHLAFFER, Heinz, "Knabenliebe. Zur Geschichte der Liebesdichtung und zur Vorgeschichte der Frauenemanzipation", *Merkur*, 49 (557), 1995.

SCHNURBEIN, Stefanie v. "Geheime kultische Männerbünde bei den Germanen — Eine Theorie im Spannungsfeld zwischen Wissenschaft und Ideologie", *Männerbande — Männerbunde. Zur Rolle des Mannes im Kulturvergleich*, v. 2, Gisela Volger e Karin v. Welck (orgs.). Köln, Rautenstrauch-Joest-Museum Köln, 1990.

SCHWEDT, Herbert e Elke. "Burschen — und Schützenvereine", *Männerbande — Männerbunde. Zur Rolle des Mannes im Kulturvergleich*, v. 2, Gisela Volger e Karin v. Welck (orgs.). Köln, Rautenstrauch-Joest-Museum Köln, 1990.

SEE, Klaus von. "Politische Männerbund — Ideologie von der wilhelminischen Zeit bis zum Nationalsozialismus", *Männerbande — Männerbunde. Zur Rolle des Mannes im Kulturvergleich*, v. 1, Gisela Volger e Karin v. Welck (orgs.). Köln, Rautenstrauch-Joest-Museum Köln, 1990.

SENNETT, Richard. *The Conscience of the Eye. The Design and Social Life of Cities*. Nova York, Alfred A. Knopf, Inc, 1990.

__________. *The fall of public man*. Nova York/Londres, W.W. Norton & Company, 1992.

__________. *A corrosão do caráter*. Rio de Janeiro, Record, 1999.

SHANNON, Laurie J. "Monarchs, Minions, and 'Soveraigne' Friendship", *The South Atlantic Quarterly* (especial Friendship), 97, 1, 1998.

SHERMAN, Nancy. "Aristotle on the shared life", *Friendship. A philosophical Reader*, Neera Kapur Badhwar (org.). Ithaca/Londres, Cornel University Press, 1993.

SHORTER, Edward. *A formação da família moderna*. Lisboa, Terramar, 1995.

SIMMEL, George. *Soziologie. Untersuchungen über die Formen der Vergesellschaftung*. Frankfurt/Main, Suhrkamp, 1995.

SMITH-ROSENBERG, Caroll. "The female world of love and ritual: relations between women in nineteenth-century America", *Disordely Conduct. Visions of Gender in Victorian America*. Nova York/Oxford, Oxford University Press, 1986.

SOARES, Gabriela Bastos. *Refúgio no mundo do coração: um estudo sobre o amor na obra de Rousseau*, dissertação de mestrado, IMS/UERJ, Rio de Janeiro, 1997.

STAROBINSKI, Jean. *Jean-Jacques Rousseau. A transparência e o obstáculo*. São Paulo, Companhia das Letras, 1991.

__________. *Montaigne em movimento*. São Paulo, Companhia das Letras, 1993.

STERN-GILLET, Suzanne. *Aristotle's philosphy of friendship*. Nova York, State University of New York Press, 1995.

STRNAD-WALSH, Katherine. "Die 'schola caritatis' und mittelalterliche Geistigkeit", *Il concetto di amicizia nella storia della cultura europea. Der Begriff Freundschaft in der Geschichte der europäischen Kultur*. Atti del XXII convegno internazionale di studi italo-tedeschi, Merano, Accademia di studi italo-tedeschi, 1995.

SUERBAUM, Werner. "Cicero (und Epikur) über die Freundschaft und ihre Probleme", *Il concetto di amicizia nella storia della cultura europea. Der Begriff Freundschaft in der Geschichte der europäischen Kultur*. Atti del XXII convegno internazionale di studi italo-tedeschi, Merano, Accademia di studi italo-tedeschi, 1995.

TENNBRUCK, F. H. "Freundschaft. Ein Beitrag zu einer Soziologie der persönlichen Beziehungen", *Kölner Zeitschrift für Soziologie und Sozialpsychologie*, 16, 1964.

TIETZ, Manfred. "Le directeur spirituel, 'cet ami fidele qui guide nos actions'. Amitie ou direction, selon Montaigne, François de Sales et Jean-Pierre Camus", *Foi, fidelité, amitié en Europe à la période moderne*, t. II, Brigitte Maillard (org.). Tours, Publication de l'Université de Tours, 1995, pp. 529-539.

TIGER, Lionel. "Sex-specific friendship", *The Compact. Selected Dimensions of Friendship*, Elliott Leyton (org.). Nowfondland, University of Newfondland Press, 1974.

VANSTEENBERGHE, G. "Deux théoriciens de l'amitié au XIIe siècle: *Pierre* de Blois et Aelred de Riéval", *Revue des sciences religieuses*, 12, 1932, pp. 572-588.

__________. "Amitié", *Dictionnaire de Spiritualité*, t. I. Paris, 1937.

Verbete, "Freundschaft", *Reallexikon für Antike und Christentum*, Carsten Colpe e A. Dihle (orgs.). Stuttgart, 1972.

Verbete, "Hetairia", *Realencyclopädie der classischen Altertumswissenschaft*, v. VIII, 2, Stuttgart, 1963.

VERNANT, Jean-Pierre. "Nouvelle Histoire de la Grèce ancienne", *Magazine littéraire*, 231, 1986.

__________. *L'individu, la mort, l'amour. Soi-même et l'autre en Grèce ancienne*, Paris, Gallimard, 1989.

VINCENT-BUFFAULT, Anne. *Da amizade. Uma história do exercício da amizade nos séculos XVIII e XIX*. Rio de Janeiro, Jorge Zahar, 1996.

VISCHER, L. "Das Problem der Freundschaft bei den Kirchenvätern", *Theologische Zeitschrift* 9, 1953.

WELLER, Barry. "The rhetoric of friendship in Montaigne's *Essais*", *Montaigne: Collection of Essays*, v. 5, Dikka Berven (org.). Nova York/Londres, 1995.

SOBRE O AUTOR

Francisco Ortega, nascido em 1967 em Madri, Espanha, é doutor em Filosofia pela Universidade de Bielefeld (Alemanha) e professor de Filosofia do Instituto de Medicina Social da UERJ.

É autor dos seguintes livros: *Michel Foucault — Rekonstruktion der Freundschaft* (Munique, Wilhelm Fink Verlag,1997), *Intensidade: para uma história herética da filosofia* (Goiânia, Editora da UFG, 1998), *Amizade e estética da existência em Foucault* (Rio de Janeiro, Graal, 1999) e *Para uma política da amizade: Arendt, Derrida, Foucault* (Rio de Janeiro, Relume Dumará, 2000).

COLEÇÃO
POLÍTICAS DA IMANÊNCIA

EXÍLIO
Toni Negri

MOVIMENTO TOTAL
José Gil

Este livro foi composto em fonte Helvetica pela
Iluminuras e terminou de ser impresso no dia 22
de abril de 2011, nas oficinas da *Hedra* Gráfica,
em São Paulo, SP, em papel off-white 80g.